走，扯绳走！

ZOU CHE SHENG ZOU

『全国拔河之乡·临潭』
拔河主题文学作品集

崔沁峰 主编

敏奇才 执行主编

作家出版社

临潭县国家级非遗项目"万人扯绳（拔河）"活动　　　　　（后俊 摄于 2007 年元宵节）

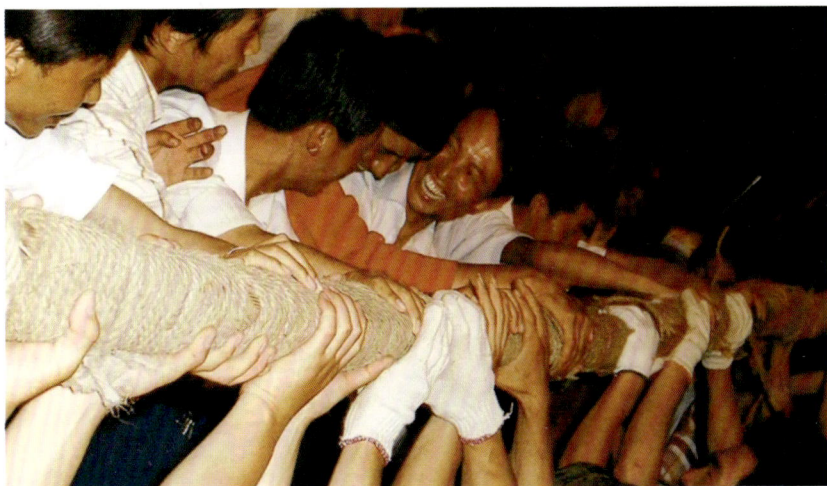

临潭县"万人扯绳（拔河）"赛上众人团结一心、顽强拼搏　（赵大庆 摄于 2007 年元宵节）

CTWA

全国拔河之乡

中 国 拔 河 协 会
二〇〇八年五月

2008 年，临潭被国家体育总局、中国拔河协会授予首个"全国拔河之乡"称号

2014 "冶力关杯"中国拔河公开赛暨第五届甘肃·临潭拔河节现场

2021年10月，"力拔山兮"首届中国拔河运动文化交流大会在安徽马鞍山举行，临潭"万人扯绳"非遗项目应邀参会交流。图为中国拔河协会会长何珍文作拔河历史文化主题演讲

2023"冶力关杯"中国·国际拔河公开赛暨第七届甘肃临潭拔河节开幕式，中国作家协会、中国拔河协会、天津市东丽区等帮扶协作单位，甘肃省州县有关单位领导出席

2023"冶力关杯"中国·国际拔河公开赛比赛现场

2023"冶力关杯"中国·国际拔河公开赛暨第七届甘肃临潭拔河节之少数民族传统项目大象拔河（押架）比赛

2023"冶力关杯"中国·国际拔河公开赛暨第七届甘肃临潭拔河节文化活动之"全国拔河之乡·临潭杯"拔河主题征文颁奖仪式

2023"冶力关杯"中国·国际拔河公开赛暨第七届甘肃临潭拔河节文化活动之"中国作家看临潭"文化帮扶小分队采风团授旗发团。图为中国作协党组成员、书记处书记胡邦胜(右一)为采风团长白描授旗

"青藏之窗"甘南临潭的国家 4A 级冶力关旅游区天池冶海高原湖北岸风采

冶力关国家地质公园赤壁幽谷景区里的丹霞景观，赭色奇形山形似"圣旨" （马英 摄）

临潭古战大景区花海——中国拔河之乡 （朵国良 摄）

2023"冶力关杯"中国·国际拔河公开赛暨第七届甘肃临潭拔河节文化活动之"中国作家看临潭"文化帮扶小分队采风团知名作家记者走进流顺红堡子景区

目 录

散文篇

自由诗篇

格律诗篇

前言　第五批国家级非物质文化遗产代表性项目临潭"万人扯绳（拔河）"概况

　　临潭县城的元宵节"万人扯绳（拔河）"活动至今已有六百多年的历史。

　　传统的扯绳活动，在每年正月十四、十五、十六晚上举行，每晚三局，三晚九局。新中国建立后，临潭旧城的"万人扯绳"被列为县内群众体育活动的主要内容，政府每年给予必要的补助。"文革"期间被中断，党的十一届三中全会和改革开放的春风给古洮州的"万人扯绳"活动赋予了新的活力，它唱出了古洮州各族群众的共同心声。尤其在近年来的元宵节，其规模之大，场面之壮观，人数之众多，更加呈现了亘古未有之盛况。临潭的"万人扯绳"不分男女老少，不分汉、回、藏等各民族。1990年，北京十一届亚运会召开之际，原甘肃省体委将此项活动的电视纪录片呈送展出，得到了亚洲各国朋友的好评。

　　每逢农历正月十四，来自周边地区的各族群众，身着艳丽的民族服饰，从四面八方拥向临潭县城，连续扯绳三晚上。

　　"万人扯绳（拔河）"活动已举办六百多届；2007年的扯绳活动，绳重为8吨，"龙头"直径为16.5厘米，"龙尾"直径为6厘米，总长度达1808米，参与人数达15万，是"扯绳"史上绳

拔河赛轰动了朝廷，唐明皇李隆基也乘兴前来观战。·阿友插图·

　　拔河，中国民间传统体育活动，古代叫"牵钩"，"拖钩"，或"强钩"。此项活动起源可以追溯到春秋战国时期（公元前770年至公元前221年），吴楚两国交战，主要是水军对阵，楚国为了提高士兵的战斗力，以适应水战，发明了"钩强"（即篙子），退时可以钩住，进时可推开，此方法在水军作战时发挥了作用。为此，楚国经常用上述方法训练水军。（见《荆楚岁时记》）后来，老百姓仿照此法，将陆地上拉扯演变为拔河娱乐活动，借以"祈求丰年"。关于拔河的方法，《封氏闻见记》记载：拔河"古用篾缆，今代以大麻绳，长四五十丈，两头分系、索数百条，挂于胸前，分两朋，两向齐挽。当大䋺之中，立大旗为界，震声叫噪，使相牵引，以却者为胜，就者为输。名曰拔河"。而宋代王谠撰写的《唐语林》中，更有对拔河起源的注释："拔河，古谓之牵钩。襄汉风俗，俗以正月望日为之。相传楚将伐吴，以为教战。梁简文临雍部，楚之而不能绝。古用篾缆，今代以大麻绲，长四五十丈，两头分系小索百条，挂于胸前，分两朋，两向齐挽。当大绲之中，立大旗为界，雷声叫噪，使相牵引，以却者为胜，就者为输。名曰'拔河'。"——摘自《漫卷唐诗话体育》

之最重、直径最大、长度最长，人数最多的一次比赛，盛况空前，堪称世界之最。2001年7月，"万人扯绳"被载入世界吉尼斯纪录。2007年，"万人拔河（扯绳）"被列为甘肃省非物质文化遗产名录。依托历史悠久的元宵节"万人扯绳（拔河）"，2008年，临潭县被国家体育总局、中国拔河协会授予"全国拔河之乡"荣誉称号，并成功举办了2007全国拔河锦标赛，2009

年、2010年、2011年、2012年、2014年、2016年、2023年举办了七届中国拔河公开赛暨甘肃临潭拔河节活动。2021年，"万人扯绳（拔河）"赛成功申报为第五批国家级非物质文化遗产。2023年，在中国作家协会、中国拔河协会支持下，成功举办"全国拔河之乡·临潭杯"拔河主题全国征文活动，进一步传承弘扬拔河文化。

代序 中国拔河的历史传承与文化内涵

中国拔河协会会长 何珍文

今天，我们在这里一起探讨中国拔河运动的历史传承与文化内涵，这个命题也是本次交流大会的主题和使命，我们当以一个社会体育人的责任，一个拔河运动传承者的义务去认真思考和研究这个问题。

我们知道，文化是一个国家、一个民族的灵魂。自信是每个人都应该持有的生活态度，是一种积极向上的精神风貌。弘扬传统文化，增强文化自信已成为当代中国的兴国之魂。习近平总书记曾指出："不忘历史才能开辟未来，善于继承才能善于创新。优秀传统文化是一个国家、一个民族传承和发展的根本，如果丢掉了，就割断了精神命脉。我们要善于把弘扬优秀传统文化和发展现实文化有机统一起来，紧密结合起来，在继承中发展，在发展中继承。"

体育本身作为一种文化现象，它是一个尊重人、锻炼人、熏陶人、教育人的过程。体育文化和其他文化一样反映了一个时代、一个国家或民族的特征，不仅规范着人们的体育行为，还影响着人们的体育价值观念，体育强国建设必然要求丰富、独特的体育文化作为支撑。2019年8月国务院办公厅印发的《体育强国建设纲要》就促进体育文化繁荣发展、弘扬中华体育精神做出明确要求：加强优秀民族体育、民间体育、民俗体育的保护、推广和创新，推进传统体育项目文化的挖掘和整理。开展体育文物、档案、文献等普查、收集、整理、保存和研究利用工作。开展传统体育类非物质文化遗产展示展演活动，推动传统体育类非物质文化遗产进校园。

在习近平总书记"文化自信"的思想指导下，《体育强国建设纲要》为拔河运动的历史文化挖掘传承工作指明了方向，厘清了思路，下面就让我们来一起探讨这个问题。

一、历史悠久的拔河运动是中华传统体育中的瑰宝

追溯中国拔河运动的历史，我们可以清楚地看到，拔河是中国古代的一种体育运动，起源于春秋战国时期，迄今已有两千四百多年的历史。

《墨子·鲁问》中提到："公输子自鲁南游焉，始为舟战之器，作为强钩之备，退者钩之，进者强之，量其钩强之长，而制之为兵（兵器）。楚之兵节，越之不兵节，楚人因此若势，亟败越人。"说的是春秋时期，楚、越两国的水军交战，鲁国的工匠公输子（鲁班）为楚国设计了一种称之为"钩强"的兵器，用于阻挡和钩住敌船，当敌船前进时就阻挡它，当敌船后退时就钩住它。楚国水军舟师由于运用这种兵器作战，打败了敌军。后来，人们认为"钩强"中的强是拒的意思，"钩强"亦可称之为"钩拒"。

由于楚国以"钩拒"之兵器取得了军事胜利，楚人"以为教战，流迁不改，习以相传"（《隋书·地理志》），在没有战争的情况下，平日军队也经常用"钩拒"的兵器和方法进行军事训

练，在将领的指挥下，士兵分成两组，手挽竹编的篾缆，伴着惊天动地的战鼓和呐喊，奋力钩拉牵拖。这种紧张激烈、扣人心弦的军事演练时称"钩拒之戏"。它模拟水军舟师作战形式，在钩或拒时需要士兵强大的力量和技巧，并需集体配合同时用力，才能发挥最大的效力。这就使它奠定了拔河的基本属性，成为我国拔河运动的起源。当时的"钩拒之戏"，没有规则，器具粗糙，是用竹皮编成的篾缆，但演练起来能够锻炼士兵的意志品质，又具有较好的刺激性和观赏性，因此从军队流传到民间。南朝称之为"施钩之戏"，隋代称之为"牵钩之戏"。

民间的拔河游戏一般在春节、清明节、寒食节举办，以竹缆或麻绳为比赛工具，两端系有很多小钩或绳，分两队拉拔，击鼓助威欢呼呐喊，伴以歌声，声震四方。发展到唐代，拔河游戏的名称和比赛规则逐渐固定下来，初步具备了作为一项民间体育活动的雏形。唐朝拔河游戏主要在宫廷举办，还流行于天宝之后的军队士卒之间。宋代的拔河游戏，见于文献记载的有祝穆《方舆胜览》"拔河之戏，以麻绳巨竹分朋而挽水，谓之拔河，以定胜负，而祈农桑"，可见此时的拔河已经从一种娱乐游戏，演变成扶正祛邪、祈求丰收的民俗活动。

随着时间的推移，拔河在我国不同地区出现了各种各样的形式，比如在藏区出现了一对一的藏式拔河"押架"；在西北地区出现了声势浩大的"扯绳"习俗；在江南出现了泥地拔河、龙舟拔河；在东北地区出现了冰上拔河等等。

总之，拔河作为一种中华民族的传统体育项目，历史悠久，文化积淀丰厚，是优秀的体育文化遗产，在当今社会依然具有强大的发展动能。

二、中国现代拔河在继承发扬中走向世界、走向未来

一般认为，现代竞技拔河运动源自英国。自1900年第二届巴黎奥运会开始，作为田径项目分项连续五届成为奥运会正式比赛项目。现代竞技拔河主要分为草地（outdoor）和硬地（indoor）两种，再按体重分为若干级别。在西方国家和地区，草地拔河更受欢迎，且水平较高，来自英伦三岛的爱尔兰、苏格兰、英格兰为传统强队，此外瑞典、荷兰、威尔士、瑞士、南非、西班牙巴斯克地区也是世界强队；亚洲地区多开展硬地拔河。国际拔河联合会成立于1960年，总部设在荷兰，目前有六十九个会员（国家和地区）。

我国民间拔河活动虽然一直没有间断，但开展现代竞技拔河仅有一百多年的历史，新中国正式开展竞技拔河时间更短。拔河项目于1997年在原国家体委正式立项，同年，为促进项目发展和推进两岸交流成立了中国拔河协会（筹），并加入国际拔河联合会。2006年，中国拔河协会正式在民政部登记注册，目前有单位会员七十二个，个人会员二十名。经常参与或曾经参与拔河运动的人数以亿计，这其中主要参与形式是民间形式的拔河。现在，中国拔河协会每年举办全国拔河锦标赛一场；举办全国拔河大奖赛、俱乐部公开赛和新星系列赛等赛事十至十五站；还不定期举办拔河文化交流活动，各类教练员、裁判员培训班以及青少年拔河夏令营等活动。

随着拔河运动的普及，竞技拔河在工矿企业、社会团体、各级各类学校、部队和农村社区发展势头良好，以鞍钢拔河队为代表的优秀队伍不断涌现。中国拔河协会自成立以来，组织国家拔河代表队在世运会、世锦赛等国际大赛中多次摘金夺银，为国家

争得荣誉。2018年3月在徐州举办了世界室内拔河锦标赛，这是世界锦标赛首次落户亚洲。中国拔河队荣获三金二银二铜的优异成绩，取得办赛参赛双丰收。可以说，中国的现代拔河运动已经站在了世界之巅，我们是拔河运动的大国，也是拔河运动的强国！

值得提到的是，竞技拔河在我国港澳台地区也有很好的开展，其中台湾地区拔河运动非常普及，竞技水平也达到了很高的程度，中华台北代表队是世界女子拔河顶尖强队。

三、盛唐时期的拔河文化

经过两千多年的发展和文化积淀，我国拔河运动形成了极其丰富的文化内涵。除了上面提到的文献资料中对拔河文化习俗的记载描述之外，唐代兴盛时期更为我国拔河文化做出了重大贡献。其中，唐代的玄宗皇帝李隆基不仅经常组织拔河活动，甚至还专门写过一首名为《观拔河俗戏》的诗，诗中写道：

> 壮徒恒贾勇，拔拒抵长河。
> 欲练英雄志，须明胜负多。
> 噪齐山岌嶪，气作水腾波。
> 预期年岁稔，先此乐时和。

——《全唐诗》卷三

诗中描述参加比赛的健儿们持续勇猛发力，相互对抗的队伍如同长长的河流；谁要想练就英雄气概，必须经历许多次胜负输赢的磨炼；赛场加油呐喊的声势高过巍峨的山峰，高涨的士气犹如江水汹涌的波涛；这样的盛况是在预期今年又是一个丰收年，大家先在这里聚会欢乐嬉戏，共享太平盛世。

玄宗朝进士薛胜，目睹了千人拔河的盛大场面后，写下了有名的《拔河赋》。文章感情丰富，描写形象生动，夹叙夹议，蕴含着深刻内涵、厚重文化，直到今天仍然感染着我们。

《拔河赋》全文：

皇帝大夸胡人，以八方平泰，百戏繁会。令壮士千人，分为二队，名拔河于内，实耀武于外。伊有司今，昼尔于麻，宵尔于绋。成巨索兮高轮困，大合拱兮长千尺。尔其东西之首也，派别脉分，以挂人胸腋；各引而向，以牵乎强敌。载立长旗，居中作程。苟过差于所志，知胜负之攸平。

于是勇士毕登，嚣声振腾。大魁离立，麾之以肱。初拗怒而强项，卒畏威而伏膺。皆陈力而就列，同拔茅之相仍。瞋目赑屃，壮心凭陵。执金吾袒紫衣以亲鼓，伏柱史持白简以鉴绳。败无隐恶，强无蔽能。咸若吞敌于胸中，憺莫蒂芥；又似拔山于肘后，匪劳凌兢。然后一鼓作气，再鼓作力，三鼓兮其绳则直。小不东兮大不东，允执厥中。鼍鼓逢逢，士力未穷。身挺拔而不动，衣帘襜以从风。斗甚城危，急逾国蹙。履陷地而灭趾，汗流珠而可掬。阴血作而颜若渥丹，胀脉愤而体如瘿木。可以挥落日而横天阙，触不周而动地轴，孰云遇敌迁延，相持蓄缩而已！左兮莫往，右兮莫来。秦王鞭石而东向，屹不可推；巨灵蹋山而西峙，巍乎难摧。绳暴拽而将断，犹匍匐而不回。大夫以上，停眙而忘食；将军以下，虓阚而成雷。千人抃，万人呀，呀奔走，坌尘埃。超拔山兮力不竭，信大国之壮观哉！

嗟夫！虚声奚为？决胜在场。实勇奚为？交争乃伤。彼壮士之始至，信其锋之莫当。洎标纷以校力，突绳度而就强。懦绝倒而臆仰，壮乘势而头抢。纷纵横以披靡，齐拔剌而陆梁。天子启玉齿以璀璨，散金钱而莹煌。胜者皆曰："予王之爪牙，承王之宠光。"将曰："拔百城以贾勇，岂乃牵一队而为刚！"

于是匈奴失筋，再拜称觞曰："君雄若此，臣国其亡。"

可以说，《拔河赋》及相关诗句作品是盛唐年代中华民族强大文化自信的产物，字里行间描绘出拔河运动的文化价值与功能，强烈的民族自豪感让今天的我们仍然为之感怀，这就是拔河文化的魅力和精髓。

四、中国拔河的精神价值

我国拔河运动发展有着悠久、深厚的传统文化根基，竞技拔河追赶超越、激烈厚重，民族传统拔河根植民族文化沃土，如璀璨明珠熠熠生辉。实践中，我国拔河运动展现出强大的健身、竞技、表演、展示和育人、励志等功能。参与其中可以强壮身体，磨炼意志，振奋精神，凝聚人心，展示国威，寄托祝福。

近年来，对于拔河运动的精神价值，业界一直在思考和讨论，也逐步形成了共识，这就是：

一根绳，一条心，一股劲，一个梦。

这是对拔河精神价值一个十分形象的表达，也可以称为一个口号，它所包含的内容主要包括：

1. 万众一心，团结协作的团队精神

拔河是一个集体项目，从队伍组建、技战术训练、体能储备、心理调适、体重控制、比赛发挥、后勤保障等各个环节都需要精心组织安排。比赛时，队伍上下号令统一，思想一致，同伴之间的相互配合，团结协作是取胜的关键所在。拔河是集体主义精神的形象体现。

拔河运动还有娱悦身心、寄托精神、丰富文化生活的功能，充分利用传统节日、纪念日、会议和单位团建开展拔河活动，让繁忙喧嚣的生活变得丰富多彩，在对抗和拼搏中体会中国传统体育文化和体育精神的魅力，对于调节社会工作和生活压力，化解团队成员之间的矛盾和问题具有重要作用。

总之，在当今的社会实践中，拔河运动作为一项塑造团队精神、增强集体凝聚力、展示团队形象的运动项目，已被广泛认知和接受。

2. 强身健体，自强不息，不断超越的奋斗精神

拔河是"通过一根绳，以身体对抗为基本手段，以增强人的体质，促进人的全面发展，丰富社会文化生活和促进精神文明为目的的一种有意识、有组织的社会活动"。从运动本身看，拔河是一项全身运动，参与者几乎需要调动全身的肌肉力量，特别是躯干的核心力量，所以，拔河运动的首要功能就是强身健体，塑造强壮的良好形象。

拔河说到底是硬实力的较量，要想获得好成绩，需要摒弃浮躁，保持初心，技术磨炼中尤其要讲究科学，扎扎实实、自强不息、持之以恒、发愤图强，不断奋斗，提升自己的体能和技战术水平，在"更快、更高、更强"的不断超越中持续发展壮大。

3. 一鼓作气，坚持到底，争取胜利的拼搏精神

拔河运动属于角力项目，从比赛开始就需要持续发力。强手之间较量，首先要从精神上压倒对手，有强烈的争胜欲望，不服输，不放弃，一鼓作气，拼搏到底，才有可能成为最后的胜利者。拔河项目之所以能感动人，使参与者心灵升华，使旁观者感到心灵震撼和共鸣，就是因为受到拔河比赛中呈现出来的那种气吞山河的氛围，那种顽强不屈的拼搏精神感染、教育、影响所致。

五、传承中国拔河文化，承担起增强文化自信的时代责任

拔河是我们民族文化中的瑰宝，是我们民族智慧、民族精神、民族传统、民族文化在体育项目上的重要体现。传承中国拔河文化是实现中华民族伟大复兴中国梦的题中应有之义，是增强文化自信赋予我们拔河人的时代责任。

传承中国拔河文化就是要进一步深入挖掘梳理传统拔河运动的历史文化脉络，深入理解认识拔河运动的精神物质价值，探寻拔河文化亮点与当今社会主流价值观的契合点，以强大的文化自信积极传播拔河文化。

传承中国拔河文化就是要在新的历史起点上大力推动拔河运动的推广、发展和提高。要积极推动现代竞技拔河运动的普及活动，进企业、进机关、进校园、进农村、进社区、进军营等，充分发挥拔河运动在人心凝聚、社会发展、人才培养等方面的功能；要积极传播推广拔河运动的科学知识，不断提升中国拔河运动的竞技水平，提升中国拔河在世界的竞争能力，树立中国拔河良好的国际形象；要积极支持开展各种富有地域民族特色的拔河民俗表演活动，在继承民族传统拔河的基础上积极创新运动形

式，丰富文化内涵，发挥和展示中国拔河运动强大的文化功能和魅力。

传承中国拔河文化，发展中国拔河运动，是所有参与和关心拔河运动者的责任和使命，相信经过我们大家的共同努力，发展拔河运动一定会达成更广泛的社会共识，得到国家和社会各界的更多支持，中国拔河也将会迎来一个更加美好的春天！

（本文是中国拔河协会会长何珍文在 2021 年 10 月 23 日马鞍山"力拔山兮"首届中国拔河运动文化交流大会上的讲话稿，2023 年 10 月作者又作了修改补充。）

散文篇

脚踩土地书写一根绳子带来的

精神震颤

三族共闹元宵节

海洪涛

中国人（部分少数民族例外）自古就有"闹正月"、过元宵节的风俗。正月到来，不论是南方北方，也不论城市乡村，人们都怀着迎来新春的无限喜悦，张灯结彩，载歌载舞，大闹正月，欢度元宵佳节。耍社火、踩高跷、放花、观灯、唱戏曲等形式，应有尽有。

古老的洮州——临潭县旧城（城关镇）却以更为独特的形式——扯绳来欢度元宵佳节，大闹正月十五，而且好几个民族一起积极参加。

关于扯绳的来历，笔者曾走访过数位广见博闻的老人，说法不尽相同。

古洮州是汉、回、藏杂居之地，三个民族向来友好相处。在清同治初年，因统治阶级的挑拨离间，使洮州汉、回、藏三族人民关系不睦，互相戒备，各据一方，枕戈待旦，大有一触即发之势，人人处在惊恐万状之中。据传当时洮州都司丁永安代协台职后，为了化解矛盾，加强三族团结，规定在正月十四、十五、十六三晚，不分民族，不分男女老少，只分上下两片来进行拔河比赛。以后年年如此，沿袭百余年之久。人们还对它赋予迷信色彩，说哪片取胜，哪片当年的庄稼不遭天旱雨打，必定丰收。这当然是鼓励人们积极参加拔河，也反映了广大人民渴望丰衣足食的善良愿望。

正月初，当人们沉浸在节日的欢乐之中，各家在拜年恭贺、探亲访友时，就开始谈论将要到来的扯绳节。从热炕头到庭院里，从墙角落到大街小巷，无论男女老少，都心情激动，热情高涨，滔滔不绝，谈论不止，到处充满了兴奋而热烈的空气，给恬静闲适的新春佳节增添了奇异的色彩，笼罩上了团结战斗的气氛。

正月十四这天午后，人们把早已准备好的绳摆放在上下两片指定的长长的西街上，人们把它称作两条"龙"。每条"龙"长约四百米。以街旁的西城门口为界，二"龙"的头在此临近相望，"龙"尾分别朝反方向伸向远方。"龙"头长十米左右，是用直径约六厘米多粗的钢丝拧成的，足有碗口粗，绳的两端再缠上若干圈麻绳，以便让参加比赛的人捉得很牢。

这一天，除了城里人外，还有四乡各村的汉、回、藏三族人民，无论男女老少，无须他人动员，从上午或中午就穿上节日盛装，男女青年都打扮得漂漂亮亮，怀着欣喜激动的心情，来到西凤山下的旧城大街上。有些年逾古稀、终年足不出户的乡下老人，也要骑上牲口或坐上架子车，让儿孙拉着进城观光。

下午，山城的街上更加热闹非凡，人来人往，络绎不绝。各自不同的打扮，五颜六色的服装，在夕阳的余晖中光彩夺目，远远望去，大有绚丽斑斓的长"龙"蠕动之感，节日的气氛显得更加浓郁。

在摩肩接踵、熙熙攘攘的人群中，一些孩童搀扶着步履蹒跚的老人，来到街道两旁商店的高台阶上，选择好地点，安放好凳子，老早坐下，等看扯绳。

夜幕降下，圆月东升。鞭炮声此起彼伏，疏密有致；摔炮、两响炮噼啪作响，频频欢爆；"电光炮""满天星"腾空跃起，进放异彩，如无数繁星悬挂在夜空。

成千上万的人们站在二"龙"两侧，摆成一条长蛇阵。人人摩拳擦掌，个个严阵以待。决战前夕，空气显得分外紧张，一场孕育已久的比赛将要开始。

"抓好绳，作好准备!"指挥者上下奔波，严肃地警告大家。人们立即用双手紧紧抓住"龙"。上下两队分别组织了数十名身强力壮、膀大腰圆、虎彪彪的年轻人去把握关键性的"龙"头。他们有的是裸露臂膀、彪悍英武的藏族青年，有的是头戴白色小圆帽、身穿白衬衣，青夹夹的精明伶俐的回族小伙子；有的是风度潇洒，充满青春活力的汉族后生。一个个站稳脚跟，鼓足劲头，雄赳赳，气昂昂，立等下令，进行拼搏。

两个分别是凹凸形的"龙"头套在一起，然后用直径约十厘米、长约一米的桦木棒串起来，二"龙"连到一起了。

"啪——"总指挥的号令枪响了，战斗开始了，惊天动地的轰响传来了，排山倒海的气势出现了。

"嘟嘟——"从远处传来激昂的进军号声。人们如上战场，使出浑身力量投入战斗。

"吭吭吭——吭吭吭!"这是双方战斗员在拼命拉扯时整齐而有节奏的、雄浑而有力的喊叫声。这声音粗犷狂放，威力无穷，大地为之颤动，人间为之沸腾，群山为之共鸣，明月为之惊叹。

"一二——加油! 一二——加油!"这是双方各段的指挥员圆睁双目，奔波跳跃，用洪亮有力的声音竭力喊叫，拼命鼓动。

"嘘嘘嘘——嘘嘘嘘——"这是来自各段合着统一节拍，由孩子们自由组成的啦啦队的各种哨声。

各种音响交织在一起，谱成一支惊心动魄的交响曲，越过无垠旷野，划破茫茫苍穹，传向远方……

战斗进入相持阶段。被拉直绷紧了的僵硬的"龙"身动不了，巨大的声响暂停了。指挥者深感重任在肩，事关大局，非同小可，用十分紧张的心情和严肃的态度，如疯似狂地暴跳大喊："稳住！压低！"人们把"龙"压得更低，拽得更紧，他们弯下腰，屏住气，汗流浃背，拼死回扯。手磨破了，不觉得疼；衣服裂口了，并不可惜。此刻，所有的人都忘记了节日的愉快，忘记了忧愁苦恼，只是一股劲儿地扯，全力以赴地拉。

这时候，登高望远的姑娘媳妇们，再也不忍袖手旁观，她们一反忸怩害羞的常态，刹那间变成巾帼英雄，在皎皎月光下投入战斗，奋力拉扯。那些离战地较远的叫卖者，也搁下小摊，加入战斗。一些观望的老幼病残者，虽无力战斗，却情不自禁地捏着把汗，提心吊胆，屏息鼓劲，比战斗员更显紧张。

这时候，人们全然不知战友姓甚名谁，来自何方，是藏，是回，是汉？三个民族的男女老少团结得如此紧密，配合得如此协调，步调是如此地一致，产生了一股坚无不摧、攻无不克、战无不胜的巨大力量。他们同呼吸，共战斗，心儿一起跳动，热血一起沸腾，劲往一起使。他们怀着一个目标，朝着一个方向，不惜任何代价，一个劲儿地扯呀拉。这时只要齐心协力，共同奋战，就是亲密战友，就是一家人。

僵局打破了，"龙"又蠕动了，震耳欲聋的喊叫声山洪般地暴发了……

就这样，长长的"龙"一时被拉上去，一时被扯下来；一时稳住，一时发出天崩地裂的呐喊，反复较量，局势多变，胜败难决，紧张无比。

最后取胜的一方，把"龙"拉过去约七八十米后，由专门指定的裁判员手持大锤，敲开木棒，二"龙"脱离，胜败已决，一局结束。又是一阵震撼大地的胜利者的狂欢声。

二、三局赛完后，月照中天，将近午夜。人们恋恋不舍地离开战地，踏着月光，论着胜败各自回家。

十五、十六的晚上，败队不气馁，胜队不骄傲，又十分友好地进行若干回合的大战，照样让山城沸腾，让大地轰鸣，让群山欢呼，让元宵佳节在团结紧张、和睦友好的气氛中度过，结束用民族大团结的友谊谱写出的雄壮凯歌的演奏。

作者简介：海洪涛，回族，甘肃临潭人，曾任临潭县志办主任，《临潭县志》主编，临潭县文联副主席。出版《中国穆斯林三百历代名人歌》《中华历代名人歌》《天方大圣事迹歌》等著作。

与命拔河

任林举

六百年时光过后，竟然临潭人自己也不知道年年岁岁的拔河赛到底为了啥。是和六百年前的屯田将士一样为了"教战"锻炼人的斗志和体魄？还是为了通过那场激战夺回一年或一生的好运气？抑或是为了怀念那些远去的先人和时光？

临潭的拔河不叫拔河，从历史上流传下来的名字一直叫"扯绳"。临潭县文联副主席敏奇才是中国作家协会重点关注、扶持的作家，不但对文学怀有浓厚的兴趣和热爱，对当地的文化也有系统的关注和研究。他不但是临潭扯绳赛的参与者，也是这项文化遗产的记录者，他曾专门写过一篇名为《洮州万人扯绳闹元宵》的文章，描写一年一度的扯绳赛盛况。现在，他不是写，也不是读自己的旧作，而是亲口讲述，他和县文广新局"改任"到三叉乡的丁志胜一同追述、对谈临潭扯绳赛的历史、变迁和体会、感受，这是倾注了心绪和情感的现场再现。

最早的扯绳赛，始自六百多年前的明洪武年间。

洪武十年（1377年），西番十八族叛乱，十一年农历八月，朝廷封沐英为征西将军，与蓝玉等统兵征伐，大战于洮州，也就是今天的临潭县，俘虏西番十八族头领阿昌失纳。后又在东笼山筑城，擒获酋长三副使瘿嗦子等，平定朵甘纳儿七站，拓地数千里。洪武十二年（1379年），置洮州卫，建洮州旧城。驻旧城期间，他们以"牵钩"（即拔河）为军中游戏，用以增强将士体魄，大约也有另外的用意——激发战士们争先恐后、勇敢杀敌的士气和斗志。后来，为了整固和充实边防，明朝实行了屯田戍边制，"从征者，诸将所部兵，即重其地。因此，留戍"（《洮州厅志》）。于是，大量江淮将士携家带眷就地落户，一转身就成了永居的洮州人，扯绳之俗遂由军中转为民间。《洮州厅志》又记："旧城民有拔河之戏，用长绳一条连小绳数十，千百人挽两头，分朋牵扯之。其目的是以为扯势之胜负，即以占年岁之丰歉焉。"牵钩的内涵也由此发生了变异。

拔河，早期叫"施钩""牵钩"，后来叫"扯绳"，近年又称"拔河"。实际上，拔河这种旨在"教战"的军中活动，最早的源头也不在六百年前，追溯起来还可以到更加久远的年代。唐御史中丞封演在《封氏闻见记》中记："拔河，古谓之牵钩，襄汉风俗，常以正月望日为主。相传楚将伐吴以为教战。……古用篾缆，今民则以大麻绳，长四五十丈，两头分系小索数百条，挂于胸前，分两朋，两向齐挽。当大缆之中，立大旗为界，震声叫噪，使相牵引，以却者为胜，就者为输，名曰拔河。"谁也未承想，这朵曾在中原历史中盛放又凋谢的文化之花，却在几千里之外的洮州找到了生长和传续的土壤，经过时代传承，不仅花朵艳丽依旧，而且又修成了可以载入史册的"正果"。2001年"万人扯绳"被载入吉尼斯世界纪录。2008年，临潭县被国家体育总局、中国拔河协会授予"全国拔河之乡"荣誉称号。2021年，这项活动又正式被列入国家非物质文化遗产名录。

随着岁月的流逝、时代的变迁，世界各地的很多文化遗产都已经失去了真实的生命，只能像一个文化标本或木乃伊一样，保存在传说、文字或历史影像资料中。而临潭的"扯绳赛"却是活的、不但活，而且随着时代的更迭拥有了不同的面貌和精神指向。这就需要有敏奇才、丁志胜这样的亲历者、亲自参与者对它进行贴近灵魂和活灵活现的追忆和描述。

临潭的扯绳赛，一直像一棵不曾休眠和枯萎的老树，每年一次如期地绽放出它诱人的花朵，一直到大炼钢铁和破四旧时才被迫停止。"老树"被腰斩，大约有二十年的时间，无花、无果、不发芽。丁志胜于20世纪60年代末出生，再早的地域、文化记忆都是来自父辈们的口口相传。他能够亲自见证这个传说中的活动，始自1979年。那一年，从1958年到1978年一直停办的扯绳赛终于在人们的怀念和期盼中恢复了举办。在丁志胜的记忆中，从前的"万人拔河"规模远不及现在，直接参与的人也没见过有万人之多。那时，扯绳赛每年举办的时间定为正月的初五、初六，地点在县城西门外的河滩上。

开赛的日子一到，全城空巷，男女老少齐聚西门外的河滩之上，黑压压的人群沿河滩坡地排出数里。现场气氛异常火爆，人声鼎沸、锣鼓喧天。人群中间的空场上，两根数十丈长的粗麻绳铺陈在地上。大麻绳的尾端，又分出两股细一点的麻绳，继续向远处铺陈，这两股细麻绳称作"双飞燕"，其主要功能大约不仅仅是为了好看或好听，而是为更多的人参与其中腾出"伸手"的空间。新中国成立以前，万人扯绳赛由临潭县商会组织，凡县城的居民都要缴纳钱物，富的出钱，穷的交麻或绳索，用以制作大绳。绳分两段，两段麻绳的对接点在正对西城门的位置，一根向南，一根向北，两绳头部各结一个大铁钩。比赛按城南城北的居住区分队，以西城门为界，城南居民叫下街队（包括城南所有乡村和牧区），城北居民叫上街队（包括城北所有乡村和牧区），由群众推举的数十个剽悍小伙做"连手"负责连接绳头。以前的操作很简单，两个绳头的铁钩一搭，比赛即告开始。在后来的演变过程中，绳头的连接方式发生了变化，铁钩被木销所取代，扯绳赛的名字也就从"牵钩赛",变成了"拔河赛"。

1979年活动再度恢复以后,比赛的地点、时间、规模、组织方式等都发生了很大的变化。为了提高群众参与度、烘托元宵节气氛,组织者将这一活动时间推移到元宵节,并由原来的两天变成三天,正月十四、十五、十六晚上举行,每晚三局,三晚九局。组织者也不再是商会,而变为由临潭县城关镇政府组织,由城隍庙、各清真寺负责人、各村委会协助举办。为防止扯断将以前的麻绳换成了钢丝绳,直径14厘米,长1808米,重约8吨;地点也从城西的河滩上移至城关镇的中心十字街。参赛者不仅限于本城、本县,更不限身份、民族等,甘南各地包括卓尼、合作等地的居民感兴趣者都可以赶来参赛。近年来,临潭的元宵节扯绳活动,规模之大,场面之壮观,人数之众多,更加呈现了前所未有之盛况。2007年活动达到历史高峰,各地前来临潭观摩、参赛的群众达十五万人之多。

因为参与的人数太多,参与者与观看者也无法分清,比赛便只以绳长为限,参与者数量不限。有人对拔河两端的人数做过大致的清点,基本上相差无几,因为参与扯绳的人与人之间需要拉开一点距离,人过密反而无法施展、用力。这实在是一场耗时耗力考验人们意志和毅力的活动。一场比赛下来,有时要耗时两三个小时,正月的天气虽然依旧寒冷,参与拔河的人却无一人不是汗水湿透冬衣。

临潭的扯绳赛看似一项民间的体育活动或民俗活动,实际上,已经成了有一点宗教意味的文化仪式。在为期三天的九场比赛中,每一场比赛的输赢都暗示着双边群众一年的运势和收成,所以每一场比赛都实实在在地牵动万人之心,因为没有人不关心自己的运气,没有人不关心一年的丰歉。当然,最后的输赢未必就能对应上南北半城人运势的强弱,但胜出的半城人一年的心情和信念就多了一份有力的支撑;败了的那半城人则哈哈一笑，只把比赛当成一场有趣的游戏。即便是有人因为败北而心有不畅，也会把希望寄托于来年。临潭人似乎永远不缺少意志和耐力。他们相信，只要时间在手，就是希望在手，就有翻身的机会，就有转败为胜、时来运转的机会，就像这一年年不曾间断的拔河赛事，总有那么一年，总有那么一次，胜利是属于自己的。

作者简介：任林举，中国作协第十届全国委员会委员，中国报告文学学会副会长。吉林省作协副主席。著有长篇散文《玉米大地》、散文集《时间的形态》、长篇报告文学《粮道》《贡米》《出泥淖记》《虎啸》《躬身》等。曾获鲁迅文学奖等奖项。

弦外音

北　乔

1

　　西部高原之上的临潭小县城，元宵节前一天的下午，两根粗长的绳子摆在大街上。路过的人们相视一笑，今年好戏照常。

　　天色渐晚，从四面八方拥来的人淹没了巨龙，大街成为一条流动的河。

　　一声炮响，数万之众一拥而上。一年一度的万人拔河开始了。

　　两队都有指挥，嘴上叼着哨子，腮帮一收一鼓，脸涨得通红，哨音时而悠长，时而急促。手中的红旗，随节奏挥动，哨音与红旗同时发出指挥信号。队伍太长了，后面的人根本听不到指挥的哨音，看不见指挥的红旗。每间隔约二十米左右，有一个身体瘦小的小伙子站在绳子上，他们也是指挥，负责将前面指挥的节奏向后传递，形成接力式的指挥纵队。这些小伙子经过严格筛选，个头小身体轻，只是基本标准，还要反应快，中气足，协调性强。虽说站在绳子上，一边有一个人专事扶腿，但还需要自己有高超的平衡能力。摔下，不至于受伤。中

013

断号令的连贯性，影响了整个队伍的节奏，那可是大事。远处的人看不到参赛者，但可以看到这些指挥。放眼望去，这些立于绳子上的指挥好似风中摇晃的帆，在海上乘风破浪。

前头的上百人，都是清一色的壮硕男子。他们是各村各社挑选出来的精英干将，是主力也是门面。其实，说门面更为贴切。在上万人中，百十人的力量确实可以忽略不计。开赛前，他们如一根根木桩立着，表情凝重而紧张。周围人散漫、轻松，谈天说地，欢声笑话，打打闹闹，与此氛围一比，他们似乎并不属于这里。比赛一开始，他们个个瞬时进入战斗状态。一手托一手压，五指如钢爪钳住绳子。臂膊紧贴绳子，既可稳固绳子方向，又可变摩擦力为抓力。这时候，他们的手臂与绳子合为一体，绳子是手臂的延伸。全身呈马步状，保持后仰态势。如此这般，可以将身体的重量转化为后拉力，并可以在拉拽之中富有弹性。每一次后拉，身体如弹簧。百十人整齐的行动，就像海浪，看似悠然，内潜无限的力量。他们是猛虎，又颇具专业运动员的范儿。

后面的不分男女老少，不分民族，不分信仰，大家心往一处想，劲往一处使。绳子太粗，有的人双手掌控不住，就把绳子夹在腋下，反正衣服穿得厚，不会硌得疼。有些孩子干脆像秤砣一样吊在绳子上，嘴里哇啦哇啦的，在给自己鼓劲，也是为别人加油。大人也有这样的，尤其是那些矮胖者，采取吊杠的技法，将手臂之力与傲人的体重合二为一。参赛者全身使劲，动作五花八门，千奇百怪，但都扯着嗓子嗷嗷嗷地呐喊。

过年盛宴积攒的力量，有了用武之地。新的一年，需要在这样的呐喊中开场。为了保持统一发力的节奏，也缺少不了这样的呐喊。从胸膛喷射而出的声音，是身心的骚动，是对未来的应战和豪迈，也是参赛者彼此的互应和聚心聚力。

绳子与人一起上下起伏，好像水中蛟龙。一般的拔河，最忌绳子摆动摇晃，幅度稍大，便会阵脚大乱，对方抓住战机猛地发力，就可锁定胜局。这里，不会这样，绳子一旦摇摆，两边的人便贴上去，形成两道移动的长城护卫。众人齐心，既是铜墙铁壁，又似两道铁轨，队伍渐渐稳住阵脚。

2

拔河，原为水上作战的技法。由《墨子·鲁问》可知，此战法最早出现于春秋战国时期的楚越之战，名为"牵钩"或"钩强"。鲁国的工匠鲁班设计了一种称之为"钩强"的兵器，用于抵顶和钩住敌船。处于有利时，钩住敌船，奋力痛击；无利可图时，就把敌船推开，以便自己快速撤退。作战之余，士兵在陆地上进行实战性的训练。后从兵营传入民间，渐成为"牵钩之戏"或"施钩之戏"。此后，这项源于作战的拔河，既在兵营里流传至今，更为民众广泛接受和喜欢。《新唐书》记载："壮者为角抵、拔河、翘木、扛铁之戏。""拔河"一词首次出现在史籍中。一般认为，因将决胜标志线称为界，便有"拔河"一名。军事训练演变为民间活动，是军事文化对大众文化的一次深情反哺。在形式、内容以及影响面，来到民间的拔河实现了令人沉醉的超越。

千年之后，临潭人又一次复制了这样的传递。

明代初期，数万江淮兵士来到高原腹地的临潭。据《明太祖实录》记载："洪武十二年（公元1379年）春正月，洮州十八族番叛，命沐英移兵计之，英军至洮州旧城。英部将士之中多为江淮人。"而《洮州厅志》则记载他们的去向："从征者，诸将所部兵，即重其地。因此，留戍。"几十字，毫无情感可言，只是客观而精准的记录。冰冷的文字，掩埋了多少血肉之躯的背井离乡。我们无法亲近，甚至难以想象。文字是温暖的，但有时也会如此冷酷。

兵士们远离故土留在他乡，也将老家的风俗人情和兵营文化注入了异域。他们给游牧地区带来了中原的传统文化、先进的生产技术和新奇的日常生活仪式。对当地牧民而言，外来的文化如此迷人，生活从此进入两个世界的融合。而兵士们，则是以这样的方式存储乡愁。最先进入牧民视野的当然是一些军事行为和用语。在当年的洮州卫城所在地临潭新城，至今还把赶集称为赶营。营，是兵营的营。茶马互市最初属军中交易，群众称之为"营"。渐渐地，百姓们在特定的日子来到新城，以茶易马，并借助这样的便利进行民间性商品交易，久而久之，这里的集市繁华起来。因是跟着兵营做的事，所以赶集也称为"跟营"。

是兵，就要训练强体，时刻备战。纯军事性的操练，离自己的身份和生活很远，百姓们只是看看。拔河可不一样。绳子，只要有绳子，随便什么地方，不用烦琐的规则，就可以那样激烈，那样心潮澎湃。如此，我们可以想见曾经的历史又在这里重现，只是比当年更从容，更完美。在临潭从兵营里的训练之法到民间的拔河，不是千年前的一步步演化，而是浓缩了进程，实现了瞬间的跨越。在当地百姓模仿拔河时，兵士以及其后随迁而来的家眷给予了专业性的指导。他们将在江淮民间已经成熟的拔河活动带到百姓中，而非单纯地移植军中的拔河训练。

3

对临潭而言，拔河从历史深处而来，从遥远的陌生之地而来。而在他乡的江淮儿女，则以拔河为载体，珍藏故乡的记忆。故乡是具象的，门前的一条河，村头的一棵树，那些和多民族聚居的形态，也将各民族的文化和诉求缠在了同一根绳子上。来到临潭的拔河，保持了民间最为朴素的拔河之俗，又极具西部特色风情。

临潭的拔河，是比赛，也是民俗。"以占年岁丰歉"，以众人之力行占测之事，这是在心之虔诚上，又加入了力量的奉献。把对方当作假想的困难，众人将其打垮。还是向上苍展示自己的齐心和雄力，祈福纳祥。输赢定乾坤。胜的一片，新的一年风调雨顺，地丰收，人康健，万事皆顺心。这是大事。许多在外的临潭人赶不回来过年，也一定想方设法投身归乡参加拔河。过年之后，不是天大的事，也等拔河之后才外出。

临潭拔河不是一根绳子，而是两根绳子，这与最初的牵钩之戏基本相似，只是以扣环代替了钩。麻绳内包钢缆，粗如成年男子的大腿，总长近两公里，重达八吨。绳头处均有扣，高高昂起。绳身上每隔一段距离，以稍细的绳子分叉，称为"连"。绳头为头连，中为二连、三连，末端为连尾。当地人称头连为龙首，二连、三连为龙爪，连尾为龙尾。两条巨龙来到人间，似卧似飞。

视绳为龙，二龙相争。出征前，自然要行祭拜之礼，叫"出绳头"，还要举行隆重的祭祀仪式，含有祈求平安、不出问题的愿望。比赛结束后，正月十七要"回绳"，保管起来等下一年再用。

祭祀仪式在大庙举行。大庙，坐落于旧城城内中心位置，全称为"镇守西海感应五国都大龙王"庙，也称临潭旧城"五国爷"大庙。此处最初为明朝洮州旧城的都司衙门。后明太祖念安公忠心报国，镇洮守边有功，敕封为：分管石门洮河以西、统辖西海、总摄洮境之"镇守西海感应五国都大龙王"，执掌风雨雷电，消灾御难，建庙享祀，列洮州十八位龙神之一。都司衙门从此改为龙王庙，重塑金身，受西海洮境数万藏汉群众六百余年的香火祭祀，经久不衰。

在大庙院内香炉前设香桌，桌上供三牲及相关供品，旁立龙虎旗。赞引和礼生穿朝服盥洗后就位。在礼生主持下，承祭人员三上香三献爵（三敬酒），行两拜六叩礼。在引班引导下，杠子手举龙头、楔子于前，由赞引"点睛"。礼生展读祭文，祈求国泰民安，风调雨顺，活动圆满。承祭人员再献爵，化黄表册，行两拜六叩礼，陪祭人员及参与人员随行礼。在礼生主持下，鸣炮、奏鼓乐。围观之众这时竞相上前以触摸龙头、楔子为荣，如此，可沾染喜气。

4

拔河到了唐朝时，是在大绳的两头分系小索数百条，拔河的人将小索挂于胸前，两边的人相背而牵，其动作与纤夫拉纤相近。临潭的拔河，对此有所改进，两支队伍相对，保留了大绳上拴小绳的做法，但更多的是用于拉拽。由套胸背到手拽，在人数上得到了扩充。绳前的钩改为恰如龙头的大扣，即头连，在赛前用一根长六十厘米左右、两头细中间粗的木杠子巧妙地连接和捆绑起来。这杠子是用白桦木，经菜籽油浸透后晾干制成的，可以承载巨大的力量。专门连接两根绳子的人叫"连手"，双方各有四位连手，一般由群众推举的"少壮"担任。对接龙口，看似简单，实则不易。"连手"的活儿不好干，尤其是负责打杠子的连手，一般人也干不了，因而许多连手都是家传。从小就跟着父亲学，什么时候可以胜任而上场，得由父亲说了算。与许多古老的民间技艺一样，连手的技术，一直是口口相传，传男不传女。

不到临近开赛，不能连龙头。天抹黑，人也不少了，主事的先生就会通知连手对接龙头。这时候，已经有很多人抓起了绳子拽扯，有的是要抢得先机，有的则是图个好玩。插杠、移动龙头对接、指挥众人松拉绳子，双方八位连手各有分工。前面的壮硕汉子属于专业性的参赛者，会听从连手的指挥，后面的群众可就借机闹着玩了，故意把绳子往自己这一片拉。再往后的群众，不知道前面发生了什么情况，以为比赛开始了，如此这般，没有个把小时，根本对接不上龙头。无论人们怎么闹，连手都不能发火，只能和颜悦色地劝。似乎也没什么人因龙头对接得慢而着急，反而把这场景当作喜剧在看。其实，这是比赛的序幕，是不可或缺的乐趣。

"连手"负责胜负。一局比赛中，当"头连"最后被扯过画定的界线后，"连手"就要持八磅的大锤将"头连"的杠子打掉，表示一局结束了，再重新连接，重绑杠子。所以当地人又把"连手"称作"把杠子的"或"杠子手"。这与其他地方的拔河区别也很大。在一方赢时，没有裁判发信号停止比赛，连手需要在运动中打掉杠子。杠子掉了，双扣脱离，比赛才自动结束。

打杠子的人，不站队，谁赢了，都是他操刀打杠子。两边的人还在比赛中，尤其是输的一方，此时不但不罢休，反而会充分利用杠子未掉的这段时间，做最后的力拼。围着的人自然分成两派，吵吵嚷嚷，挤挤搡搡，胜的那一头的，要连手快点打杠；输的那头，当然是制造各种混乱，干扰连手下锤，为自家队伍拖延时间。如此，拔河形成了两个战场，两边的队伍在战斗，两方围拢在龙头的人群也在战斗。其他连手，在这时候要竭力阻止各种"扰杠"行为，帮助打杠的连手速战速决。打杠的连手不能迟疑，眼要尖，劲要猛，落点要准。打砸的过程中，不能伤及他人，也不能让自己有危险。险象环生，每每如此。有一年，一位连手正打杠子时，两边围观的人干上了，结果杠子脱落掉在地上，又弹起来砸到他身上，导致他脾脏严重受伤，最后不得不做了脾脏摘除术。幸好，如此受重伤的，很多年来，仅此一次。

5

这样的拔河，没有人数的限制，只简单地区分为上片和下片——以县城西街为界线，以北属上片，以南属下片。

参加拔河的人，严格按上下片来分，一点也不含糊。这个上下片，说是以城中心为点方圆五公里，其实已经延展到很远。涉及两州（甘南藏族自治州、临夏回族自治州）一市（定西市）以及卓尼县、夏河县、碌曲县、岷县、渭源县、康乐县等。历史上主要是汉、回、藏三个民族参加，随着历史的变迁，临潭县周边的东乡族、土族、撒拉族、黎族、苗族、满族等都来参加扯绳。正所谓入乡随俗，既然来了，就得按临潭的规矩参加拔河。

即使是一家人分住在上下片，也只能各归其位，分开参赛。这是规矩。这样的规矩，一年一年传下来，不再需要专门声明，也没有人专事监督，凭的是自觉。这样的自觉，已经融入血液之中。在此范围之外的，属外地人，可以随自己的意愿加入上片或下片。输赢以及挣得的彩头，是按方位来说的。因此，只要来参加的人，基本上还是按自己家所处的位置加入相应的队伍。在哪头都是拔，在自己家这头，真要赢了，自己出力，图得吉利，也挺好的。

从远处来的人，常常就在临潭县城里的亲戚朋友家过这三天。白天一起过节一起吃喝，晚上拔河结束后，又是一起喝酒打牌，全然一家人的感觉。拔河时，分道扬镳，各为其主，又是各不相让的对手。

有没有人破这规矩呢？还真的有。恋爱中的小伙子，常有"背叛"之举。女朋友一要求，有的还是主动请战，便离开了自家所在的队伍，去了女方家那头。人常说，恋爱的男人智商为零，没有自己的立场，以女朋友的立场为准。不管在别处在别的事上，是不是这样，但在临潭拔河时，时常会这样。对此，有些人说，唉，人家把养了那么多年的娃送来了，而且以后只能在咱们这片了，现在帮上几回，该的。看来，这也成了默认的规矩之外的规矩。

这是两片区域的全员对决。胜负，不仅关乎参赛者，还关乎参赛者身后的所有亲朋好友。他们在为自己战斗，也在为家人朋友战斗。观战的人，只要愿意，随时都可以加入。这就有意思了。刚才还在那儿袖手旁观，下一秒就撸起袖子上阵；刚才是啦啦队中的一员，现在在别人的助威声中上阵拼杀。有些人刚赶到现场，直接拨开人群加入。胜负还在你来我往之时，参赛的队伍越来越壮大。从一开始看的人多，到后来参加比赛的人多。只要输赢未定，支援者便源源不断。

随着人数的不断增加，赛场上的形势常常风云突变。人们通常都是喜欢帮助弱者，在这里也是这样。看着自己这一片的形势看好，大家按兵不动，把力气花在喊叫上，加油声一浪高过一浪。这时候，整条街真的沸腾了。兴奋、纵情、狂野，不同的声音都进入声嘶力竭的高潮，震耳欲聋，一片喧嚣。可破天搬山，能撼地。我们这片弱了，快，上，上，一帮人拥上去，瞬间便能逆转败势。人多绳子短了，那就轮番上阵。一个小伙子冲着中年男子喊，你行不行了？不成，我来换你。中年男子不回应，连看都不看小伙子。小伙子急了，但实在是挤不进抓不住绳，干脆抱住中年男子的腰，以间接的方式参战。许多孩子一看这方法不错，还好玩，便像老鹰抓小鸡的游戏那样，一个抱一个，连成长队。就这样，娃娃们加入成人行列，使出吃奶的力气。大人们实在挤不进的，有的拿出预先准备的绳子，像"一连二连"那样不断延伸抓手。有了多出的绳子，这些侧生的旁枝，如同龙舟上划动的桨，增加了比赛的可看性，也提升了比赛的激烈程度。

比赛连着三天，每晚三局。每晚胜的一方，第一时间并不是欢庆胜利，而是先把失败一方的绳子扔到附近的河岸边。这是对败者的再次打击，甚至含有嘲弄的成分，目的是试图灭掉其志气。然后，把自己的龙头扎上红绸布高高举起，在大街上，在人群中，不停地跑动，不停地炫耀。在自己这一边，是庆贺，共享胜利之乐，憧憬新一年的好运气。到了对方那边，那高举的龙头就是他们傲慢的心，藐视一切，他们脸上写满了胜利者的豪情，昂首阔步，欢呼声极为夸张。失败者，无力反抗，情绪低落，但不灰心。次日把绳子捡回来，并四处奔走，动员更多的人扩充队伍，力振雄风，重装上阵，报一剑之仇，把好运夺回来。

6

胜负，大家很关注，可到了现场，那紧张的氛围中，还有纵情的狂欢。从农历正月十四到十六，临潭人把元宵节足足过了三天。从比赛还在准备阶段，一直到比赛结束，在巷子里，边上的小街、河边，烟花爆竹放个不停。尤其是撼天动地的爆竹声与人们的呐喊声、欢呼声，点燃了参赛者的激情，也点燃了节日的激情。

那些站在绳子上的指挥者，多数时候，他们全神贯注地看着前面的指挥信号，认真地传递下去。但他们不会放弃这绝好的表演机会，把绳子视为难得的舞台，应和绳子晃动的节奏、幅度，以腰为轴，前俯后仰左倾右斜，表情慌张，夸张地制造要摔倒的假象。边上还真有的人会上他的当，伸手要扶，他一下子又倒向另一边，惹得对面的人也吓得不轻。他站直了身子，朝大家伙笑笑，有感激，更多的是恶作剧得逞的快意。他们既是一个称职的指挥，又是独特的绳上表演者。许多孩子把绳子当作了玩具，爬上爬下，钻来钻去，再不就是挂在绳子上晃来晃去。更有甚者，也站到绳子上学指挥者的动作。不是认真模仿，而是搞怪，做鬼脸，只学人家做错的动作，学人家一不小心出的洋相。这里是他们的游乐场，天生的表演欲在这里放飞。

以前，用于拔河的不是钢绳，从里到外，都是麻绳，偶尔有被拉断的时候。这些天，绳子不会断了，但龙口偶尔也会滑杠而脱。这下好了，连手们在手忙脚乱地接龙口接绳子，参赛的许多人抱着绳子在那儿说笑聊天。有的人干脆抱着绳子坐下来，吃点心嗑瓜子。那边又开始拔了，这些人嘻嘻哈哈归队。瞧那模样，不像是参加拔河的，倒和逛街的差不多。

参赛的人奋力相抗，观战的人最爱近距离看热闹。瞧瞧，那人的动作太滑稽。看，那人的脸都变形了。个个凑上前看，毫无顾忌地评点一番。有的老人腿脚不得劲了，自己上不了场，就在一旁做起现场教练。他不管别人听不听，按不按他教的现学现卖，只是不停地说啊说。女朋友就在男友边上喊加油，有的趁这机会还秀恩爱，把糖喂进嘴里，装模作样用手绢为男友擦汗。周围的人，哄地一笑。这女孩也不害羞，反而做得更自然。其他地方的拔河，虽然观众不可干扰参赛者，但几乎贴着看比赛，也是正常的。拔河之所以受大家欢迎，观众可以如此近距离地欣赏，可能是重要原因之一。想想也是，很少有像拔河比赛一样，观众不花一分钱，还可以进入赛场的核心地带，几乎挨着参赛者感受比赛。

这时候的拔河场，也是众人相聚之地。遇到熟人，聊上几句。有的是见到熟人在拔河，便挤进去一起拔，边拔边拉家常。说是拔，其实也就是手扶绳子，身倚着绳子，心思基本上用在谈天说地上。有的正在拔河呢，瞧见了熟人，离开队伍说说话抽支烟，再回去参赛。那熟人在干什么，就不好说了。可能和他一起拔，可能还是当观众，也可能跑过对面，刚刚还聊得很热火的两个，立马成了对手。那些姑娘家，三五成群，说是看比赛，其实净挑眼顺的小伙子瞅。彼此间咬耳朵悄悄地说些别人听不到的话，脸上的笑，快乐中糅进了羞色。更有些人，把拔河场当作了相亲地。有的男女，就是来相亲的，这地方的热闹，成了他们最好的掩护。有的姑娘经媒人指认，那小伙子在哪儿拔河呢，事先媒人也告诉小伙子，今晚给他介绍的姑娘会悄悄地观察他。媒人让小伙子知道有姑娘会看着他，而且在现场会想办法告诉他是哪个姑娘。可她跟姑娘却说，尽管大胆看，那小伙子不知道你会来，更不可能知道人群中哪个是你。这是媒人故意在帮小伙子。蒙在鼓里的姑娘，放心大胆地看小伙子，以为小伙子啥都不知道呢。小伙子高兴着呢，明明自己在有意表现自己，姑娘以为是他自然本色。还有，他看到姑娘的状态，才是真正的自然本色。每年的拔河，都有男女在此相识，后来相知相爱，最后成了一家子。

7

临潭的拔河已成重要的民俗活动，令人惊讶的是，其独有的形式，历经六百多年的风雨，一直保持了原汁原味。这当是乡愁的力量，也是多民族心灵的契合之力。

《洮州厅志》对临潭拔河是这样记载的："长绳一条，联小绳数十，千百人挽两头，分朋牵扯之。其俗在西门外河滩，以大麻绳作二股，长数十丈，另将小绳连挂大绳之末，分上下两股，两钩齐挽，少壮咸牵首及力扯之。老幼旁观，鼓噪声可撼岳。以西城门为界，上下齐扯，凡家居上者，上扯；家居下者，则下扯，胜者踊跃欢呼；负者亦颇为失意。其说以为扯绳之胜负，即以占年岁之丰歉。"

近些年，出于旅游的考虑，也为了申请国家级非物质文化遗产，官方将"扯绳"改名为"万人拔河"。2001年2月7日，洮州元宵节万人拔河被列入吉尼斯世界纪录，堪称世界之最。2008年临潭被国家体育总局、中国拔河协会评为首个"中国拔河之乡"。2021年，在荣登第五批国家级非物质文化遗产代表性项目名录时，也是称"万人拔河"。日常生活中，人们还是习惯和喜欢"扯绳"这一称呼。听他们口中的"扯绳"，那么自然，亲切，似乎就是自个儿的家常事。

早在唐朝就已定名的拔河，相信明代从江淮而来的兵士一定知道，而且他们所带来的拔河，忠实地维护了远古的精华，以及民间之于拔河的寓意。但为什么要改称为"扯绳"呢？

我在临潭参与组织过一次拔河比赛。这与临潭传统的拔河不一样，而是我们现在常见的拔河。一根绳子，两边的人数均等。我是裁判。说拔河，是出自我口。这样的拔河，当地人也称扯绳。事实上，只要是拔河，临潭人都唤作扯绳。

那天是临潭宗教人士的一次户外活动，参加的有汉传佛教的方丈和僧人、藏传佛教的活佛和喇嘛、伊斯兰教的阿訇以及道长等。从他们的穿着，就可以看出他们的身份。扯绳时，各个教派的人士混合组队。要分出名次，还有奖品，当然，还有我这位裁判，算是比较正式的比赛。在此前的活动中，比如植树，比如座谈，大家都是以教派为别聚在一起来，极少与本教派之外的人交流。每个人都神情淡然，大有超俗之相。组好队后，原本比较拘谨的他们，为了比赛，开始讨论人员的排位，并讨论战术。哨音一响，他们空前地团结。我一看就知道，他们并没有全力以赴，在意胜负，但并没有只为胜负。无论输赢，他们都很开心。输的一方，看到绳子松掉后，对方有几个人倒地，比赢的还快活。每个回合的间隙，再看他们，笑容绽放了，表情丰富了。如果忽视他们的着装，真的会以为他们就是俗常人之间的相聚。

其间，来了一个十一二岁的小男孩，众人争相让他加入自己的队伍拔河。估计小男孩平常见到的僧人都是不苟言笑，现在看到他们个个如沐春风，有点不知所措了，站在那儿发蒙。因为此前说过，队伍的人数要对等，小男孩要是加入哪个队，这个队就要减一人。一位领头的喇嘛热情地将小男孩拉到了自己这一队后，冲着对面的队喊，他在我们这儿扯，你们在我们队挑一个去，随便挑，哪个都行。对面的开起了玩笑，有一个阿訇冲着这喇嘛高声说道，不挑了，就你，就你。这喇嘛愣了愣，把小男孩拉到了他领头的位置，然后真的走到对面了，而且又站到了队伍最前面。他说，行，只要这娃和我们一起拔，我在哪都行。我吹了开始的哨音，小男孩闻声很用劲地开拔，稚嫩的脸上，时而五官快挤到一块了，时而嘴咧得老大。那喇嘛哪是在拔河，纯粹一个看表演的主儿。他双手是抓着绳子，但根本没用劲，看着小男孩，冲着小男孩乐。其他人一看，也都不认真拔了。这一局，小男孩所在的队居然赢了。小男孩不紧张了，享受着胜利的感觉，也享受着僧人们围住他说笑的感觉。

整个比赛时间不长，但结束后，我明显感觉到，他们相互间的交流多了，关系一下子近了许多。扯绳，扯出了他们隐伏的性情，扯出了他们回到生活本身的亲和，我看到了他们不为人知的常人的一面。在没有这场拔河前，这是我不可能想到的。后来，我再去寺庙见到他们时，总是很恍惚，眼前的他们，真是拔河场上的他们？

8

拔河脱胎于军事，自然火药味极浓。一个"拔"字，足见生猛。拔河的拔，力字当头，硬生生像拔葱一样把对方连人带绳拔过来，强调的是对抗。拔河比赛，是以胜负为主的娱乐。实际情况也是如此。今日之拔河，看重的是两军对垒的气壮山河。

"扯"，力道明显弱了，有的只是扯来扯去的软暴力，多了许多你来我往的互动意味。扯绳，是以娱乐为主的比赛，以绳为引，牵动众生的真性情，活泛日常生活之下的欢乐。临潭拔河，多在万人以上，最多的时候超过十万人。如此浩大的阵势，其里却是天朗气清，惠风和畅。这正得益于大家丢了"拔"的决绝，以"扯"为贵。这也是临潭人的豪爽，不计得失，只求共乐。

在临潭，聊起扯绳，总有说不完的话。我初到临潭时，担心遇人时搭不上话茬。这不只是尴尬的事。在陌生的地方，遇上陌生的人，能把话头聊到人家心坎上，不只可以化解尴尬，还可以快速熟悉起来。有朋友给我出主意，就扯扯"扯绳"的事。我说，我对扯绳不了解啊，会露馅的。朋友说，没事的，你只需像扯线头一样扯出"扯绳"的话，大家伙都能接上话。你不要懂，谁都会兴致勃勃地给你说扯绳中的事。这些事，多着呢，说不完的。后来，我一试，果然如此。只要提到扯绳，甭管谁，都是神采飞扬。我只要附和几句，对方就能滔滔不绝，绘声绘色，就像高超的说书人。

在临潭，素有江淮遗风之说。六百多年前来到高原的江淮风，绵延至今，葆有鲜活之气，浸入了人们过日子的一呼一吸里。扯绳，更是成为元宵节的必备程式之一。这些年，万人拔河已然成为临潭人的无上自豪。说临潭，必会谈及万人拔河。用临潭人的话说，和外地人扯扯扯绳的事儿，心里美着呢。

各种文化相生相长，就像一根绳子样，彼此缠绕，共为一体。万人拔河，在临潭得到最本真的传承。而一个最具方言特色的"扯"字，似乎是寓示多民族间的血浓于水，再也扯不开。

有一天，我专门到仓库看了看这让临潭人扯出自豪、幸福和狂欢的绳子。绳子就盘在屋里一角的窗户下。窗户上的古典镂空木窗精巧而含蓄，糊以宣纸，漏进的阳光洒落于绳子上，如梦似幻。虽内有钢缆，但因麻绳包得很严实，目光所及之处，就是粗大的麻绳。淡淡的灰，让麻绳上的磨损起毛处、汗渍浸染处显得沧桑，并透出幽幽的神秘。

看得出，回绳的人，盘绳时很用心。我的眼前，一条龙盘坐着，龙头高昂。以静止的方式收藏无数的动感瞬间，以沉默的方式讲述人间的喧闹。这龙，让许多古老的传说和逝去的岁月，来到我们身边。

作者简介：北乔，江苏东台人，作家，评论家，诗人。出版长篇小说《新兵》《当兵》、小说集《天要下雨》、散文集《天下兵们》《远道而来》、文学评论专著《约会小说》《刘庆邦的女儿国》、诗集《临潭的潭》等十五部。曾获第十届解放军文艺大奖、第十一届全军文艺优秀作品奖、第九届长征文艺奖、第六届乌金文学奖、第三届三毛散文奖、首届林语堂散文奖、第三届海燕诗歌奖、第四届刘章诗歌奖等。现居北京。

啊日嗷，拔河去

高　凯

年头岁末，在兰州。

在这篇《拔河兮》的初稿快要收尾之际，我开始像放电影一样，回望走过的临潭，那些经见过的人和事，恐怕是我这一辈子都忘不了的。

或许，这就是一幅临潭脱贫攻坚的作战图：那些扶贫干部，已逝的扶贫干部李聚鸿，还在坚守的陈玉锴、敏振西、吴玉平、杨志诚、邢平平、赵金平、道吉才让、王生勇、虎希平、艾力、陈勇、杨金平、周学辉、李生玉、代恒波、吴永平和武乾宁……那些致富带头人，张忠良、苟海龙、王付仓、张建平、贾双龙、马德、王玉环、金润娃和祝金江……那些贫困户，马富春、马马力克、张永贵、张福财、张六十四、龚永平、李骏成、张发祥、邢八英和马小红……那些扶不起的人，姓侯的懒汉、一老二少"半年汗"、最牛的贫困户……校园里的那些孩子，李小军、冯宏伟、李强强、祁玉红、张祖代，甚至包括全志杰为三个孩子塑封的那十八个奖状……

当然，还有那些走在最前面的县委县政府的领导们。

在我看来，一次关于贫困与扶贫的采访和书写，就是一次扶贫与贫困双重的精神经历，颠簸一路，风雨一路，但却一路朝阳。

大西北已经很冷了，我想起在兰州领袖山上打工的那几个巴杰镇人。我发信问梁六彦："你们回家了吗？"

"领导，我们回家十多天了。你们一家都好吗？"

本来，"你们一家都好吗"是我想问他的问题，却让他先问了，所以我没有再出声问这个明知故问的问题。如此，我只能在心里问他：你们一家好吗？

梁六彦一家肯定不怎么好，因为我居然把他托给我的一件大事忘了个一干二净。梁六彦提醒了我："好领导，我女儿的独生子女征（证）现在的（能）办上么？给我出个主义（主意）。怎么办？"

"你把情况详细写出来，我转发给你们吴镇长。"我赶紧说。

"就是没有三征（证）办不上，情况我给你说来（说过）。以前我去过村干部家。村里领导说没有结婚征（证）结扎征（证）出生征（证）不能办。"

"你把姓名等等情况都写清楚。"

"我们长年（常年）在外面打工不知到（道）怎么办。"

"你把办证人的基本情况写清楚。"

"到兰州我给你说过，你说没征（证）能办上。我心没死。看有别的办法能办么。"

"你把办证人的基本情况写清楚。"

"我实字（识字）不大（不多）不会清楚的（地）写出来。办征（证）人梁成孝草她是独生子我是她交（爸）她现年二十七岁有女许（女婿）和孩子。"

不在一个频道说话，太吃力了，我反复给他说"你把办证人的情况写清楚"，就是想让他发我一个完整的微信，然后我直接转发给吴玉平，没想到费了这么大力气。没有办法，我只好把我与他的通话截图发给了吴玉平，然后又明确地给吴玉平发信说了一下。不过，在我看来，小学都没有毕业的梁六彦能有这个水平已经很不错了，一些上过高中的人恐怕还不如他呢。

独生子女证对于一个贫困户很重要。那天，在兰州领袖山采访几个打工的巴杰镇人，当我一个一个人问现在最关心的事是什么时，梁六彦说他的事就是女儿梁成孝草的独生子女证。原来，因为常年在外打工，他结婚时没有领结婚证，老婆结扎时没有办结扎证，女儿出生后没有办出生证，加上后来又和老婆离了婚，独生子女证优抚政策下来之后，就没有办下独生子女证。他的这些情况都属实，而且事出有因，我的想法是，写个情况证明一下，补办一个独生子女证不是什么问题，就答应给他想办法。

没有想到，问了吴玉平之后，说办独生子女证还有年龄限制，梁成孝草已经过了办证的年龄。为了让我更清楚地了解政策规定，吴玉平还发来了一个《独生子女办证条件》。

我一看，白纸黑字的，我这个"领导"已经无能为力了，只好将我与吴玉平的通话截图和《独生子女办证条件》给梁六彦一转了之。对此，我很不好意思，而且很沮丧，我曾经给了他一个希望的，结果他得到的却是一个失望。

说起外出务工，我忽然想起另外一件事。2019年12月10日，"临潭人社"发了一个《中国作家协会后勤工作人员招聘简章》，其实这就是中国作协的一个招聘启事，意思是中国作协在临潭定点招聘六至八名后勤工作人员（其中含男性水电暖工一至两名），服务员要求是年轻女性，初中以上学历；后勤服务人员新入职工资三千二百元，水电暖技术工薪三千五百元，其余待遇一样。工资随年限调整。满一年后有五天带薪休假，休法定节假日，节假日加班按照国家规定付工资。所有人员不需工作经历，作协机关服务中心免费培训。最好2019年12月15日前到位。而且，《简章》明确工作地点是中国作协机关。

刚一看到这个消息，我的内心十分感动和温暖，中国作协这可是把临潭人安排在自己的家里了，而且可能是几个贫困户家庭的人。我们这些经常去中国作协的人，从进大门一直到十楼的会议室，登记、开会和吃饭，都能看见一些衣着整洁得体、精神面貌甚佳的保安、水电暖工和服务员，感觉到他们都很悠闲和幸福，不像其他行业那些打工的人那么辛苦。而如今，在这个"作家之家"也将要有我们甘肃临潭人了，真是让人高兴。对于一群乡下临潭人来说，能在京城工作是多么幸运的事情。中国作协机关能塑造人，北京大环境更能塑造人。

从《简章》发布的时间看，招聘已经结束，人员也已经上班，那么究竟谁是幸运者呢？这么一想，我立即发信问可能经手此事的王志祥，他回复说，人员已经定了，共招了八个人，但考虑到大家要过年，所以决定年后初十才去上班。

这虽然是一件小事，但却充分说明，中国作协的扶贫可是无微不至真正暖到了临潭人的心上。

最后，我与王志祥自然而然地又聊起了拔河。

"什么时候拔河，一定要喊我一声。"

"已经在准备，关键是绳子。据说这根绳子需要很长时间制作。"

"哈哈，绳子怎么会成为问题，民间有高人哩。"

"不是兄想象的，钢丝绳，近两千米，还有数百根分叉的细钢丝绳，上面还要缠麻绳。"

"大致什么时候要？"

"按照明年大年十五准备。"

两天后，从临潭传来消息，正在进行的临潭县人代、政协两会《政府工作报告》前所未有地将"文化临潭"作为重中之重提了出来。而且，一些人大代表、政协委员建议，年内将举办临潭元宵节万人拔河赛、冶力关中国拔河赛……

2019年最后一天，曾在"万人拔河风险调查中"与我中断联系的杨金平，突然给我发来一个视频：画面上，在一个冬阳温暖的院子里，几个人正在从一辆大卡车上卸两卷钢缆。

"老师，托你的福，临潭的绳到了！"正当我在心里兴奋不已地猜测的时候，杨金平补充了一句。至此，我才想起来，杨金平是流顺镇副书记，那段时间加的微信多，未及时做备注，把他的身份给忘了。

那不就是拔河的绳子吗，我说："太好了！"

"就是，太好了，不过还是要谢谢你。"杨金平当然指的是我那首诗。听他这么说，我当然很高兴，但我故意说，与我没有啥关系吧。

杨金平又说："绳到了，神也到了！"

"说得好！"我说。

在杨金平看来，一根拔河的绳子，就是绳龙呀，就是一个龙的图腾，在临潭人的心目中一直被像神一样敬着呢。

其实，大家关心着拔河，也惦记着我这个为拔河写了一首诗的人。当临潭县政府决定拔河的文件一出来，张忠良就给我发来了文件的照片。而在杨金平发绳子视频的同时，敏奇才、李生玉、全志杰和彭世华等人也给我发来了拔河绳子不同时间段的视频或照片。其中，彭世华发来的照片，拔河的绳子已经长长地铺在临潭县城雪后的街道上；不仅如此，全志杰不但把往年拔河的视频和照片发到了"临潭扶贫报告文学"群里，还把《文艺报》制作的洪水根朗诵版《在临潭我就想撸起袖子拔河》又发到了朋友圈；而且，编发过这首拔河诗的《人民日报》海外版记者、编辑张鹏禹就我正在进行的临潭扶贫书写电话采访我，稿子1月17日就见报了，标题为《扶贫路上的文学力量》。稿子写的不只是我一个人，提到了四五位在全国各地扶贫前线采访的作家呢。

与贫困户扎西的丈夫马富春同名同姓的临潭籍《中国青年报》甘肃记者站记者马富春，在我到临潭采访后，不但介绍我认识了洮商张忠良，还一直在微信朋友圈里关注着我的行踪。拔河的绳子运回之后，他既发来了一张绳子的照片，又微信约我："新年扯绳走！"

啊日嗷（喂），拔河去，拔河去。唏不好，非常好！到时候，我要丢下这支秃笔，去临潭看万人拔河。不，到了临潭，我就要撸起袖子拔河，拔了上街，又拔下街……

中断了十二年又开始嗨嗨的万人拔河，那该是怎样的一个激动人心的场面呀。

但是，这个虚词"但是"的转折太让人悲伤了。

计划赶不上变化，人算不如天算。临潭原定2020年元宵节举行的"万人扯绳"又扯不成了。1月17日，就在临潭县洮州民俗文化协会关于在2月7日至9日举行拔河活动的海报发布不久，一场突如其来的新型冠状肺炎病毒自武汉暴发，然后扩散至全国，为了保卫家园，扶危渡厄，各地的文化集会一律取消。至此，突发的疫情让贫困的临潭人一个迫切的念想再次戛然而止。因为新冠病毒阻击战是全国一盘棋，临潭人必须参与到防控瘟疫的拔河之战中去，和全国人民一起与瘟神决一胜负。临潭人要同时进行两场世纪之战——脱贫攻坚战和新冠病毒阻击战。

失望总是与希望相伴。因为一年时间的鏖战，临潭县的脱贫攻坚顺利进入收官阶段。时隔一月，2月17日，甘肃省脱贫攻坚领导小组办公室宣布对临潭县等三十一个全省贫困县退出贫困县序列进行公示，如果没有意外，几天之后，临潭人集体甩掉一个不光彩的穷帽子的梦想没有任何悬念。

不过，在我的这个临潭脱贫攻坚报告落笔之际，新冠病毒阻击战还在进行，临潭境内虽然还没有发现疫情，但让人忧心的是，因为各地都实行交通管制，一些靠外出打工维持生计的临潭人将要被一直困在家里，其脆弱的日子无疑将是雪上加霜，没有脱贫的可能要延期脱贫，已经脱贫的可能又要返贫。扶贫形势依然严峻，不容乐观呀。

由此看来，正在崛起的中国，今后不只是要与贫困拔河啊。

作者简介：高凯，甘肃合水人，当代实力诗人。先后任甘肃省文学院院长、甘肃省作家协会副主席、甘肃省八骏文艺人才研究会常务副会长、甘肃省中华文化促进会副主席和甘肃省诗歌研究会副会长等职，享受国务院特殊津贴专家、甘肃省领军人才、甘肃省优秀专家和国家一级作家。出版诗集八部，编著四十余部。曾获全国优秀儿童文学奖、甘肃省文艺突出贡献奖、首届闻一多诗歌大奖、《芳草》汉语诗歌双年十佳、《作品》杂志第十二届"作品奖"等奖项和荣誉。

临潭：拔河兮

牧　风

> 旧城民有拔河之戏，用长绳一条连小绳数十，千百人挽两头，分朋牵扯之。以为扯势之胜负，即以占年岁之丰歉焉。
>
> ——《洮州厅志》

1

那带着泥土味的声音，犹如一阵阵狂涛席卷整个洮州，令六百多年历史烟云在元宵瞬间出彩。

穿越时光隧道，我把目光定格在明初万家灯火的古洮州。而正月元宵夜景在寻觅的眼眸里时隐时现，不停地闪动。行走在青石板堆砌的旧城古街上，犹如鱼儿在人群中来回穿梭，一条巨龙瞬间在古街的十字路口腾跃而起，令渴盼的眼神倏忽间震颤，这洮州最耀眼的奇观与我探寻的身影戛然相遇……

时光回溯，六百多年的历史在回眸中迅疾地嵌入脑海。在正月初春的和风吹动中，我推开临潭县图书馆的门扉，一种书香和寂静充盈而来，令我瘦弱的身影在亮光中忐忑不安。我快速来到古籍书架，几摞厚重的线装书吸引了我的眼球，《洮州厅志》（康熙版、乾隆版、光绪版、民国版）一如铺开的远古锦缎，已被岁月尘埃浸染，而洮州万人扯绳的浩大和壮美，已洞穿众生守望的目光。

2

在春寒料峭中伫立良久，随手打开《洮州厅志》，就如同揭开千年沉甸甸的洮州史。清晨的雪花从窗棂涌来，跌落在我清凉浮动的脸颊上，就如同此刻跌宕起伏的心情。

我修长的手指飞快地翻动着细薄的纸张，就像翻检明初那些辉煌的战事和与战事有关的传奇。军中教战游戏演变而来的拔河史，已在旧时光的巨辙上滚过六百多年，一段文字被打上时光的烙印，至今在眼前晃动：华灯初上，明月东升，数万人挽绳分南北扯起，齐声呐喊，声震山岳，状如蛟龙出海，上下跃动。如此生动之描述，只有在古籍中生发出洮州人友爱、团结、粗犷而执着、豪放的浓郁乡愁。

3

那惊世的皇皇大观，在我的冥想中摇动身躯，呼啸而来。

那万人聚首的壮美画卷，透过儿时萌动的记忆，在我童年的片段中左右跳动。

父亲那宽大而温暖的手掌呵护着我，小跑的脚步轻盈地踏入上元节围拢的古城。

万人扯绳是奇迹中的奇迹，凝心聚力的集结号在西部大地骤然响起，团结与友爱在众人的手上强烈地融合，一曲豪迈的拔河兮传唱近千年，历久弥新。

那气势恢宏的巨大场景被放置在明清和民国以及新时代的一轮满月下，那是何等震撼的荣光。

元宵之夜，那千万人的心交织在一起，面对沉沉八吨钢铁拧成的巨绳，都把目光汇聚在一千多米的巨龙身上。这旷世的奇迹，这力拔山兮气盖世的威猛盛况，在数百年辉煌长卷上表达自如。

4

只有震惊和慨叹是不够的。

我必须剖开明史洮州的脉络，翻检那军中教战游戏的来龙去脉。

上马为军，下马为民，屯田边野，远望明初的江淮，唯有茉莉花的香味跨过万里疆土，把根深扎进洮州苍凉的民谣中，而峥嵘的岁月在悠长的时间之河中凝固成拔河的丰碑。

我在寂静的夜晚，推开故乡的门扉，聆听到东明山上浑厚的钟声，如波光般荡漾开来，而《明史》在案几上被夜风反复翻动，沐英、李文忠、金朝兴、敏大镛等，一串串鲜活的名字闪现眼前，那洮州卫城的故事连同拔河游戏，迅疾地抢占今夜我沉思的脑洞。

5

20世纪90年代中期的一个正月，我与友人在旧城他家的三层小阁楼上饮酒吟诗，月光透过窗玻璃，把银辉洒到桌面上，落入我举起的酒盏里，望着婵娟在杯中飘曳，我的思绪跨过时光之栅，在北宋谪居儋州的东坡的词句中漫游。

猛然间，窗外一片人声鼎沸，吆喝声起。

我的美景瞬间寂灭。俯身望去，大街上数万人紧紧偎依，已连成长河奇观。

寻思间已有两人跃上钢缆绳的中央，分别指挥南北人群反向扯绳，无论男女，无论民族，刹那间走上力的巅峰，正是山高人为峰，呐喊声犹如狂潮，席卷了整个古街。站在小阁楼的顶端，脚下在抖动，小小阁楼似乎顷刻坍塌。

那滚动的人流，浪涛汹涌，整个古城已融化成一条腾空飞舞的巨龙，把这"人心齐，泰山移"的偌大画轴永恒地镶嵌在六百年传承的历史长河中，熠熠生辉，璀璨夺目。

作者简介：牧风，藏族，原名赵凌宏，甘肃甘南人。中国作家协会会员、鲁迅文学院少数民族作家创研班学员。著有散文诗集《记忆深处的甘南》《六个人的青藏》《青藏旧时光》、诗集《竖起时光的耳朵》。曾获甘肃省第六届黄河文学奖、甘肃省第五届少数民族文学奖、首届玉龙艺术奖。

与陌生人同行

扎西才让

1

既然错过了，我们就走到旧城吧？

我这样建议道。对面的男子略作思考，点了点头。点头时，他抿紧嘴唇，嘴角向外拉伸，凸现出下定决心时的力量。

男子三十岁左右，上身穿八成新的黄呢子大衣，下身是土黄色棉裤，脚蹬结实而笨重的翻毛皮鞋，肤色偏黑，头发披散着，是大波浪的样子，这发型配上他瘦高的个头，和长而有力的双腿，显得格外和谐。他随随便便地站在我面前，但因为身高悬殊的原因，对话时，我得仰望他才行。

而我，只是刚上高三的学生，穿一身发灰且单薄的校服，帆布胶鞋掩盖不住裸露的脚踝，在他面前，显得瘦小、孱弱，可不知为什么，对于我从新城出发徒步七十华里赶往旧城的建议，他竟然没有反对。也许他也清楚，从新城徒步前往旧城，似乎这是眼下最好的办法了。

我估计，他应该像我一样，是天不亮就从自己的老家出发，紧赶慢赶到了新城的，但还是错过了前往旧城的班车。在这个故事发生的时间——20世纪80年代末，这辆班车，是当天唯一发往旧城的班次。如果不徒步前行，就只能重返老家，天不亮再出发，搭乘第二天的班车了。

这正是一个说走就走的旅程。

但只走了一会儿，男子就反身问我，你能走到旧城吗？

我明白他的意思——你这瘦弱的小身板，让人很担心呢！我说，你放心，我是个儿子娃娃！

他笑了，又问，你是学生吧？

我说，嗯，在临潭二中念书，高三了。

他说，是学生就好，常锻炼，走山路应该没问题。说着，他加快了步伐。

我紧跟在他身后，问他，你是干啥的？

他说，县文化馆知道吗？我在那工作。

我哦了一声，算是应答，思谋了半天，又问，你在文化馆干啥工作？

他扭头说，考古，听说过吗？

我说，知道的，就是研究本地的历史和地理，对不？

他又笑了，说，差不多吧，不过，也研究别的，给你说了，你也不太懂。

我点头称是，觉得他说得有道理，一个尚在念书的孩子，对于已参加工作的人的事，能了解多少呢？

2

当我们沿着公路登上新城西南的高山时，男子停下脚步，靠在路旁的一棵树干上，指着山下的新城说，看看，这就是洮州城，一座有历史的城。

我也找了一棵树干靠着，居高临下，远眺新城。这一看，吃了一惊。平素常来赶集的这座县城，从高处俯视，竟然迥异于以前的感受：小城周围群山环绕，而小城，则又被长长的笔直的城墙护卫着，城里，房舍俨然，参差有序，显示出丝丝气象，而城外，四面八方均为村落，炊烟袅袅，在朝阳的沐照下，一派安宁祥和的景象。城里偏北最高处有座庙，那屋顶的飞檐翘角，在日光下显得清清楚楚。

我说，这和平时看到的，完全不一样。

男子说，那肯定不一样，小到一个村，大到一个城，看的角度不一样，看的时间不一样，看到的结果，也不一样。

我问，古人说"不识庐山真面目，只缘身在此山中"，讲的就是这个道理吗？

男子说，对，所以得换个视角，我们现在的视角，是鹰的视角，居高临下，就能了然于心。

我一边听男子说话，一边沉浸在新视角下的新城的晨景里，好半天，竟失了语。

见我不说话，男子又问，"了然于心"这个成语，学过吗？

我说，学过，现在似乎更清楚了它的意思。

男子说，有些成语，得经历了，体验了，才能真正了解它的意思。

我说，就是，就像你刚才说的，要真正了解一个地方，也得跳出来，得站到远处看。

男子又笑了，记忆中，这是他第三次笑吧？他一笑，紧接着就会表达他的观点。果不其然，他说，要看洮州城的全貌，你得站在那北面的大石山、东南的雷祖山、南面的烟墩山和我们脚踏的这个红桦山上看，当你从山巅俯视过山下，再回到山下小城，你对这俗世的生活，会有更深刻的认识。

我问，你的意思是，登高望远，是一种了解世界的好方法？

男子说，不仅是好方法，也是一种生活态度，更是一种生活方式，哎，不说了，说了你也不太懂。

我忙说，我懂的，你继续说。

男子说，知道这洮州城是谁修的吗？

我摇摇头说，不知道，我只知道它有些年岁了。

男子说，何止有些年岁，它比你爷爷的爷爷的爷爷的岁数还大，这洮州城，最早叫洪和城，是北魏时候吐谷浑修建的，到现在，屈指算算，这座城都活了一千五百年了。

见我发愣，他问，是不是被这岁数镇住了？

我问，吐谷浑是谁？

男子皱了皱眉，颇为扫兴地说，唉，简直是对牛弹琴。又问我，看你长相，你是藏族人吧？

我说，是……也不全是。

男子说，我明白了，你要么是半番子，要么是混血儿，对不？

我连连点头。

男子说，你该读读藏族历史，不，你该读读中华民族的历史，读得多了，读得深了，好多不明白的事，就明白了，不懂的理，就懂了。

我继续点头，他说的真的有道理。

男子问，这座城还有一个名字，叫洮州卫城，知道不？

我又摇摇头说，我光知道它叫新城。

男子苦笑道，都一千五百年了，还叫新城？你念书的地方——旧城，论年龄，还没这座城大呢，"旧城不旧，新城不新"，就说的是这事。

说罢，男子离开树干，喊我，走吧，我们边走边说。

我赶紧跟了上去。从新城这面看，红桦山并不高大，但翻越到山后，往山下一看，竟让人两腿发软：那山上公路蜿蜒而下，看起来又弯又远，仿佛无法走尽。男子领着我避开公路，取道山沟小径，说是唯有这样走，才能节省脚力。

3

一路上，男子给我讲述与洮州卫城有关的历史，大大地长了我的见识。原来这城，吐谷浑盘踞时，只修筑了城内的部分建筑，用来驻军和生计。明洪武年间，当地土著不服朝廷管制，西平侯沐英前来平叛，事后，在当地土司的支持下，将此城扩修为驻边护国的卫城。全城跨山连川，因形就势而筑，巍然屹立，气势雄伟。城周长九里，垣墙高九米以上，东西南北设四座瓮城。城内外墩台相望，形成警报通讯系统。

知道为啥要形成警报通讯系统吗？男子问我。

我欲言又止，男子就自问自答，沐英修建卫城的目的，若概括为四个字，就是"驻边护国"，这是汉文化的精髓，我们搞文化研究的，把这叫围墙文化，城内驻军，城得建墙，墙外再修边墙。

我说，这个我懂，修墙的目的，是为了防外敌，防野兽，对吧？

男子说，你说的和标准答案有点沾边，真正的答案是：墙，就是看得见的边界，边墙之外，是别人的领地，边墙之内，是自己的家国。说到这里，他沉思了片刻，又补充说，这地这城这人，就以守为主，人不犯我，我不犯人，人若犯我，我必迎头痛击。

我说，你讲给我听的，比我们的历史老师讲的还有意思。

男子说，那当然了，要讲好历史，就得到历史的发生地去，一旦你到了发生历史事件的地方，站在现场，忆古思今，顺便分析事件发生的起因、经过和结果，你对历史事件，会产生完全新的看法的。

我频频点头说，你说的对对的。

男子一听，很自信地说，那当然，我可是研究文化的人。随后，话题一转说，元朝的时候，忽必烈就到过新城，城里的那座城隍庙，据说就是他修建的，所以后人称呼为鞑王金銮殿。

我说，是不是我们刚才在山顶上俯瞰新城时，看到的城里最高处的那座大庙一样的建筑？

男子说，对，就是它，过端午节时，这新城附近的十八位龙神要进城，最后的汇聚地就在那里，知道不？

我说，这我知道，我们南路供的龙神，就是胡大海。

男子说，对，不过我讲的不是龙神的事，而是忽必烈修建金銮殿的事。

在男子的讲述中，一段元代历史，浮现出了清晰的原貌。大概是13世纪初，洮州就并入了蒙古帝国的版图。13世纪中叶的某年9月，蒙古军队绕道吐蕃，要平定云南地区发生的叛乱。正是秋高马肥的季节，雄心勃勃的忽必烈，点起十万大军，旌旗猎猎，一路南下。经过千里跋涉，第二年8月途经洮州时，决定休整大军。其间，他骑马揽辔，登上新城北边的凤凰山查看地势，随后就决定把行辕设在南坡脚下的一块高亢台地上。他清清楚楚：此处居高扼要，俯瞰全城，是理想的帅府之地。于是，新城最气派的建筑——金銮殿出现了。之后数百年，这座建筑气脉不绝，竟然见证了洮州大地的沧海桑田。

讲完历史，男子问我，忽必烈修建了金銮殿，但没修卫城，知道啥原因吗？

啥原因？我忙问。

男子说，就是因为那时的蒙古文化与汉族文化不一样，你知道吗？

我说，是不一样，但哪里不一样，我还是不大清楚。

男子说，蒙古人以游牧文化为主，争夺草场、湖泊、牛羊等生存资源，是他们发起战争的主要目的，所以他们一个劲地攻城，占地，掠夺，却从来不守，不需要任何围墙。男子停下脚步，很严肃地对我说，那时的蒙古人，从不龟缩于一个地方，他们以攻为守，他们在意的，是草场的广阔、牛羊的增长和人口的繁衍，做到了这三点，他们的部落就会星罗棋布，他们的人，就在长生天之下生生不息。

但他们还是没离开蒙古草原啊。我说。

男子说，他们是没离开，因为他们后来信了藏传佛教，这一信，就给他自己修筑起了一道看不见的围墙。这道围墙，渐渐地收敛了他们扩张掠夺、征战杀伐的雄心，使他们在意世间生命的宝贵，开始珍惜来之不易的和平。在这道坚实而恒久的围墙的庇护下，他们定都北京，开始了元王朝的统治，他们的后裔，繁衍生息到了现在。

男子的观点，在我的脑子里形成了一场风暴。我突然觉得，这次错过班车，与这个陌生男子同行，似乎是冥冥中注定了的机遇。对于一个处在知识求索阶段的学子而言，这个男子的见解，显示了我对本土历史文化的无知与欠缺。

我感慨地说，老哥，你的讲解，对我来说，简直就是醍醐灌顶啊！

男子一听，大笑起来。笑罢又说，其实很多时候，我也没这样深入地思考过，今个路过新城，看到传说中的洮州卫城，这才把历史和现实勾连在一起了。

我说，你讲的，好多我都没听过。

男子说，这本土史料，你们的历史老师就没给你们讲过？

我说，好像没有，反正我没这样的记忆。

事实也正是如此。在学校学历史，只是学历史课本里的内容，老师讲的内容，我们当学生的，没亲身经历过，听的时候，只能靠想象。理解时，也只能理解稍微懂的那部分内容。老师讲给我们的答案，我们能记住，不过，很少思考那些事件背后的真相。现在想想，除了我们对离自己较远的历史不感兴趣外，学历史的方法，还是大有问题的。

4

说话间，到了流顺乡一个名叫红堡子的村庄。

这时，我已经感觉到了累，这累不是浑身乏力，而是脚底发软。我的脚趾，能清晰地体验到帆布胶鞋内的湿滑感。在路旁，我找了个石块坐下来。石块上有层灰尘，但丝毫不影响屁股与石块的亲近。

男子问，你乏了？见我点头，又说，那就歇一会儿。

红堡子村就在路旁，南北狭长，东西窄，地势西高东低，有条小河从北向南流过。村内果然有座堡子，看外墙，是用当地红色黏土修筑的。

男子给我介绍说，这村子，是明代洪武年间洮州世袭百户长刘贵驻防洮州时修建的，距今有六百多年的历史了。

我问，百户长是干啥的？

男子愣了一下，似乎我提出这个问题完全在他的意料之外。他恼怒地嘟囔道，都高三了，还问这样的低级问题，我真的服了。

我的脸一下子就发烫了，低下头，不敢与他对视。但男子还是给我释疑，这百户长，就是当时的大村长，等于现在的乡长，管着几百户人家哩，等到刘贵把位置传给他儿子刘顺后，这一片地方，就叫"流顺"了。

我问，在我们甘南，这样的以人名字命名的村庄，多不多？

男子说，不多，不过，以姓命名的村庄，倒有很多，比方说贾家山、刘家沟、苏家庄啥的，这些村子的人，都是同一家族的，也就是说，往上推几辈，是同一个祖先。

我问，那刘旗、王旗、陈旗这些地名，又是怎么来的？

男子说，你这问题问得好，我恰好也知道。又自豪地说，这方面，我做过一些研究。

于是，男子给我细说原因。原来也是在明洪武年间，来到这里守边的军队，实行屯田制，那些从征者、归附者和贬谪者，也在洮州开田占地，成为屯田人。就这样，地，定了下来；人，留了下来。守边的士兵们，百人为所，十人为旗，像飞鸟那般，投入古堡、河湾、山谷、高地和丛林。从征者做主人，管理屯田；归附者为佣兵，收缴粮草。顺从者，则有天有地，有舍有家；被贬谪者，也成为世代固守在屯地上的农户。我们知其名的那些村落：王旗、陈旗、刘旗、朱旗、常旗或温旗，从其遥远历史的眉眼里，隐约浮现的，是面孔模糊的旗长的姓氏。而这些村名，蕴含着历史的烟云、文化的脉络和复杂又纠结的情感。

"复杂又纠结的情感"，你这话啥意思？我问。

男子说，在古代，这些"旗"的作用，和堡子的作用差不多，基本上都是用来驻兵的。那时，洮州虽地广人稀，但在朝廷的眼里，地理位置还是特别重要的，"扼要防患，战守可恃，乃汉唐以来备边要地"，所以军队得就地驻防。

在男子的忆古追昔中，那些历史的烟云、文化的脉络，以及复杂又纠结的情感，就真的被他一一复现了：大明王朝的一部分精兵强将，留洮驻守，其中绝大部分成为守边护家的屯兵。这些屯兵，为了边地的安宁，做出了无悔的选择和巨大的牺牲：有人将眷属从远天远地的原籍迁来洮州落户，成为明初洮州的第一批移民；有人看轻了门户之见，就地娶妻生子，将血脉融于他乡，开启了民族融合的又一幕壮景；有人把洮州当作真正的故乡，果断地掐灭了遥远的乡愁。就这样，他们战时为兵，平时务农，也守城，也耕种，也放牧，也打猎，也买卖，在向阳处建筑起更大的攻防兼具的土堡，将历年囤积的辎重和粮草集中于堡内，以此储备之举，来防备突如其来的战争。

我被男子的讲述给震撼了。这个男子，让我明白了一个事实：战争年代，在边地，像红堡子这样的数不清的土堡会一一出现，战时成为军防重地。而在和平时期，这样的堡子则成为守户居家四世同堂的摇篮。那些战士，在边城岁月的寂然流逝中，化身为农民、牧人、猎户和商贾。他们的后人，也就是时不时出现在我们身边的朴素的村民，其眉宇之间，尚带着若隐若现的军人的气息。

男子对甘南历史的熟稔于心，对往昔事件的博闻强记，使我对他产生了浓厚的兴趣：这人是谁？来自哪里？哪个民族？叫啥名字？

我收敛了散漫的个性，很尊敬地问，老哥，请问你叫啥名字？

男子盯着我，半晌之后，反问，你问这干啥？

我说，你的知识，你的涵养，比我们的历史老师厉害，不，你完全能做很多人的导师了！

这次，男子没笑，他一脸严肃地说，可不能这么说，比我有能耐的人，多得很。接着又感叹道，我不过是个爱研究地方历史的人罢了！

我不知该怎么接他的话，只好沉默着。

他说，不过，我可以告诉你，我姓杨，念过几年书，你叫我杨老哥就行了。

我连声诺诺，跟着他，又踏上了去旧城的长途。

5

在经过卓尼普、羊永、李冈、杨升的途中，看着尚处在年后喜庆氛围中的不同民族居住的村庄，男子感慨颇多。他说，我们以新城为中心，把四路百姓，明确地分成了东路人、北路人、西路人和南路人，其实这四路人，说起源流，除了小部分是本地土著外，大部分是明代江淮移民的后裔。

我说，这个说法，我听父辈们说过。

男子问，你信不？

我说，杨老哥，你这话啥意思？这可是关系到血脉的事，我当然信。

男子问，那你也信十八位龙神的事了？

我说，对，也信，不过，为啥偏偏是十八位龙神，我一知半解。

男子说，这个我知道，元末明初，洮州这边的西番归顺了明王朝，后来，又打算脱离明朝，朝廷就派沐英将军来平乱。平定后，沐英率领的士兵，就占据洮州，长期定居下来。

这和十八位龙神有啥关系？我问。

男子说，关系大着呢，不仅士兵们定居了，南京城的百姓，也在朝廷的统一安排下西迁到西部，开始了落户山野、栖身河谷、垦荒种地、休养生息的使命。

我说，类似这样的事例，历史老师倒是给我们讲过。

男子说，那时的洮州，荆棘遍地，山林茂密，豺狼虎豹时不时出没，士兵们、百姓们面临着两种威胁——严酷的气候和土著的偷袭，生计特别艰难，这种情况下，就有了心理上的巨大落差，生存也是十分不易，再加上居地的险恶和对前途命运的忧虑，使得士兵们必须借助于开国元勋的威名来镇守边塞、休养生息，于是，朱元璋麾下的常遇春、沐英、徐达、胡大海、李文忠等十八位开国功臣，就被守边士卒尊封为十八路龙神了。

我叹息道，原来是这样的原因啊！

男子说，是啊，这样一来，奇特的现象出现了：这些民族身份迥异的马背上的将领，在特定时期，竟成为多民族共同崇拜的天界的英雄，也成为露首藏尾、善于变化的瑞兽，现身在洮州地区的巫教、道教和佛教的云雾之中，担负起呼风唤雨、护佑地方的重任。

嗯，龙神文化出现了。我说。

男子说，对，这龙神文化就像一张蜘蛛网，把四路百姓的生活和信奉，都牵绊在一起了。

我说，杨大哥，那端午节时十八位龙神进入新城，在金銮殿聚会，就是四路百姓对英雄的祭祀和膜拜，对不？

男子说，是祭祀和膜拜，也是敬重和怀念，是对未来美好生活的祈祷和期待。

我连连点头。不知不觉间，这杨老哥，给我推开了一扇了解本土历史与民俗的窗户。

6

就在这样的交流中，原先的乏气慢慢消失了，取而代之的，是胸腔里涌上来的豪气。眼前的漫漫长途，似乎已不再是什么困难了。

途经敏家咀的时候，男子说，说起老百姓对未来美好生活的祈祷与期待，我们洮州还有一个民俗活动，也有这样的意思在里头。

啥民俗活动？我问。

男子说，万人拔河，知道不？

我一听，也笑了，说，这个我知道，我就在旧城念书，每年正月十四到十六，也就是元宵节前后，旧城里就要举办这个活动，不过，不叫万人拔河，叫万人扯绳。

男子说，你知道这活动是怎么起源的吗？

我老老实实回答说，这个，还真不知道。

男子说，这个活动，源于军中一个名叫"牵钩"的游戏。

"牵钩"，啥意思？我问。

男子说，说是"牵钩"，其实就是"拔河"的前身，听说最初是鲁班发明的，当敌人乘坐大船来侵犯的时候，就抛出铁钩，钩住敌方船只，拉到岸上，然后消灭对方，这种战争，特别讲究武器的精良和战术的效果。

我恍然大悟，说，原来"拔河"的本来意思，竟然和船有关。

男子说，后来这种战术就成了军中游戏，将领们借"拔河"来提升军卒们的身体素质，培养他们的反应能力，当然，更重要的是，养成他们在军事活动中分工明确、齐心协力的战斗习惯，激发他们同仇敌忾的拼搏精神。

我说，这话，听起来像语文老师在总结某一篇文章的中心思想一样。

男子说，这事你甭开玩笑，事实就是这样。

我问，那在旧城举办的万人扯绳，也有这样的意义吗？

男子说，有，不过，变得更复杂了。

现在是和平时期，这个活动的意义，没那么复杂吧？我问。

不，现在的意义，要比以前的意义还大。男子说，平常的拔河比赛，角的是力气，争的是输赢，而旧城的这个拔河比赛，参与的人多，有汉族、藏族、回族、东乡族、土族，不仅是民族团结的象征，也体现着洮州各族群众渴求丰衣足食、国泰民安、安居乐业的美好愿望。

我说，这样说来，确实有大意义在里头。

男子说，今儿个就是元宵节，晚上旧城里肯定会扯绳，等我们赶到那里，也许扯绳就开始了。

我高兴地说，那太好了，我们也能参与了。又问，您知道这活动由谁组织的？

男子说，是由"青苗会"牵头组织的，你知道青苗会吗？

我说，知道，我们南路就有，是个民间组织，在清明后进行的庙会活动，主要目的是祈求青苗生长旺盛、风调雨顺，秋收时有个好收成，对不？

男子看了我一眼，竖起大拇指问我，知道参与万人扯绳的有哪些人吗？

我说，是旧城周边的群众吧？

男子说，范围比你说的要大，万人扯绳大多在旧城的西门外河滩举行，以西城门为界，分上片和下片。上片包括城关镇的古城、上河滩、郊口、左拉、八龙、苏家庄，还有卓洛乡、古战乡、长川乡、完冒乡、冶力关镇、羊沙乡、藏巴哇乡、洮砚乡等地；下片包括城关镇的下河滩、城内、教场、青崖、西庄子、杨家桥，还有术布乡、羊永镇、流顺乡、扁都乡、店子乡、王旗乡、三岔乡、总寨乡、木耳镇、大族乡、卡车乡等地。

分得这么细？我问。

男子说，这比赛，牵扯到上下两片的稼穑和收成，得把洮州的好多地方包容进去，元宵节一到，这些地方的人，会积聚在一起，亲身参与，我听说因为参与扯绳，不同民族的交往越来越频繁，联系越来越紧密，青年男女，在扯绳期间一不小心就收获了爱情，有的直接成了一家子。

我打趣说，看来扯绳活动，和花儿会、浪山节、物资交流会、庙会一样，能给人与人的交往制造很多缘分呢！

男子说，你甭开玩笑，你得知道，人类的历史，其实就是交往史、对抗史和融合史。

我尴尬地吐了下舌头，又仔细玩味着男子的话，觉得他说得很有道理。

就这样，男子和我边走边说，说话间，黄昏已过，夜幕降临，发现行人渐多，这才明白竟抵达了范家咀。一到范家咀，拐个弯直走，过青崖，就正儿八经抵达旧城了。我感觉到了真正的疲倦，双腿发硬，脚步迟缓，不过还是硬撑着，不让男子看出我的倦态来。再看男子，脸膛黑里透红，额头有汗，但脚步稳健，双腿依然遒劲有力。

待我们步入旧城大街，人群纷至沓来，又喧闹而去。起初，我紧随在男子身后，经过几团人群后，就被频繁穿梭的行人给隔开了。我在人群里茫然四顾，看不到男子的背影，知道我与这个一路同行的杨老哥，竟然走散了。

我只好挤在人群中，慢慢前行。主街道上灯火通明，人声喧嚣，声音如潮。两条游龙般的钢缆绳在一条十字路口碰了头，一根粗壮的桦木楔如龙之巨珠，在灯光照耀下，发出淡淡的亮光。被称作"连手"的青年，将以裁判的身份，揭开万人扯绳的大戏：每晚三局，三晚九局，定胜负，定兆头，定丰年，定出民族之间的和谐，民族地区的乾坤。当红旗猛然挥动，炮声轰然发出，上下两片的参赛者挽住巨绳两端，在教练的指挥下一起发力，爆竹声、哨子声、呐喊声、喝彩声此起彼伏，响成一片，一个古老地名诞生的命运共同体——"洮州人"，以军中"牵钩"游戏，完成了四面连接、八方凝聚、各族团结的象征。

是的，军中的一个游戏，在旧城，在洮州，诞生了一条长长的、粗粗的、柔韧的"团结绳"。我就站在这条绳的旁边，挽裤撸袖，展臂伸手，准备加入其中！

7

那次正月十五的万人拔河赛后，我再也没见到这个姓杨的老哥。主要原因，是我投入到了紧张的备考当中。高考之后，收到西北师范大学的录取通知单，又筹备与上大学有关的事。近半年时间，我丝毫没有打听对方的想法，在我的心里，无论杨老哥如何熟悉本土历史，如何懂得地方民俗，如何博闻强记，对我而言，他终究是个陌生人。一路的同行，其实是两个行旅者人生之路的偶然交会。

但就是这个陌生人，让我知晓了"我从何处来"的答案，虽然此答案是粗略的、简单的、遥远的，却成功唤起了我对地方历史的兴趣。于是，在大学期间，我重温《中国历史》《藏族史略》《洮州厅志》《甘南州志》《临潭县志》《卓尼县志》等史书，试图在知晓"我从何处来"的基础上，弄明白另外两个问题：

"我在干什么？"

"我要到何处去？"

当然，要弄清这三个问题，难度比较大，它直接牵扯到了民族的历史和人生的意义。而恰好有一个爱好：写作，使我走上了寻找答案的道路。这条道路显然是漫长的，也是艰辛的，更是岔路丛生、复杂多变的。但我坚守着自己的兴趣，一走，就走了整整三十年。

而这三十年来，特别是当"万人扯绳"于2001年载入吉尼斯世界纪录后，我尝试着打听这位给我讲述扯绳精神的杨姓男子，却没有得到任何确切的信息。县文化馆里，的确有一个姓杨的先生，名和平，是当地颇有名气的油画家，待我见到他后，发现二人的长相没有任何相似之处。进一步询问熟人，熟人说："县文化馆就是个巴掌大的地方，根本就没有你要找的那个人，我估计当时他说给你听的可能是个化名。"后来，我又怀疑大名鼎鼎的甘南考古学家李振翼，可能是我遇到的陌生人，待得到李的有关甘南考古的书籍，看了作者照片，发现依旧不是。我隐隐觉得熟人说得有理，这个陌生人，可能给我隐瞒了他的真实姓名。

他为何对我隐瞒真实姓名？是没必要把个人信息透露给一个

高中生？还是人生来不愿对陌生人交心的本能？个中原因不得而知。但他也许不知道，他的一路畅谈，间接地改变了我的人生之路，使我从一个浑浑噩噩度日的青年，成为有着历史情怀和故乡情结的以写作为长久的兴趣与爱好的文化人。

每当我在浩若烟海的地方志里游弋，或者在笔记本上陈述并沉迷于洮州故事时，我的脑海里，就情不自禁地浮现出他的形象：八成新的黄呢子大衣，土黄色棉裤，结实而笨重的翻毛皮鞋，大波浪式的长发衬托出的瘦脸上，是深邃的眼睛和高高的鼻梁……

作者简介：扎西才让，男，藏族，1972年生，甘肃甘南人，中国作家协会会员、甘肃省作家协会理事。小说、散文、诗歌等见于《民族文学》《散文》《诗刊》等，被《新华文摘》《小说选刊》《微型小说月报》《小小说选刊》《中华文学选刊》《散文选刊》《诗收获》《诗选刊》转载，入选多种选本。出版小说集《桑多镇故事集》《山神永在》、散文集《诗边札记：在甘南》、诗集《桑多镇》《甘南一带的青稞熟了》等。曾获第十二届全国少数民族文学创作骏马奖、甘肃省敦煌文艺奖、甘肃省黄河文学奖等。

本文为"全国拔河之乡·临潭杯"拔河主题征文"十佳作品"。

拔河之乡说拔河

崔沁峰

说到拔河，应该无人不知。记得上小学时，那是20世纪90年代，每年校运会都有拔河。一根粗麻绳，中间挂个红布条，同学们紧握绳子，蓄势待发，只等裁判那一声令下，誓要争个胜负。这恐怕是大多数人对拔河的印象。

再一次接触拔河，竟是二十余年后了。

前年秋季，我刚到位于甘青川之界的一处高原小城临潭挂职，县里派我组织筹备"力拔山兮"首届中国拔河文化交流大会推介材料，方才得知临潭竟有个国家级的非物质文化遗产项目"万人扯绳"，也就是"万人拔河"。扯绳，虽第一次听说，倒也形象易懂。但万人却不可想象。万人参与的拔河，闻所未闻，见所未见。但这项活动在临潭已经传承六百余年，并依然被当地群众喜爱着。每到元宵之夜，十六个乡镇齐聚县城，甚至邻县的也会赶来。不分男女老少、籍贯民族，以县城西大街西门桥为界，一根总长一千八百零八米、粗十几厘米、重达八吨的钢索沿街展开。家在西门以北的分一队，以南的分一队，连拔三晚，最多时有数万人参与。我虽然没有真实见过这个景象，但从一些资料来看，场面极为壮观。

临潭古称"洮州",一个非常有文韵的地名。除"万人扯绳",还有"龙神赛会""洮州花儿""新城赶营""尕娘娘服饰"等一系列带有旧时记忆的习俗,未被历史尘封,依然散发着活力。县内还有明代保留下来的"中国历史文化名镇""全国重点文保单位"洮州卫城、"中国第一百户堡""中国传统村落"红堡子等土质城堡。它们共同以"物质"和"非物质"的形式,构成了临潭独有的地域性文化,即"洮州文化"。近年来临潭又陆续获评为"中国文学之乡""中华诗词之乡",继承发扬着这块土地上的文化基因。洮州大地似乎一直与文化深深凝结着,"洮州文化"也成了临潭儿女共同守护的精神家园,甚至在周边都很有影响。

据说临潭一开始是没有拔河习俗的。明洪武十二年,因戍边需要,江淮一带的军士受命携家属移民至此,也把具有江淮风格的生活习俗带了过来,"洮州文化"的主要形态开始孕育。其中就包括早已在古为吴越的江浙一带流行的拔河。许是为了消遣孤寂,强身健体,许是军士们作为洮州新来客,为了壮声势扬军威,总之拔河在临潭逐步兴起了,并且从军中流传到民间,从有点防御意味的军务活动,演变为一项万民齐欢、民族共欢、辐射周边的民俗文化节庆活动。清代《洮州厅志》有记载:"旧城民有拔河之戏。用长绳一条,联小绳数十,千百人挽两头,分朋牵扯之。"2001年,在临潭开展的一次"万人拔河"活动吸引十余万人,载入吉尼斯世界纪录。2008年,临潭获得了首个并且是迄今唯一一个"全国拔河之乡"美誉,临潭拔河逐步受到全国瞩目。

临潭有幸成了"拔河的故乡"。但这不是偶然的馈赠,在六百余年的时间长河里,临潭钟情叙写着拔河的前世今生,拔河也以一种特有的姿态参与着这个"汉藏交融、农牧过渡"边地小城的历史进程,在临潭演绎出了一个绚丽多彩的拔河传奇。

当我还沉浸在对临潭"万人拔河"滔滔不尽的文化品味中时，一次参加县里文旅会，又得知临潭还有个"冶力关杯"国际拔河公开赛。国际，又是临潭拔河令人惊叹的一个关键词。如果说"万人拔河"更偏重民俗文化层面的话，冶力关国际拔河赛则是一项标准的现代体育运动。这有关拔河的一古一今、一文一武、一中一外，同时发生在临潭，颇为有趣。"拔河之乡"愈加名副其实了。

事实上，作为"拔河的故乡"，临潭没有仅固步于"万人拔河"的荣光和老传统的保护，在围绕拔河开展新的传承发展上亦有作为。

临潭地处黄土高原和青藏高原交界处，县北有一处胜地冶力关，极尽地理过渡带特有的山水之美，堪称西北生态大观园。又历来是唐蕃古道"茶马互市"、南联北往的商贸集散地。2007年，随着冶力关发展旅游，临潭创办了"冶力关杯"全国拔河锦标赛，这在全国竞技拔河进程中算起步早的。每年7月，是冶力关最美的季节，最多时达十几个国家的顶尖队伍齐聚。除了赛事级别高，由中国拔河协会举办，吸引大家参赛的，还有冶海湖、赤壁幽谷等山水美景。今年7月底，"冶力关杯"拔河赛如期举行，我有幸全程参与，负责拔河精神文化宣传活动，倒也与我此前夙愿一致。据我所察，冶力关之于拔河，的确是一处独特的赛场。或许是国内海拔最高的，或许是唯一一个在青藏高原上的，当然我更坚信它是风光最美的赛场。冶力关拔河赛专业性固然有目共睹，但不会单调枯燥，县里把它办成了拔河节，其间还有极具民俗特色的洮州花儿赛、物资交流会等。当你徜徉在冶力关小镇上，冶木河畔、卧佛山下，观众、游人、客商如织，夜景恢宏，史上唐蕃古道"旱码头"辉煌仿佛重现，使得冶力关拔河赛更像一个拔河商贸旅游嘉年华，好不热闹。这"文体旅农商"的大融合，实为一个运用拔河之功推动全县发展、乡村振兴的创举典范。

探寻拔河精神文化的任务，依然心心念念着。心动不如行动。一次真实参与的拔河，让我直击到了拔河的精神特质。一天，中国拔河协会专家赛前勘察场地，冶力关的景区中心组织了一个小型拔河赛。我跃跃欲试参与，但很快败下阵来，并且累得要命。复盘原因，对方是景区艺术团歌舞演员，虽身材纤细，但每天在一起练功，配合默契，而我方都是随机加入的。现场辅导的张教练也说，拔河不是使蛮劲儿，要讲究动作、身姿、力量的协调统一，是个技术活儿。同时竞技拔河是有美感的，观赛感受也会很好的。我立即在网上翻比赛图片，果然，动作整齐划一，非常优美，好似"旱地龙舟"，兼具了力与美。我继而又请教大家，说说拔河的精神特质。大家基本统一地说到，拔河讲究"一根绳、一条心"，是"心往一处想、劲往一处使"的团结拼搏精神的完美写照，是最集中、最直接体现"上下一心、团结奋斗"精神的体育项目。

看似粗犷简单的拔河，实则是多么精妙。时隔二十余年，我在"拔河之乡"与拔河的相遇，一下子就撞了个满怀。一根儿时普通的麻绳，开始变得不平凡，有了生命力。团结，协作，奋斗，拼搏，融合，友善，凝聚，专注，坚毅，热烈，积极，乐观，向上，激励，不屈不挠……都成了我眼中拔河精神的关键词。

放眼全国，拔河运动其实广受各地喜欢。从中国拔河协会领衔举办的活动来看，遍布国内外，如火如荼，在辽宁鞍钢、安徽马钢等企业尤甚，同时还有工会、校运会等群众文体活动遍地开花。拔河在中国的历史很古老，可以追溯到两千多年前。先秦古籍《墨子·鲁问》有载，"公输子自鲁游楚，焉始为舟战之器，作为钩强之备。退者钩之，进者强之"，描述了拔河的雏形，即一种水上军事活动。唐人封演在笔记体小说集《封氏闻见记》中载，"今民则以大麻绁，长四五十丈，两头分系小索数百条，挂于胸前，分两朋，两向齐挽。当大绁之中，立大旗为界，震声叫噪，使相牵引，以却者为胜，就者为输。名之曰拔河"，第一次出现"拔河"的叫法，也可看出唐代的拔河和今天已经差不多了。在诸多的文字记载中，不乏文辞溢美佳作。唐代进士薛胜曾写《拔河赋》，这恐怕是第一篇以拔河为主题的文学作品了，绘声绘色描述了唐玄宗时期一次拔河活动的声势，在唐代文坛影响较大。文中描写双方相持不下时说"绳暴拽而将断，犹匍匐而不回"，体现拔河扬国威寓意时写到"千人抃，万人呀，呀奔走，坌尘埃，超拔山兮力不竭，信大国之壮观哉"。封演又称"其词甚美，时人竞传之"，可见文学作品相比文字记载，影响力感染力提升，人们争相流传、丰富之。唐代大臣张说也曾用"长绳系日住，贯索挽河流"的诗句来描绘此次拔河的盛况。唐玄宗本人也写五言诗《观拔河俗戏》，有言"壮徒恒贾勇，拔拒抵长河"。原诗序云"俗传此戏必致丰年，故命北军以求岁稔"。意即为祈求年丰，玄宗命军士拔河。这些关于拔河的文学作品，既记载了史实，也以文学的感染力推动了拔河文化的传承发展。文学，可谓中华民族优秀文化传承的重要载体。

临潭作为"中国文学之乡""中华诗词之乡"，县上有一支数百人的文学创作队伍，继承着先人的文学传统，勤勉执笔丰富着"洮州文化"。有了这个文学基础，县里想到举办一次以拔河为主题的全国征文，弘扬拔河文化，挖掘拔河精神。此举得到了中国作家协会和中国拔河协会的支持，一大批文学作品纷至沓来，继续丰富了当代文学传承拔河文化的成果。其中洮州诗词楹联学会诗人们贡献的格律诗句如"岁岁洮人闹上元，喧声擂鼓拔丰年。人潮倒海排山势，各族同心一梦圆。""十五万人齐努力，星月倒转回天地！""万人竞力，临潭劲道闻名海外；千户逢春，雪域新歌享誉神州"，不得不令人感叹中华诗词曲赋等传统文化的魅力和生命力。此外，还有不少散文、诗歌等现代文学作品专为拔河创作，既让我们通过文学的笔触更加细腻感知拔河的魅力，也可由此实践当代文学进行新主题书写的路径。

"冶力关杯"拔河赛顺利落幕，拔河征文顺利举办，我承担的拔河精神文化宣传工作任务也暂告段落了，只是对"拔河"依然心潮涌动着，一直觉得它对临潭意义是不一般的，当成为这个小城的精神标识。其时代意义也值得挖掘，与当代我们的时代风貌精神吻合。我想起著名作家任林举报告文学《躬身》里有个章节"与命拔河"的一段话："面对艰苦的自然环境，贫乏的发展资源，若没有向命运抗争的精神，没有万人拔河的雄心壮志，也就没有临潭提前打赢脱贫攻坚的胜利。拔河的精神，也正如脱贫攻坚精神一样，统一号令，一鼓作气，直至取胜。"是啊，古时人们为了追求美好年景，有通过拔河来祈求丰收、鼓劲儿的朴素心愿。而今天的我们知道，实现美好生活，靠的是发展的意志、决心，靠的是团结一心的力量，靠的是科学务实的发展理念。要想幸福美好，唯有奋斗拼搏。

我们希冀着古老的拔河在今天有更美好的未来。

作者简介：崔沁峰，1986年生。山西沁水人。有通讯、评论、散文发表于《光明日报》《文艺报》《中国文化报》及中国作家网等，主编《诗词临潭》《遇见临潭》《洮州行吟》等文学作品集。曾任临潭县委常委、副县长（挂职）。现供职于中国作家协会中国作家出版集团。

洮州旧事——扯绳

刘青之

　　从省城兰州向南穿过沈家岭过临洮，穿临夏，进入黑土地的藏区甘南首府合作，然后驱车颠簸七十九公里跌入狭长的河谷，在一条不是太陡且稍长的缓慢坡地下行后，就到了临潭旧城。

　　临潭古称洮州，西晋惠帝时置洮阳县。南北朝天嘉二年于洮阳城首次设置洮州，明洪武四年于旧城置洮州军民千户所，十二年，西平侯沐英戡平十八族叛番，奉帝谕筑城于新城，升洮州军民千户所为洮州卫军民指挥使司，隶陕西都司。清乾隆十三年改洮州卫为洮州厅。1913年，改洮州厅为临潭县。沐英西征，带来了江南应天府一带的子弟兵，西陲战事完结，这些操着中国江南地区吴侬软语的兵士和迁徙来的眷属百姓，从此落地生根，按照兵营建制分发洮州各地，肩负守疆卫土责任的同时，一面屯耕开荒，一面休养生息。在经历连年战事的荒芜之后，在极其严酷的生态环境里逐渐褪掉南人的性情躯体，开始在虎视眈眈的原住民——骑马民族西番的包围里，成为具有先进文化和农耕理念的后来者而永远镇守在这最后的西陲荒地上……

　　西平侯沐英系回族，为大明开国皇帝朱元璋重臣。其西征甘南十八族叛乱所带领的军士为汉族回族组成。当战事平定后的漫长生存时光里，江南富庶之地的一些民俗也会逐渐显现。在经历了艰苦环境的潜移默化改造之后，成为一种特殊的民俗风情，在特殊的时候流传至今。今天在临潭旧城举行的农历正月十五的万人拔河，临潭方言称为扯绳的民间活动，就是江南兵丁当时即兴发挥演绎，演变成为农耕百姓后所改造成的民间大欢愉传统活动。

写到这里我不禁搁笔疑问满腹，按照中国几千年所流传的正月十五闹花灯，显示封建王朝治国有道，普天同庆，与民同乐的玉树琼花、通宵笙歌的正月十五元宵节的观花灯，怎么到了这个偏僻遥远的洮州，就变味了呢？仔细看过历史和这里的地域及自然环境，就不再惊奇这里至今所保存流传的这种特异的民俗了。

西征洮州的江南兵丁及眷属，从烟雨江南，突然落户到这极为遥远、生存条件严酷、物资匮乏的蛮荒之地。当生死战事最紧张的时刻过去之后，作为回族兵眷因宗教信仰的不同而潜心礼拜，排遣孤独的时候，汉族的兵眷最难逾越的一道门槛就是春节了。——每逢佳节倍思亲。传统的农历春节，是中原汉族人举家祭祖团聚的时刻。从大年三十到正月十五之前，大伙儿都在一起团聚探亲访友。到正月十五元宵节，是需要在万物肃杀的严寒季节看到一个绚丽多姿，以慰内心良好寄托的夜晚。国事如此，个人如此。可对这些新居民来说，面对物资匮乏、偏僻闭塞、生活困顿的境况，此时拿什么来装点、度过他们的不眠之夜呢？于是那些安营扎寨、攀越捆绑、随处可见的绳索就被派上了大用场。

面对正月十五料峭寒风中逐渐显现清明的一轮圆月，这些离家万里、思乡心切的军士眷属们，此时不知是何人一时兴起，互相扯绳竞博，然后众人呼应，遂成盛事。再成为约定俗成的一种娱乐形式，作为正月十五元宵节西陲洮州闹花灯的特殊民间活动而得到流传。

从古时先民所创造于穷乡僻壤之乡的欢聚活动,再使其带上一层神秘的宗教色彩,流传五百余年而成为一种久传不衰的民间盛事。由大明王朝意气风发固守西陲疆域军士创造的扯绳,竟然促成这个边疆之地最为热闹红火的民间传统赛事。时至今日,这片高原藏地的居民们,在各种体育竞技成为世界吉尼斯纪录的启发下,遂将宣传自己,让国人瞩目的民间活动纳入官方组织和宣传,至今成为中国最为浩大、人数众多的春节期间民间的体育盛事之一……

临潭旧城明洪武三年为洮州府衙所在地,由西平侯沐英主持筑造府城。系最早的临潭政治经济文化中心,名曰旧城。以和离此六十里之外,洪武十二年新筑造的洮州新城区别。因旧城地处西陲要塞,北控藏地番族,南接洮河流域及陇南汉地。东邻河州而再接省府政治中心兰州,地势险要,根基深厚。虽然后来洮州府衙设于新城,但是因旧城厚重的经济文化因素,中心依然以旧城为重。

临潭旧城地势南北走向,东有崔嵬的东明山,西面有西凤山和陡坡山夹守。在这南北悠长,东西狭窄的河谷地带,在一条由北向南流入洮河的溪流边上,坐落着巍峨壮观、厚实高大的洮州城池。旧城城池民居密集,街巷狭窄,加之后来的名震西北乃至全国的茶马互市因骡马车队进城不便,遂设交易市场于洮州城外的西南门外,呈拐字形的通衢大道上。后来因为洮州战事平息,太平年景,长此以往,城外大道成了南北客商云集贸易的主要地区,城内反倒是冷清了许多。

凡是去过临潭的都知道,从藏地草原北山方向的河川一直绵绵延延向南,穿过旧城门外大道,尽头到达洮河。近六十里的走廊已经给了旧城这个高原古城民族竞技活动的大场所。少了这个狭长地带的布局,万人攀扯的绳索无处安放,没有高原汉、回、藏三民族长期驭马奔腾，东进西出商贸劳作所练就的蛮壮体魄，就没有这万人竞技的扯绳活动。

记得小时候正月十五的扯绳，因没有电灯照明，一般在月下举行。人们先是吃饱十五夜的晚饭，然后迫不及待地撂下饭碗往大街上飞跑。待赶到西门外大街上时，清冷的月光下，一条由数十条大麻绳拧成的粗大的绳索，安静地躺卧街中。小孩们矮小的个头在大人们中间挤来挤去，糊里糊涂地乱窜时，不知什么时候很突兀地响起呐喊，立刻有无数个快乐的成年人抱着粗大绳索，面红耳赤地喊叫着拼扯。从北向南的街道上，人群发疯似的呼喊着，跳跃着竞力。说来可笑，人们抱着绳索你挤我扛地忽而向北，忽而向南，也没人指挥，扯得没有力气时，就怀抱着绳索，坐在商铺的台阶上歇息。气还没喘过来，不知什么人突然又怪叫一声，震天的狂吼又响彻云霄。待绳索沿着拐字形的大街向地处北方的西门窜去时，老少的那个疯狂难以言述……

此地有个不成文的传说，以北方为上街、南方为下街，为竞赛两方。哪方赢了今年正月十五的扯绳，哪的庄稼就丰收。而且北方上街又处于对己不利、地势上缓的上坡。下方南街位居对己很有利的下坡方向，应该说是地势优越。可是奇怪的是，大多时候都是上街赢。其实细细检查，原因很清楚，上街西门方向每年扯绳开始后会来许多北山草原上的藏民参与。他们体格强壮，年轻气盛，往往一个人力气敌过三四个农耕地区的人，所以有他们参与进来，上街虽然地势偏上，但是人往一处拥，劲往一处使，大多会胜。

从"文革"开始至80年代初，临潭旧城正月十五民间的扯绳盛事停顿了十几年，到80年代初，开始有人自发号召恢复扯绳活动。时间也延长到正月十四之夜开始，十六之夜结束。三天时间，万人空巷。扯绳的绳索也随着工业化的发展，开始由纯粹的麻绳而过渡到钢丝绳。除过龙口接合处是麻绳外，其他都是两条分支的钢丝绳。冰冷坚硬，攀扯时稍不注意，手心的皮就会磨破。此时洮州临潭旧城民间扯绳活动，人数已过万。随着国内新闻媒体的关注报道，让世人知道了这个偏僻古城的扯绳赛事。自正月十四夜开始，在华灯照耀下，由政府部门组织，人群也是五花八门。穿藏袍的，头戴白色小圆帽的，服饰时髦现代的，把这高原小城的夜晚装扮得五颜六色。分界线在西门的街道，由此开始分为上下两方，双方绳索的接合处是粗麻绳拧成环形的"龙口"。串接组合的是一条坚硬青冈木或桦木削成的巨大楔子，一旦它把双方"龙口"串接成功，一声歇斯底里的呐喊犹如点燃了巨大的火药桶，所有的人都开始喊叫。这时候人们自发按各自所处的方位，过万人缀在绳索上，街巷两边观战助威的也有两三万人。人潮犹如大海的波浪，忽而向北，忽而向南，势均力敌，不分你我，抗争之下，待到力气耗完，力胜一方就会拼死拼活地扯动绳索呼啸而去。这样前后三次，来回缀接，时间也消耗在了子夜12时后。到正月十六最后的兴奋发泄完之后，不管是谁输谁赢，反正男女老少过年的欢闹随着不分民族，不分男女，忘却季节的正月十六结束。一个对新春来临的希望从此埋下了丰硕的种子……

说到扯绳赛事上的"九龙口"就会想到中华民族的图腾——龙。它行云布雨，蛰伏江河湖海。千百年来总是位居乾纲。甚至皇帝为了表示自己是受命于天的君王，也把它当作自己在天上的化身，处处以龙形装饰自己，向臣民们显示一种神圣不可侵犯，凌然孤傲的威严。民间无处不在的龙王庙和龙的传说，更是农耕社会靠天吃饭，希望五谷丰登、丰衣足食的依托和象征。大明洪武三年，随沐英西征甘南和被迫迁徙的这些可怜的江南人，突然一下子从富饶湿润温暖的江南水乡被撂到这个荒凉干旱阴寒的西部高原，心理落差无法弥合之外，生存上的困境是一项最紧迫的任务。所以就有了所谓自周朝宰相姜子牙斩将封神后，大明皇朝第二次"封神"的神话。十八位明朝开国元勋常遇春、沐英、胡大海、李文忠等上至公侯，下至战将人等，被分封到远离江南和中原之地的西北高原洮州，做了此地新移民们的保护神。他们的身份由人间公侯一下子变成了兴云播雨，主管人间温饱的"龙神"。这些实际上形同发配荒地的江南人此时真是幸福极了，有这些个曾经让他们崇拜追随的大人物，在远离故土的西北高地变化为神龙，在溟蒙的空间无处不在的保护他们，从此可安居乐业了。所以，另一重意义的扯绳实际上就是"扯神"。正月十五江南闹花灯，此地缺吃少穿，哪有物质条件再去用丝绢香油装饰花灯。在这孤独绝地的西部高原上，用治水的龙来成就一种二龙戏珠般的民间赛事——扯绳。两条大龙你争我夺，胜者丰硕尽入囊中，输者也是嘻嘻哈哈，反正都只在洮州这片土地上共管雨水，都有责任为黎民百姓播撒幸福。

2012年又是农历壬辰龙年。听说已经受地震等影响停止正月拔河赛事几年的古城洮州，就要恢复正月万人扯绳民间活动。用龙年扯绳赛事来欢庆龙年盛世，这是大好事。但愿这座历经坎坷患难的故乡洮州临潭，从此摒弃根除历史上不利于民族间发展的陈规陋习和观念，再次用二龙戏珠式的吉兆扯绳，把汉族回族藏族三个兄弟民族紧紧地团结起来，让先辈们守土卫疆、维护祖国统一繁荣的百年愿望得到进一步发扬光大。

洮州的明天一定比我想象的要好得多！

作者简介：刘青之，又名刘文学，回族，甘肃临潭人。有作品散见于省内外报刊。代表作有中篇小说《黄河颂》、报告文学《心灵的最高洗礼》、散文《秦腔》、诗歌《鼓声》等。

洮州万人扯绳闹元宵

敏奇才

　　在瑟瑟的寒风吹拂中，我们顶着无际的蓝天，碾着耀眼的积雪，迎着蓝光光的太阳，驱车来到青藏高原与黄土高原的交接之处的临潭，这个古称洮州的地方。

　　临潭历史悠久，文化灿烂。从仰韶文化时期（约公元前5000年）就有先民在此繁衍生息。西晋置洮阳县，为建县之始。隋开皇十一年（591年），改名为临潭县。临潭唐蕃古道的要冲，是陇右地区汉藏聚合、农牧过渡、东进西出、南联北往的门户。在数千年的历史进程中，既经历了烽火迭起、兵戎相见、金戈铁马、建置多变的纷繁岁月；又创造了民族融合、商贾云集、商贸繁荣、茶马互市的独特历史；更创造了先进的农耕文化、特色地域文化和独特的民俗文化；保留了绝版的江淮遗风和淳朴的民俗风情。洮州万人扯绳闹元宵就大有看头，也大有来历。

走进洮州，感受绝版的江淮遗风

元宵节前夕，我们沿着唐蕃古道，走进洮州，为着一睹壮观的万人扯绳闹元宵而来，也为着触摸这座古城的历史脉搏，倾听洮州江淮人家的故事而来。

在洮州那不为人知的山山弯弯里隐藏坐落着几百个庄子，生活着勤劳的汉族、回族和藏族儿女，汉族和回族的大部分是江淮后裔，在那里点点斑斑地遗留着明朝初期带至洮州的江淮遗风。现在，只要是略略懂事的孩子，当你问其祖上时，他一定会说：我们祖上是南京纻丝巷人，而且也会说是他爷爷的爷爷告诉他爷爷，他爷爷又告诉他的。著名历史学家顾颉刚在西北考察日记中所书洮州女人"其履尖上翘，所谓'凤头鞋'也，头上云髻峨峨，盖皆沿明代迁来时装束。经行人丛中，如入博物院，亦此生一快事"。因此，让我们踏着顾颉刚的历史足迹一路走来，在天朗气爽、碧翠四野、山泉叮咚、莺歌燕舞的季节里，迎着温润的风尘，抑或是在这严寒的冬季，我们沿着唐蕃古道，走进萧瑟的洮州，走进洮州的江淮人家，走进江淮人家的故事，体验历史风烟的悲壮，目睹江淮后裔女人的风韵，倾听江淮吴语的韵味，遐思秦淮歌声的清悠，探究接续记忆的源缘……

在炊烟缭绕、深邃幽静的巷子那头，偶尔传出几声颇具江淮风韵的吴语，一个稚嫩的声音喊道："阿婆，您在哪儿？家下们都到齐了，姨娘要您最拿手的吃食呢！"阿婆在不远处应声答道："先把家下们让在堂屋里，像往常一样陪侍着照应看承妥当，我给娃娃们寻几个盘缠就来。"听着这样的话语，你仿佛来到了清波荡漾的江南水乡，遐思清悠的秦淮歌声和江淮吴语的韵味，久久回不过神来。那些颇具江淮风韵，擦肩而过的姑娘们，夹杂着江淮吴语的嬉笑不时地在耳际飘荡，让你仿佛突然信步在江淮的某个小镇，驻足不前，流连忘返。看着姑娘们远去，你才会从江南的那小桥流水、秦淮歌声里醒悟过来，确信是走在村庄的某个角落里。点点斑斑的江淮吴语在洮州大地一说就是六百多年，从她们的身上你真真切切地听到了江淮遗风在洮州大地上的延续和再现。

但是，在村庄深处充满了江淮人背井离乡的愁绪。在村庄的任何一处，拦住一位儒雅的长髯老者，与他谈其祖上时，他会毫不犹豫地告诉你："我的祖上是江淮人氏，是南京纻丝巷的。"但在他的话音里也能听出淡淡的一丝愁绪。然后默不作声，仰头去望天空，天空里艳艳的太阳，再长长地叹息上那么一两声。这是六百多年来辈辈思忆故地接续记忆的一种方式，听多了，也会让你蒙上一层淡淡的背井离乡的愁绪。在洮州大地的深处思忆起江南，有点惨不忍睹，江南有的是水，而洮州缺的恰恰是水。于是在思忆当中不由自主地想起白居易那首著名的《忆江南》的词来。

当你走进江淮人家的故事，体验历史风烟的悲壮，目睹姑娘们的江淮风韵，倾听江淮吴语的韵味，遐思秦淮歌声的清悠时，你就深深地陷入一个个动人的故事里面，思索和假设不已。而今，当年洮州繁华的江淮景象已掩藏在了历史的岁月里，只有那思忆故地和留存记忆的江淮遗风散落在洮州忙忙碌碌的各个村庄的角落里，抹不去岁月的浮尘和截不断记忆的长河，留存记忆的是元宵节那万人空巷的"万人拔河"（扯绳）。江淮吴语在这里一说就是六百多年，从临潭人身上我能真真切切地感受到江淮遗风在洮州大地上的延续和再现。

源于军中游戏的万人扯绳

节庆期间，临潭又是另一番景象了，不再是淡淡的、轻轻的、柔柔的，而是浓浓的、热烈的。

看，临潭县城主街道两旁挂满了喜庆的大红灯笼，路边的灯柱上一面面红旗迎风招展，整个县城洋溢着浓浓郁郁的节日气氛。正月十四、十五、十六的傍晚，临潭县要举行传统的扯绳活动庆祝元宵节，每晚三局，三晚九局。一切车辆在这三天里改道而行，欢腾的人们聚集在大街上，或参赛，或围观，一起迎接那撼天动地的一刻。

临潭县城的元宵节"万人拔河"（扯绳）赛至今已有六百多年的历史，是甘肃省非物质文化遗产项目。据《明太祖实录》记载："洪武十二年（公元1379年）春正月，洮州十八族番叛，命沐英移兵讨之"。据记载：英部将士之中多为江淮人。唐封演《封氏闻见记》云："牵钩襄汉风俗，常以正月望日为之。相传楚将伐吴，以此教战。"这里扯绳源于军中"教战"活动。当年，沐英将军驻旧城期间，在当地以"牵钩"（即拔河）为军中游戏，用以增强将士体力。后来明朝实行屯田戍边，据《洮州厅志》记载："从征者，诸将所部兵，即重其地。因此，留戍。"许多人落户于洮州，扯绳之俗遂由军中转为民间，就是古之牵钩在临潭县城一直流传下来的历史渊源。以至后来群众把扯绳作为"以占年岁丰歉"（《洮州厅志》）的象征。在扯绳时连绳的桦木楔子制作得像一颗饱满的青稞，象征了此地以青稞为主的五谷丰收，既鼓励人们积极参与扯绳，也反映了各族群众渴望丰衣足食、国泰民安、民族团结、安居乐业的美好愿望。

三石一顶锅，扯绳闹元宵

临潭人闹元宵声势浩大，参加扯绳大赛的人数众多。

看，一群虎腾腾、茂生生的各族雄壮后生从四面八方奔涌而来；一簇簇花枝招展、婀娜多姿的各族姑娘从四乡八里结伴而来。这些壮实的后生和婀娜多姿的姑娘，穿戴各异，语言各异，但他们的心中却燃烧着火一样的热情和满怀的激动。

他们踏着积尘，顶着昏日，任凭寒风吹彻，但欢腾的嬉笑声在洁雪上迅疾地滑过，飞翔在空寂的山野里，朴实得像远山里不甘寂寞的风笛，吹奏着欢愉的乐章。

她们踩着冰雪，迎着疾风，轻溜溜的像一群飞翔的鸽子，狂舞在空旷里，飞扬的流苏，飘扬的丝带，点燃红红绿绿的生命，弹奏起一曲曲情调撩人的轻音乐。

睁大眼睛瞧一瞧，看一看！

这个时候，县城里各家各户住进了不同民族的亲戚和朋友。咱们的县城叫旧城，其实它是一个团结之城、友爱之城，更是和谐之城，有一句古话是这样形容的，叫"三石一顶锅"，就是说临潭是汉、回、藏三个民族共同支撑的团结友爱的"大锅"，这句古话道出了临潭县汉、回、藏三个特有民族的关系，既形象又生动，既具象又实在。这里的群众从小耳濡目染，就是在"三石一顶锅"的氛围中成长的。每个人都生于斯，长于斯，也必将死于斯，但必定是支撑一顶锅的一颗石子。

民族团结和友爱的种子在每个人的心里从小就迅速地萌发着，生长着，必将长成一棵遮风挡雨的参天大树。元宵节万人扯绳活动就是"三石一顶锅"的绝版再现和各民族团结友爱的象征。

傍晚，华灯初上，洮州城南北走向的主街道人如海声如潮，花灯耀人。两条早已准备好的绳横铺在街心，绳头犹如游龙似的头碰头静卧十字街中央，正在等待那千钧一发的时刻。有谁曾见过用这主绳直径达十六点五厘米的钢缆绳扯绳呢，这也许是历史的一个画面，也许是历史的一个重现。主绳按旧俗摆放在十字街中央，由广众推荐的"少壮"担任"连手"负责每局的胜负，并与对方联结"龙头"（即绳头）。传统的扯绳活动，在每年正月十四、十五、十六晚上举行，每晚三局，三晚九局。

据《洮州厅志》载："其俗在西门外，以大麻绳挽作两股，长数百十丈，另将小绳连挂于大绳之中，分上下两股，两钩齐挽。少壮咸牵绳首，极为扯之，老弱旁观，鼓噪声可撼岳，为上古牵钩之遗俗。"那时扯的绳，是各户捐来的麻绳，尚且"鼓噪声可撼岳"，可见当时扯绳场面之壮观。

赛前各自将绳捆扎成头连、二连、三连、连尾（俗称"双飞燕"），扯绳总长一千八百零八米，重约八吨。2007年的那次扯绳参与人数达十五万，是"扯绳"史上绳最重、直径最大、长度最长、人数最多的一次比赛，盛况空前，堪称世界之最，2001年7月，"万人扯绳"被载入世界吉尼斯纪录。依托历史悠久的元宵节万人拔河，2008年，临潭县被国家体育总局、中国拔河协会授予"全国拔河之乡"荣誉称号。

比赛开始，参赛者按居住地域蜂拥而上，迅速分成上下两片，分挽绳的两端，双方联手将刚硬的桦木楔子串在龙头中央，以鸣炮为号，开始角逐，此时月亮东升，皓月当空，霎时，爆竹声、哨子声、呐喊声、音乐声、观众的喝彩声融为一体，山岳为之震动！大河为之沸腾！人心为之震撼和颤荡！这时候，整个大街上没有一个闲人，没有一个不鼓劲的人，就是那耄耋之人，也会拄着棍子使劲地呐喊。每一个参与者都扯得汗流浃背，后背上都渗着一大片汗渍，冒着热气，如进了蒸锅似的，这就叫一个畅快淋漓。

此时此刻，雄健的后生们齐吼着舞耍着的龙头翻涌着起伏着相吻相拥。一锤下去木楔紧扣龙头相连，一根绳，一条心，向各自的方向奋力拼搏，数万个服饰各异但神情一致、目标一致的后生们就发狠了，忘情了，疯狂了，忘记了往日的辛劳、疲惫、忧愁、烦恼，充分体现着大西北人的粗犷、豪放与执着，那绳如巨龙流动、蛟龙出水，忽上忽下，或动或静，相争相持，气势如虹。于是在青藏高原的洮州就爆出了一场壮阔、豪放、火烈、激荡，令世人震颤和永存记忆的巨型舞蹈。

一声齐吼，惊天动地，使冰冷窒息的空气变得燥热，变得火爆；使沉寂的大地变得颤动，变得激动；使恬静的月光惊得飞溅四开变颜变色；使困倦不已的世界亢奋着来不及打个冷战，一醒无眠。

好！看！

各族后生们在吼，齐吼，万人齐吼，吼出了他们的心声，吼出了他们的团结和目标，也吼出了一方水土的韵致。那搏击的众吼，震撼着你我，烧灼着你我，激励着你我，它让你我以撼天动地的姿态如此鲜明地感受生命的存在、活跃、奔腾和强盛。也会让你我在瞬间惊异于他们居然能释放出那么奇伟磅礴、撼天动地的能量。

这是一个六百多年记忆的存活和再现。

这是一场六百多年惊心动魄的搏击和凝聚。

好一个洮州万人扯绳！这是一种疯狂的舞蹈，梦幻的激烈释放。

好一个洮州万人扯绳！让挥洒的汗水化卸了洮州人遥远记忆的苦恋，把思恋江淮故地的念想化成了一种团结的力量。

好一个洮州万人扯绳！把洮州人的痛苦和欢乐，生活和梦幻，向往和追求，凝聚和拥抱，浓缩交织在了那一声声的呐喊中、齐吼中，而后升华成了一种象征，一种万民齐仰的象征。

作者简介：敏奇才，甘肃临潭人，中国作家协会会员，鲁
　　迅文学院学员。小说、散文、剧本散见《民族
　　文学》《中国作家》《天涯》《美文》《延河》
　　《光明日报》等一百三十多家报刊。出版散文
　　集《从农村的冬天走到冬天》《高原时间》，中
　　短篇小说集《墓畔的嘎拉鸡》。著有长篇小说
　　《红雀河》和"洮商三部曲"第一部《雪域驮
　　铃》等。

人生，是一场拔河

花　盛

1

看一座城，既要看白天的车水马龙和热闹繁华，也要看它夜晚的璀璨灯火和静谧安详。

我刚到临潭县城工作时，下班后常去爬山。临潭县城是一座典型的高原小城，被群山围绕，周边有东明山、神仙墩、馒头咀、大坡山、大湾顶、西凤山等，我爬得相对较多的山是东明山和西凤山。东明山，顾名思义在小城东边，西凤山在小城西边。

从山上望下去，小城一览无余。一条主街道叫西大街，自南向北穿城而过，后来拓展了西环路，即商业步行街；又修筑了东环路，即S306线，所有货运车辆不再进入主街，既减轻了主街的交通压力，又能避免发生交通事故。至此，小城的交通可用"三纵三横"来概括。相对比较热闹的地段当属西门十字、县委门和华联广场。清晨，西门十字街道边就有菜农的叫卖声，他们来自小城郊区或周边乡镇，各种蔬菜极为新鲜，青翠欲滴。打零工的人们，也早早来到西门十字街道，默默等待雇主。雇主一来，他们便凑上前，伸出袖筒。我看到的只是双方的表情变化，而真正的雇佣信息，则在袖筒里经过手指的激烈争辩后达成"约定"。县委门是小城的中心地段，有一个较大的文化广场，既是小城居民活动较为频繁的地方，也是政府部门搞主题宣传活动的场所。华联广场在小城的北边，靠近北环路，因华联超市而得名，属小城最大的广场。夜幕降临后，广场上灯火辉煌，载歌载舞，较为热闹，是小城居民茶余饭后的主要活动场地。

我不喜热闹，傍晚就去爬山，看落日熔金，看云彩瞬息万变，看小城华灯初上。夕阳西下时，大地迎来最辉煌的时刻，向西望去，远山如梦似幻；向东望去，群山簇拥的小城宛若一条镀金的帆船，拨开绯红的暮霭，缓缓行驶。天空高远，深邃的蓝色画布上，云彩千姿百态，随夕阳坠落，宛若魔术师手中的彩带，瞬息万变。山风如水，冰凉而透明，驱散白天的疲惫和思想的云雾。待云彩与天空融为一体时，俯瞰小城，灯火渐次亮起，一条条光带勾勒出小城的轮廓。世界顿时安静下来，身边的鸟虫也似乎隐遁了，唯有风的飒飒声，告诉我一个人渺小的存在和时光的流逝。

月亮升起来，心灵瞬间像穿过夜色的羽翼，明亮柔顺了许多。月光下的小城，从浓浓暮霭中脱颖而出，在绚丽中多了一份文静，在文静中多了一份素雅，像一朵开在风中的花，有生命摇曳的姿态和风止时泥土的芬芳。一个人被月光抚慰是幸福的，一座小城被月光洗涤是惬意的。在西凤山的夜晚，我曾写下一朵花的茫然和背影，而它的纯净，在于视野之外的开阔；它的明澈，在于纷繁之外的心灵。我相信所有喧嚣的生命，终究归于平静，归于一种可贵的孤独和寂寞。

2

我曾听过一首打油诗："今日登上东明山，远看临潭山连山。座座楼房数不清，临潭坐在山中间。"形象生动地道出了临潭所处的自然环境和地理位置。从东明山看，群山如浪，碧波荡漾，而临潭宛如一条船，在波浪间行驶。尽管这条船看起来并没有我们想象中的那么高大漂亮，但她从历史深处一路走来，赋予你我深沉而厚重的力量。

据史料载，自从仰韶文化时期就有先民在这里繁衍生息，始置洮阳、侯和二城；西晋惠帝元康五年，置洮阳县；南北朝北周武帝保定元年二月，首置洮州，继置洮阳郡和泛潭县；隋开皇十一年，改泛潭县为临潭县；明洪武十二年，升洮州卫军民指挥使司；清乾隆十三年，改洮州厅；民国二年，改称临潭县至今。

在临潭这片热土上，随处都能触摸到她的前世今生。磨沟遗址、牛头城、洮州卫城、红堡子、千家寨、新城苏维埃旧址，万人拔河、龙神赛会、洮州花儿，洮州刺绣、尕娘娘头饰、古建筑雕刻……一处处遗址，一个个民俗，既保留了临潭独特的历史文化，也展现出一幅幅多彩的民俗风情画卷，像一条蜿蜒的洮河，动中有静，静中有动，动静结合，经历寒冬的结冰，也经历夏日的奔涌。时常听有人把洮河比作一条哈达或带子，而我却觉得，洮河更像是一股粗壮的绳，拧出山川之秀美，家园之和美，心灵之甜美，恰似临潭拔河所用之绳。

有一年元宵节，我乘车快到临潭县城时，班车上的人说，县城有"万人扯绳"活动。我颇感奇怪，窗外寒风飕飕，手都不敢从口袋里取出来，整个人也似乎冻僵了，怎么扯绳呢？乘客还说，绳是"油丝绳"（钢缆），人是四里八乡人。说者无心听者有意，他们的话激起了我的好奇心。那时，我在乡下一所村小学当老师，见过的民俗活动有老家过年时的纸马舞社火、五月十五观园和七月十二庙会，最大的也只有新城镇端午节龙神赛会。一想到"万人"，似乎有点夸张的成分，随之又觉得这也是一次千载难逢的机遇，不能错过，便决定留下来看看。

晚饭后，当我来到县委门时，顿时傻了眼，岂止是万人？十万人都不止。远远望去，街道上早已人山人海，摩肩接踵，就连街道两边的二层小木楼上，也都挤满了人。红灯笼照亮一张张满是期待的脸庞。从县委门挤到西门十字，短短五六百米的距离，我用了近一个小时。西门十字是扯绳的中心，以此为起点，向县委门方向为上半片，向邮政局方向为下半片。我费尽九牛二虎之力，才勉强挤到中心，勉强看到结绳。结绳，就是将两条绳头结在一起。对于普通绳索来说，每个人都能轻而易举，但对于碗口粗的钢丝绳来说，没有一定的技术和无数人的配合是不可能结好的，而且绳之长就有一千八百多米，绳之重就达八吨，这是多么令人不可思议的数字。绳头也叫龙头，颇为形象。仅结绳，就得好长一段时间。扯绳还没开始，整个小城早已被鼎沸的人声所淹没，被高涨的热情所淹没，似乎这不是在冬天，而是炎炎夏夜。绳刚结好时，以鸣炮为号，人们瞬间争先恐后地拥到绳上，似乎等这一刻等得太久。随着指挥之人的手势和哨音，一场声势浩大的扯绳正式开始。那排山倒海的气势惊天动地，震耳欲聋的呐喊响彻云霄，万众一心的力量恢宏磅礴……如此盛大、壮观、震撼的扯绳，每晚要举行三局，三晚九局。这一年，是2007年，是"扯绳"史上绳最重、直径最大、长度最长、人数最多的一次比赛，其盛况空前，举世无双。早在2001年7月，万人扯绳就已被载入吉尼斯世界纪录，临潭也被国家体育总局授予"全国拔河之乡"。

后来，我才知道，临潭素有拔河传统，我为自己的孤陋寡闻倍感羞愧。在临潭，拔河不叫拔河，通常叫扯绳。每年正月十四至十六，都要举行扯绳活动。《洮州厅志·习俗》也有记载："旧城民有拔河之戏。用长绳一条，联小绳数十，千百人挽两头，分朋牵扯之。""正月十五午后有扯绳之戏。其俗在西门外河滩，以大麻绳挽作二股，长数十丈；另将小绳之末，分上下两朋，两钩齐挽，少壮咸牵绳首极力扯之。老幼旁观，鼓噪声可撼岳。以西城门为界，上下齐扯：凡家居上者，上扯；家居下者，下扯。胜者踊跃欢呼，负者亦颇为失意。其说以为扯绳之胜负，即以占年岁之丰歉。"过去扯绳所用为麻绳，远比不上现在的钢缆，但其壮观的场面从史料里可见一斑。

还记得那个元宵节，月亮也迫不及待早早就升了起来，为扯绳的人们照亮脚下的路，也为新年景荡去旧日的尘。过了凌晨，街道上仍有许多男女老少来来往往，似乎还未尽兴；天快亮了，就连月亮也不肯离去，还在轻抚着街道上那条不愿安歇的蛟龙，用爱温暖着一群人，一座城。那晚，我没有回旅社，也没有去洗"油丝绳"留在衣服上的油渍，似乎那不是油渍，而是历史的痕迹，散发着浓烈的味道。油渍在月光下发黑、发亮，像是与历史的一次邂逅和穿越。

清晨，在回老家的班车上，我写下几句打油诗：初一饺子初二面，初三出门把活干。十四、十五回家转，不扯绳是年没完。四邻八乡绳上见，月亮不跌人不散……而这一别，就是十六年，可谓白驹过隙，韶华易逝。但每想起那个元宵，那次扯绳，仍是心潮澎湃、历历在目，像一场铭心刻骨的梦，梦醒时，我亦不再年少。

3

扯绳，在小城及周边村镇较为盛行，但在其他地方却很少见。2016年10月，中央电视台《记住乡愁》栏目摄制组走进全国历史文化名镇：新城镇。因节目需要，在新城镇组织过一次扯绳。新城镇因洮州卫城而具有深厚的文化底蕴，据《洮州厅志》《洮州卫城竣工碑》载，为明洪武十二年（1379）西平侯沐英所筑，明、清两代多次重修。卫城跨山连川，因形就势而筑，巍然屹立，气势雄伟。城周实测为五千四百多米，垣墙高九米以上，东西南北设四座瓮城。明中叶后，在海眼池南筑垣墙和水西门瓮城，成为甘南现存最大的一座古城。

那时，我在县委报道组工作，主要负责央视栏目组在临潭拍摄期间的摄影。绳，还是那条绳，但扯绳的人比较少，目测也就一千多人，且大多来自县城及其周边，而新城镇及周边的人们，大都站在街道两边观望，很少有人参与扯绳。后来得知，以洮州卫城为中心，东路、北路、南路的人们没有扯绳的习俗。因此，令新城人引以为傲的不是扯绳，而是端午节龙神赛会。20世纪90年代中期，我在新城求学时，目睹过龙神赛会，主要活动是"赛龙神"。龙神共十八位，均为大明王朝的开国将领和亲属，来自新城周边不同地方的庙宇，通称为湫神。活动分三天进行，除了"赛龙神"外，还有丰富多彩的文艺演出、秦腔演唱、洮州花儿大赛、商贸物资交流等多项活动，声势浩大，极为罕见，堪比万人扯绳，迄今已有六百多年的历史，是目前临潭范围内规模最大、涉及地域最广的一项传统民俗活动，极具浓郁的地方特色和深厚的文化意蕴。2021年，龙神赛会与万人扯绳一同被列为第五批国家级非物质文化遗产代表项目名录。

那次扯绳，虽无元宵节拔河盛况，却也让"馋绳"的人们过足了"扯绳"的瘾，算是我见过的规模较大的一次扯绳。2017年2月10日，扯绳场景在中央电视台中文国际频道《记住乡愁》栏目纪录片《甘肃新城镇：西部重镇　尽忠职守》中播出，展现了临潭悠久的历史文化、独特的民俗风情和群众的幸福生活。

在小城，因诸多因素，多年来再也未曾举办过大型的扯绳活动，但一到元宵节，民间扯绳活动却此起彼伏，绵延不绝，是我见过的最普通，也最其乐融融的拔河。各村与村之间自发地在巷道内扯绳，多则一二百人，少则几十人，甚至十几个人。这样的拔河虽规模较小，却和万人拔河一样，不在乎输赢，不分男女老少，也不分民族，就像我们常说的"友谊第一，比赛第二"。事实上，他们扯的不是绳，是浓浓的乡愁，是厚重的友情，是永不言弃的精气神和崭新的未来。

我见过最正规的扯绳，当数在临潭县冶力关镇举办的中国拔河公开赛了。比赛为期一天，主要有男子六百四十公斤级、女子五百四十公斤级、混合六百公斤级三个级别，属于竞技拔河，讲究技术、战术、整体的协调，有体重限制，有严格的标准，也有专业的队伍、教练和裁判。竞技拔河与传统扯绳不同，没有广大群众的参与，也没有热闹壮观的场面，但这样的拔河，既具观赏性、科学性和安全性，也对传承拔河文化，弘扬体育精神，促进地方旅游发展起到积极的作用。

当然，我也见过规模最小的扯绳，只有两个人，即大象拔河，也叫押架，在甘南较为普及和流行，简单易行，不分场地和时间，可室内或草地，可白天或夜晚，男女老少均可参与。双方将一条长绸布带系于腰间或穿过裆间套于脖颈，布带中间吊一约尺长红布条，正对中线。比赛时，双方趴在地上，四肢着地，屁股相对，头部向前，向自己的方向奋力爬，将对方拉过中线为获胜方，其间手脚不准离地，离地者判负。大象拔河一般采用三局两胜制，多以游戏形式进行，是集游戏性、娱乐性、民族性于一体的传统体育活动。有一次在浪山，我和朋友也进行过一次大象拔河，因不得要领，加上力量悬殊，三局下来，累得气喘吁吁。若不是亲身体验，很难领会其中的乐趣和要义，真应了那句话：累，并快乐着。

浪山回来时，月亮刚从东明山探出半个脑袋，窥见我的弱小。我想，人生如同拔河，意不在输赢，在于我们是否为生活和梦想全力以赴过。

4

十六年过去了，那时的孩子早已长大成人；六百年过去了，拔河精神始终生生不息。

庚子年春节前夕，临潭县洮州民俗文化协会等社会团体发起举办第619届以"民族团结、凝聚合力、助力脱贫攻坚"为主题的万人扯绳活动，定于元宵节在临潭县城关镇西大街举行，连续举行三天共计十绳次，分别是正月十四晚上扯三绳，正月十五下午扯一绳、晚上扯三绳，正月十六晚上扯三绳。本次"万人扯绳"活动单绳长为一千八百一十八米，重约十二吨，"龙头"长三十米直径八厘米，单绳直径四厘米；活动不计人数，不分民族，不设裁判，也不分队，简单分为上片和下片，即以县城瓦采街为界线，以北属上片，以南属下片，无论男女老少都可以参加。一时间，小城街头巷尾、各种微信群、朋友圈等，到处都是扯绳的话题。我和同事也提前着手，精心策划宣传报道方案，并沿西大街踩了几处最佳拍摄点及航拍器飞行路线。

然而，令人始料不及的是新冠肺炎疫情暴发，包括期待已久的"万人扯绳"在内的所有大小型活动均被紧急叫停。在倍感惋惜的那一刻，大家也很快意识到疫情的严重性，迅速投入到疫情防控工作中，与新冠病毒拔河，而这是一场等不得、输不起也决不能输的拔河，一场你死我活的拔河，在临潭各族儿女的齐心协力下，筑起了一条生命安全的钢铁长城。

我有一个文友，看到我的诗歌里经常写到"雪"，以为纯属是虚构或者想象。有一年5月下旬的一天，天空突然下起了雪，我打视频给他。当他看到夏天依然大雪纷飞时，近乎瞠目结舌。正是在这样的生活环境里，临潭各族儿女以"缺氧不缺精神、艰苦不怕吃苦、海拔高境界更高"的精神，举全县之力，集全民之智，与时间赛跑，与贫困拔河，打赢了一场脱贫攻坚战，交出了一份人民满意的历史答卷。

临潭有浪山的习惯，一到7、8月份，就和家人或约朋友一起到野外踏青野炊，感受大自然的气息和美景，享受慢生活带来的惬意和美好。随着生活越来越好，大家对浪山逐渐重视起来，要求也越来越高，都愿意选择去有山有水有草地和树林的地方浪山，但这样的地方并不是很多。临潭有句老话说，养儿防顾老，栽树歇荫凉。大家积极践行"绿水青山就是金山银山"的理念，聚焦生态修复、国土绿化、环境整治等方面，大力开展"山水林田湖草沙"系统治理活动。尤其是每到4、5月份，全县就会掀起一场植树造林的热潮，像一场声势浩大的拔河，大家不分你我、男女老少、民族，团结协作，用勤劳的双手，种下一棵棵树，植出一片片绿，为子孙后代筑起了一条绿色生态屏障。

常听老人说，滴水亦成河，积土方成山。行走于临潭的山川田野，总沉醉于其独具魅力的自然风光；漫步于小城的大街小巷，总痴迷于其白墙黛瓦间的人间烟火。在临潭，每一个人都是一条线，捻成麻绳，搓成铁绳，拧成钢绳，拉着临潭这条船扬帆远航；在小城，每一个人都是一滴水，积水成溪，聚溪成河，汇河成海，载着临潭这条船扬帆起航。

人生，何尝不是一场拔河呢？每次登山，就是我与自己的一场拔河——白天登山，是与生活的拔河；夜晚登山，是与心灵的拔河。每当月亮升起来，静看临潭大地，总有一些事物从历史深处走来，闪闪发亮。你看，一座座光秃秃的山，拔出了绿意；一座座生态文明小康村，拔出了幸福；一条条柏油路，拔出了通向未来的梦。

作者简介：花盛，本名党化昌，甘肃临潭人。中国作协会员、第四届甘肃诗歌八骏。出版诗集《花盛诗选：低处的春天》《那些云朵》《转身》、散文诗集《缓慢老去的冬天》、散文集《党家磨》等。

时光碎片

连金娟

1

腊月，临潭的街道被年的气氛充斥得满满当当。那些常年在藏区做生意的回族男性都回来了。他们热络地在人海里向亲朋好友打着招呼，他们在置办年货的人群里寻找着自己一年未见的"联手"。那些身着绸缎、头戴艳丽头纱、打扮精致的回族女子步履轻快地从人海里穿过。她们的脸上笼罩着一层淡淡的光晕，是一种幸福的喜色。对她们而言，她们的男人终于回来了，带着一家人的希冀，带着一年三百六十天的期盼，没有什么比这更好的事情了。她们衣服的颜色变得更加明快，头纱质地选最好的材质，手上的戒指明晃晃地在不经意间昭示着心底的甜蜜和男人们一年在外的收成。

人群中头戴皮帽、身着藏袍的藏族女子，目光如炬。她们身着艳丽的藏袍，银制的腰带在阳光下闪烁着金属的光芒。胸前的珊瑚项链映衬着艳丽光滑的藏衣，色彩明快浓郁。她们俯身在琳琅满目的摊位前挑着自己所需的物品，身姿庄重而美丽。有身材健壮的藏族男子，牵着马，马口喷出一团团的白气，热腾腾朝空中飘去。男人们大多无心眷恋身边诱人的物品，转一圈，最终将马拴到了县城朋友家门口，然后阔气地从马背的褡裢上卸下自己带来的礼物。

最热闹的地方是处于街道中心的十字路口，临潭人习惯叫西门口。在西门口靠西的商铺台阶上，一大群人正在兴致勃勃地讨论去年拔河的盛况，议论拔赢那一方庄稼的长势。听老人们说，拔河拔赢的一方庄稼会长得出奇地好。他们也讨论着今年绳的长度，也有人开心地说着去年拔河时见到的"联手"。

"今年的绳据说要比去年长上几十米呢。"人群里一位头戴无檐白帽的年轻人兴奋地说。

"我怎么没有听说，大庙里管会事的王家阿爷可是我一辈子的老联手，有这样的变动他会不告诉我？"旁边一位身着灰色长衫、白发徐徐的老人胸有成竹地说。

"听说去年两股合成的粗麻绳扯断了四次，今年要用油丝绳。"一位个子高大光头的中年男子饶有兴致地说。

"去年来得迟了，头两晚上的第一局都没赶上，今年我就住穆萨家，好好扯上几局，把去年输的赶回来。"人群里身体强壮，脸膛发红，穿着一袭白羊皮藏袍的男子不紧不慢地说道。

小时候总觉得年在他们这样热烈愉快的讨论中变得无比浓稠。而从正月初十开始，住在县城的我家也成了城外亲戚们歇脚喝茶的中转站。这中间包括父亲的藏族好友，母亲娘家的藏族亲戚，也有父亲一年未见面的回族"联手"。大家闹哄哄地挤在家里的客厅里，炉火上的大茶不停地沸煮着，茶香飘得满屋都是。

从正月十三的晚上开始，拔河的人从四面八方拥进了县城。平常冷清的高原小县城一下子变得拥挤起来。

正月十四，最后一丝太阳从西峰山上暗淡了去。管事的人早早联系了两辆卡车。两辆卡车上分别装着粗重的油丝绳，车子以西门的十字街为中心向两边街道拉去。绳子是用两股很粗的钢丝绳拧在一起，绳长约有一千八百米，重约八吨左右。

华灯初上，小小的县城早已人山人海。人们按各自居住地迅速分成两边，以绳中间挽起的龙头为记号，绳两边不分民族乌压压地趴满了人，一声震耳欲聋的炮声响起，角逐开始。

街道两边的屋顶上，商铺的台阶上，每层楼的阳台上都站满了观看的人。人挨着人，人挤着人，人们都沉浸在狂欢的喜悦中。

人群中只见那绳如出水蛟龙，忽上忽下，人群角逐的走势或静或动。小城的上空呐喊声、哨子声、礼炮声、人们的欢呼声融为一体，这一刻临潭的群山也为之震动，恨不能从四面八方汇聚过来一观盛事，大河也恨不能立马解封，唱起澎湃的歌谣为参赛的人群鼓劲呐喊。

一根绳，一条心。此刻的临潭人忘记了一年的艰辛，忘记了疲惫，忘记了忧愁，忘记了往日的烦恼。呐喊着，奋力着，团结着向各自的方向奋力拼搏。

一局结束，一局又在人群的欢呼中开始，每晚三局，三晚九局。生活在临潭的人将幸福的期盼，将血脉相连的情谊都扯进了一声声的呐喊里。

正月十六晚上最后一局扯绳结束了，年也完美地画上了句号，沸腾了整整三晚的县城终于安静下来。而临潭人的血液里，那根血脉相连的绳却一直在挥舞不停，从未停歇。

2

记不得是哪一年了，窗外的雪又急又紧。雪打着窗户外的塑料布发出嘶嘶的声响。大铁炉上的铜壶咕嘟咕嘟熬煮着大茶。木地板刚拖洗过，上面的潮气直往脸上涌，那些潮气与茶壶里的水蒸气一直跑到玻璃窗上，湿淋淋的像被雨冲过一样。太爷爷背靠弹簧沙发坐着，他穿一身灰色的中山装，映衬着银色的山羊胡，整个人显得精神矍铄。

天刚擦黑，家里人裹了大衣匆匆出门观看拔河比赛。他们边出门，边讨论着今年的输赢。一股雪气顺着掀起的棉门帘溜进屋。街上闹哄哄的，偶尔有骡马的嘶鸣声传进来。

太爷爷已经八十岁了，他过了爱热闹的年纪，而我因为年纪太小，家里人觉得带我出门是极不方便与安全的。

火炉很旺。太爷爷摸摸我发红的脸蛋，嘴角露出一抹祥和淡定的笑容。在我眼里，太爷爷很是沉默寡言，平常难得听他说上几句话。但那天他却显得很健谈。他问我会不会打算盘，我摇摇头，拿过爷爷书桌上的算盘放到茶几上。太爷爷说算盘是老祖宗留给我们最简便的计算工具，作为江淮人的后辈一定得学会它。他说着先让我弄清了算盘上的"个位""十位""百位"位置，讲了算盘具体操作方法。为了提起我学算盘的兴趣，一辈子在银行工作的他，边念口诀边快速地拨起了算盘珠子。他一口气打了很多，气息吹拂着银色的胡须起伏不定。

"算啦，一时是学不会的。"太爷爷说着摸了一下胡须，背靠着沙发闭目养神起来。片刻，他又说，在铁城正月十五是要去庙里祭拜龙神的。他说铁城的龙神是明朝开国大将军赵德胜。他擅长水上作战。

"水上作战，是什么意思？"

"就是几百条船连在一起。"

"洮河能放得下那么多船吗？"

"跟小娃娃说不清了。"太爷爷说着咳嗽了起来，拿起茶盅咽下一口茶水。雪下得更大了，扑打在窗棂上像抖擞的沙子声。

门外传来咚咚的敲门声。棉门帘被掀起，伴着冷气进来的是一位年纪与太爷爷相仿的老人。他头戴一顶黑色绸毡帽，手执拐杖。黑呢大衣上落满了厚厚一层雪。

他推门而入时，太爷爷眼里布满了光。他站起身，吆喝我赶忙去给客人找茶杯。

"老联手，几年不见了。"老人的手热切地和太爷爷握在一起。他们握了再握，久久不愿放手。

老人是西寺里的学董。他和太爷爷相识于少年，是正月十五拔河时候认识的。他们说那年旧城下了很大的雪，他们两个拔完河，在老人的家里就着雪花聊了一晚上。太爷爷说铁城的路太难走了，他以后有钱了一定要修一条好路让乡亲们通过。老人说，回族的孩子读书太少，他以后当了学董一定要动员寺里的孩子多读书。少年的梦想虽长不过七尺，可总是心胸万丈。

太爷爷带领家人修路的事迹上了报纸，老人特地从旧城邮局打来电话。

"快来接电话，说是你回族亲戚打来的。"邮局工作人员站在大门口喊道。

家里人都笑了，大家都知道那位回族亲戚指的是谁。太爷爷更是高兴，他去邮局，隔着话筒向他的朋友传递着喜悦。

"我将河边的马路修得既平整又宽阔，从兰州来的记者都采访了我。"太爷爷说着，眼里亮闪闪的。

"听说你也当了学董。过完年我去看你啊。""一定要去看看，一定要去。一不小心怎么就都老了。"太爷爷挂完电话，心里充满了不解。曾经年少立下的誓言都实现了，可时间都去哪儿了。他分明听到电话那头的声音多了一分羸弱。

难熬的冬天过去了。太爷爷听说西寺正在维修大殿。他拄着拐杖，带着我去西寺找他的"联手"。当看着从屋檐下的泥坑走出来的老人，一瘸一拐地朝我们走来时。太爷爷的胡须动了动："老了，都老了。那年拔河他是多精神的一个小伙。"太爷爷显得无比惆怅。

天空下起了雨夹雪，雪片在空中疯狂地打转。他们互相搀扶着去厢房喝起了茶。他们谈论了什么，我已经细想不起来。后来读韩愈的诗句"少年乐新知，衰暮思故友"，脑海中总会浮现出雨雪中他们相搀远去的背影。

太爷爷将炉火添得更旺，他为老人沏了滚烫的茶水。头顶的瓦斯灯，昏昏的。他们边喝茶边聊起陈年的往事，雪白的胡须随着嘴唇一抖一抖地在舞蹈。谈到高兴处，他们大笑起来，突出的额骨，打满褶皱的前额下一双眼睛里有了少年的光泽。

他们聊曾经硝烟弥漫、无比惨烈的旧城保卫战，聊青藏路上孤寂死去的洮商，聊那年跟着牛帮一起来的年轻女人。聊拔河的时候，他们将绳背在肩膀上，四股的麻绳将他们的肩膀都磨出了血丝，但心里的那份畅快至今难忘。

凌晨的钟声响起，爆竹声和烟花将窗外的夜燃得沸腾。拔河结束了，街上纷纷的都是人声。老人拄着拐杖起身作别。太爷爷相送至门外。

门外雪停了，只有风在狂吼。

3

那天在车站遇到他，干净温顺的男子。穿白色的T恤，洗得发白的牛仔裤。

"你也要坐这趟火车吗？"说话间一列火车从我们身边呼啸而过，带起的气流将我的头发吹得纷乱。

走进车厢，里面的人已经撑满。泡面与汗液的味道纠缠在空气中不愿意散去。我们从一个车厢走到另一个车厢，终于在靠餐厅的那个车厢找到了一个座位。

火车开始启动，车窗外的景色快速地向后退去。他坐在我面前的座位上，神情镇定。

　　"我们是认识的，那年一起培训国导考试，我记得你的解说词很出彩，你讲解的是一个叫洮州的地方，还有万人拔河比赛。洮州是你的故乡吗？"他问我。我在脑海里使劲搜索我在培训中心见到的每个人，无奈没有任何的线索。

　　"嗯，我的故乡是在洮州。它位于甘肃省南部，甘南藏族自治州东北边缘。"尴尬之余我连导游词都用上了。

　　他轻轻地笑了笑。说自己的故乡是在云南，那里有湿漉漉的石板路，空气中有桂花和金银花的气息。不知道为什么，在移动的火车上，看着车窗外他乡的景色，那些故乡的味道会顺着鼻孔爬进来。

　　窗外的夜黑透了，偶尔有点点灯光闪过。黑夜行舟，天地盛满了寂寞，乡愁第一次漫上我的心坎儿。每个人对故乡的记忆是不一样的，有的孩子记得母亲是因为母亲特有的气息，有的是声音。我想起故乡是陶罐的破碎声，是洪和城上士兵的夯土声，是旧城街面上茶马互市的讨价还价声，是正月十五声震山河的拔河声，是月夜下响起的金戈铁马声。

　　倚着车窗，我向他缓缓说起关于洮州的点点滴滴。说起小时候如何期盼过年，期盼拔河。向他描绘拔河时所用的绳长、重量、人数的多少。火车行驶时的光影打在他脸上明明灭灭，我已看不清他的表情，他像躲在了大海的深处。车窗外一闪一闪的黑夜，像极了月下波光点点的大海。而我正在对深黑的大海描绘那个叫洮州的高原城池。城池里有烽火狼烟，有哥舒翰、沐英、侯显，有孤傲的土司，有如水的丝绸，有智慧豁达的商人。正月十五，皎洁的月光中，他们从城池的各个角落跑出来，他们拥向街心那条发光的巨绳，埋藏在血液里的某些符号被唤醒，他们也要开始扯上一局，证明他们都曾热烈地活过，而高原上最美的城池也一同存在过。

窗外寂寥的天空繁星点点，远处的山朦胧深沉。火车行驶时发出的咔嚓咔嚓声吞掉车窗外一个又一个村庄，也席卷了我的说话声。

天光微微亮起，车子已经驶进了成都平原。对面的男子背靠着座椅睡了过去。火车到了成都，我背了行囊悄然下车。

很多年后，在冶力关举办的拔河节上，一个脸庞晒得微黑的男子在人海里向我打招呼。

"嗨，好久不见。我来参加你们的拔河比赛。"他说着，露出一口洁白的牙齿。

"还记得那次夜行的火车吗？在成都我睡过去了，醒来发现你已经下车了。"

"记得，记得。"阳光洒在冶力关广场上，拔河的哨声与呐喊声飘荡在空中。

"比赛开始了。"他说着，消失在涌动的人海中。

一阵风吹过，一切像是一场幻象。

作者简介：连金娟，女，甘肃临潭人。鲁迅文学院第四十
　　　一届中青年作家高级研讨班学员。作品散见
　　　《人民文学》《美文》《草原》《文艺报》等报
　　　刊。

本文为"全国拔河之乡·临潭杯"拔河主题征文"十佳
作品"。

洮州的春天，从一根巨绳开始

黑小白

1

临潭，古称洮州，地处青藏高原东北边缘，气候属高寒干旱区，年平均气温3.2℃。

高原的天气变幻莫测。一年之内，大约有半年的时间，可以称之为冬天。另半年，虽然也有春夏秋三个季节的模样，但大雪、冰雹、阴雨时而会落在这片古老的土地上。有人戏称高原只有两个季节，冬季和大约在冬季。

正月的临潭，天气尤为寒冷，大雪之后，冷到让人不愿出门。只想待在炕上，或者围着炉火，拉拉家常，说说旧事。

但有一件事，可以让临潭的男女老少舍弃房间的温暖，冒着严寒，拥向街上。那就是传承了六百多年的扯绳，现在也叫万人拔河。

在每年正月十四、十五、十六的晚上，临潭要举行声势浩大的扯绳活动。如果说，有一件事可以牵动全县人民的心，首推的一定是扯绳。无论人在临潭，还是远赴他乡，到了扯绳的日子，都会赶到县城。

如今，交通发达了，再远的地方，一两天也就赶到了。以前，舟车劳顿，往往要跋涉十天半月。但没有人，抱怨长途奔波的辛苦，反而欣喜若狂，急不可待地赶回临潭，唯恐错过了扯绳。

洮州是"茶马互市"的"旱码头"，从明朝起，洮州的牛帮马队就一直活跃在青藏高原上，到了现在，奔赴青海、四川、云南、西藏等地做生意的临潭人更多了。但他们在遥远的地方，除了惦记家人，还念念不忘家乡的扯绳。

几百年的时光过去了，扯绳已成为所有临潭人共同的记忆。只要你来到这里，只要你提及扯绳，每个人都会有说不完的话。你会深切地感受到，扯绳不再是一项简单的全民活动，而是临潭人骨子里的一种拼搏精神。哪怕大雪纷飞，寒风呼啸，也无法阻挡洮州人用一根巨绳迎接春天。

2

提到拔河，很多人想到的是两队人，分别扯在一条绳的两端，以力取胜。但你想不到的是，临潭的万人拔河，有数万人参加，所用的钢丝绳直径六厘米，长一千八百零八米，重八吨。这是极为罕见的，由此，万人拔河被载入世界吉尼斯纪录，又被列为国家非物质文化遗产，临潭也被国家体育总局、中国拔河协会授予"全国拔河之乡"荣誉称号。

到了正月，临潭人在走亲访友之际，最为关心的就是扯绳。出远门的生意人赶回来了，回娘家的媳妇赶回来了，读书的学生也赶回来了，每个临潭人，彼此嘘寒问暖之时，都不忘相约，晚夕尼（晚上）扯绳走啊。这是一个亘续了几百年的约定，一句扯绳，不见不散。

到了扯绳的那三天，旧城（临潭县城）就成了喧闹的海洋。很多人，心急火燎地吃过晚饭，连锅都来不及洗，就奔走到主街道上。如果你刚好路过此时的临潭，你一定会被现场火爆的气氛感染，情不自禁地跟着兴高采烈的人们，往街中心挤。西门是最拥挤最热闹的地方，能挤到西门的人少之又少，往往是费尽了九牛二虎之力，刚刚到达那里，又被后来的人们挤到了边上。你不甘心，在密密麻麻的人群中，再次向西门靠近。

之所以要去西门，是因为龙头就在那里。所谓龙头，就是绳头。一条几万人扯动的巨绳，它的绳头你可以想象有多大，多重。把两个绳头连在一起的，是一根长约六十厘米，两头细中间粗的桦木楔子。如何用楔子准确而迅捷地连接龙头，这是一件极为艰难的事，并不是谁都可以做到，只有临潭人所称的"杠子手"才能承担这份责任。

或许，你扯了多少年的绳，也始终挤不到西门上，亲眼看到打杠子的情景，但即便如此，街上的灯火、声音、光影，都可以成为你难以磨灭的记忆。

3

旧城的主街道是南北走向，西门，是扯绳的界点。西门以北，是上队。西门以南，是下队。

临潭人时常会问，你是上队还是下队？这样的提问，实是打趣之举。每个人都知道自己属于上队还是下队，即使是一个年幼的孩子，也不例外。你若故意逗他，去上队扯绳吧。他若是上队，必然会毫不犹豫地答应。他若是下队，肯定会脱口而出，我不去。一个孩子的态度，会让你觉得，以西门为界，这样简单的划定，早已成为临潭人妇孺皆知的规则，仿佛一个穿过时光沧桑却坚如磐石的承诺，没有谁会失信于彼此。

临潭的万人拔河，并不像通常看到的，哨子一吹，就可以扯了，因为长达千米的绳子，分为头连、二连、三连，而要把龙头连接起来，需要很长时间。

在头连附近的人们高举龙头，左右舞动，仿佛两条巨龙相互嬉戏。而在绳中和绳尾的人们，通常因为人群中谁喊了一声"连上了"就鼓足了力气扯。却不知，只是一句"谎言"。于是，绳子又往西门集中。此时，杠子手神情凝重，手握大锤，时刻注意游走的绳子。而他周围，还有别的杠子手要把人群阻挡在几米开外，并使劲把龙头往一起拽。如此，反反复复，等到连接好龙头，一些人的力气已消耗了大半。

但人群中忽然又响起"连上了，连上了"的叫喊声，本来稍有松懈的人们又一下子绷紧了神经，倾下身子，双臂使力，开始角逐属于自己的胜利。而这，需要更久的时间和耐心。

4

开始扯绳。本就热闹的街道更加喧嚣，到处都是锣鼓声、呐喊声、尖叫声、喝彩声、口哨声，你无法判断声音的出处，也无法拒绝它猛烈地扑向你。仿佛那声音，是正月的云朵准备了很久的大雪，你只管心潮澎湃地去迎接它，拥抱它，和它融为一体，感知一份来自遥远的呼唤。

你觉得，那撼天动地的声音，仿佛是六百年前，临潭人的祖先们挥泪作别离开故土的悲怆之歌，又好像是在其后的漫长岁月里，扎根边塞建设家园的苍劲之曲。

临潭人都说自己祖上是南京人，就像洮州民歌唱的，"你从哪里来，我从南京来，你带的什么花儿来？我带的茉莉花儿来。"花儿是临潭的民歌，是和扯绳同样镌刻在临潭各族人民内心的文化记忆。其内容包罗万物，演唱高亢激昂，犹如高原上直射的阳光，有着决绝的悲壮和慷慨。而扯绳时直上云霄的巨大声音，是十五万临潭人共同演唱的一首洮州花儿。

在声音的海洋里，紧握巨绳的人们仰身蹬腿，拼尽全力，旁边助威的人们摇旗呐喊，声若惊雷。涌动的巨绳犹如长龙在水中遨游，掀起惊涛骇浪，人们跟随这浪涛，时而拥向街北，时而奔向街南。

心有大海，胸藏万里的临潭人，在近三千米的高原上，用扯绳这古老而传统的方式，诠释着对江淮故土的眷恋。与此相似的，还有在新城镇举办的龙神赛会，这是和万人扯绳同时列入国家非物质文化遗产代表性项目名录的民俗活动。

龙神赛会是定居临潭的江淮移民，供奉徐达、常遇春、李文忠、胡大海等十八位将领和先祖为"龙神"，后来又称之"佛爷"，在每年端午节期间，即五月初四、初五、初六三天举行的声势浩大的民俗活动，包括"跑佛爷""踩街""上山"等内容。

5

作为象征"以占年岁丰歉"的扯绳，每个临潭人都在用自己的方式参与其中，谁也不会置身事外，漠不关心。扯绳，是临潭人身体和心灵的召唤，无论男女老少，无论身在何方，一声"扯绳了"，临潭人就齐刷刷地聚拢在旧城。

紧握巨绳使力的人，自然是最直接的参与者。绳旁的人，也没有作壁上观的闲散，反倒和扯绳的人一样，拼尽了力气，喊哑了喉咙。更有矫健而勇敢的人，站在巨绳上，每隔一段，站立一人，或挥动手臂，或举旗呐喊，或吹响口哨。人实在是太多了，若没有人站在绳上，无法把握扯绳的节奏。也有人在绳旁迅速跑动，配合绳上站立的人，一起指挥扯绳。

万人扯绳，不是一会儿工夫就能决出胜负的。往往一局扯下来，一两个小时已经过去了。在这期间，巨绳时而游走，时而摆动，时而静止。最让人焦灼的就是巨绳一动不动，如龙困浅滩。这就是临潭人所说的"挣住了"。此时，有短暂的静寂。两队的人都在调整气息，重新积攒力量。绳旁孱弱的白发老人，人群中嬉闹的孩子，冬天刚出嫁的姑娘，身体被病痛折磨的男子，也忍不住冲向绳子，将其紧握在手中。

有人大声吆喝"稳住，稳住"。忽而，有惊雷般的声音响起——"扯"，一个简单的字，又唤起人们的斗志，紧接着"一二，加油，一二，加油"的助威声响彻云霄，在挥舞的旗帜和手臂的指挥下，人们嗷嗷尖叫着，一寸一寸扯动巨绳。手磨烂了，鞋踩掉了，衣服扯开了，嗓子失声了，但没有人在意。越是这样的时候，人们越是神情专注，生怕一不留神就输给对方。

三天绳扯下来，有的人身体困乏，如大病一场，需几天才能缓得过来。有的人依旧生龙活虎，意犹未尽。不管怎样，经历了生命狂欢之后的临潭人，慢慢静下心来，在风雪中期盼着即将到来的春天和第二年的扯绳。

6

扯了很多年的绳，记忆里大都是上队赢得多。但上队的人并没有因为成功而高傲自大，趾高气扬，下队的人也没有因为失败而妄自菲薄，垂头丧气。两队之间，和和气气，互相调侃。上队的人，揶揄下队的人，"弱得很，连根绳都扯不好。"下队的人不甘示弱，"不要谝，今年你们攒劲，明年扯了才知道呢。"

事实上，以西门为界，上队比下队，人要多一点，赢的胜算也随之大一点。但奇怪的是，从来没有人对此提出异议，要求重新确定上下队的界点。上队并没有因为赢的机会多而轻视对手，下队也没有因为赢的次数少而应付差事。反而每年扯绳时，双方都是百分之百努力，仿佛是第一次比赛，仿佛每一场比赛都充满了无限的可能。

对临潭人而言，扯绳输赢的意义不言而喻，谁都知道，哪个队赢了，哪个队的庄稼就成（丰收）了。但三天九局的比赛，决出胜负后，并没有出现赢家得意忘形、输家一蹶不振的场面。豁达而知性的临潭人深知，扯绳赢了的人并不会遇见所有的幸运，输了的人也不会失去一年的运气。只要加倍努力，奋力拼搏，就一定能重新赢得人生的机会。在生命漫长的跋涉中，没有人会一直成功，也没有人会永远失败。

正是这样的精神，支撑着一代又一代临潭人坦然面对一生遇见的风雨和挫折，用坚强的信念，美好的憧憬和艰辛的付出，迎来五谷丰登、安居乐业的幸福生活。

历史上的洮州，建置多变，烽鼓不息，如今的临潭，喧闹的市井声代替了昔日疆场上战马的阵阵嘶鸣，温情的烟火气掩去了将士浴血奋战的满目疮痍，一切都已过去，岁月静好，人间值得。

"走，扯绳走，扯完了又是一年好时光。"正月的临潭，人们互相招呼着，拥向巨绳。从万人扯绳开始，十五万临潭人把风雪装进行囊，大步走进了又一个春天。

作者简介：黑小白，原名王振华，甘肃临潭人，中国少数
民族作家学会会员，甘肃省作家协会会员。作
品见《文艺报》《诗刊》《星星》《诗选刊》《飞
天》《延河》《北方文学》《青海湖》等报刊，
入选多种选本。出版诗集《黑白之间》。

本文为"全国拔河之乡·临潭杯"拔河主题征文"十佳
作品"。

在洮州，一根绳子有十种拔河方式

禄晓凤

　　一根绳子，或显或隐，或明或暗，或长或短，或粗或细，或古或今，或新或旧，横于洮州大地。

　　一根绳子，介于有与无之间，存在于明与暗之中，转换于动态与静态之间，流转于固态、液态和气态之间，成就于是与非、得与失、成与败、生与死之间。

——题记

一

　　洮河，是一个洮州千年文明的发源地。

　　风从远古来，吹醒了七千年前新石器时代先民们的清梦。他们顺着河流逐水而居，游牧森林草地间。与群山为伴，与荒草为伍。

　　在风里刀耕火种，开荒拓源，狩猎生产。山坡上、丛林里、沟壑间、悬崖边、山谷里，清晰可辨他们与狼共舞、与虎谋皮、与毒蛇斗、与疾病抗、与自然争时的宽厚脚印，那些幽幽的青苔上，回荡着悠远而空灵的呐喊声。

他们围着一团团窑火，虔诚地烧制陶器，锤炼信念。用星星之火，燃起千年文明的火炬，开辟出一条自远古通向未来的崛起之路。

那些小小的陶罐，它们小小的身体里有着原始的篝火、最初的祭祀、野兽的嘶鸣、不安的恐惧以及电闪雷鸣、山洪怒吼、天崩地裂，映照着残缺的、光明的、苍翠的山河，映照着黑暗的、潮湿的、亘古的明月和故乡，也映照着他们古朴的、简约的、粗糙的服饰，都在他们清澈明亮的心里涌动着希望。

而无论是仰韶文化的网状几何纹和变形鸟纹彩陶片，马家窑文化遗迹中的宽带纹、平行弧线纹，还是齐家文化的石刀石斧抑或骨器玉器，以及辛店寺洼文化遗迹，那些灵动的线条、古朴的图案和蕴含其中朴素的审美雅趣，都是他们行进的里程碑，是与大自然拔河，征服自然而得的化石级战利品。

他们明白打败对手只是拔河比赛的前提条件，成为更好的自己才是最终目标。

——这，是充斥着躁动的弥漫着血腥的生与死的拔河。

于是他们背起太阳，卸下月亮。以自然为敌，拜自然为师，崇自然为神，认自然为亲，握着滚烫的铁绳，凝聚如火的力量，凭借着坚忍、耐力，义无反顾地与原始的大自然进行着一场又一场气吞山河的拔河与博弈。

大河上下，力量奔腾。

一拔，就是百年千年。

一拔，就是千秋万代。

二

洮州，是一块兵家必争的竞技场。

古之洮州，"西控番戎，东蔽湟陇，南接生番，北抵石岭"。

夏商周代是由雍州辖地，春秋战国为羌人所据。秦为陇西郡，汉为临洮县，周置洮阳郡，隋为临潭县，唐改临洮，宋称为洮州，明设洮州卫，清改洮州厅。

羌风、戎风、汉风、鲜卑风、党项风、藏风、回风、多民族风，铁马秋风交汇形成了洮州风。

"力拔山兮气盖世"，洮王们粉墨登场扛着大旗你来我往来回拔河。这座城的名称更迭频繁——侯和、洪和、临洮、洮阳、临潭、洮州、洮州卫、洮州厅。

两千多年里烽烟不断，战争连绵，朝夕易主——

羌人的弓弩钝了，戎人的战车锈了，吐谷浑的铁蹄远了，党项的甲胄残了，北周的大使走了，隋朝的烽火熄了，大唐的战鼓响了，吐蕃的旌旗近了。

蒙元残部的铁骑又虎视眈眈……

洮王们在烽火连天里厮杀，或单独或接力或联合一起，在各自历史的舞台上分别与时代与机遇与自身的极限拔河。

——这，是历史分久必合合久必分的存与亡的拔河。

拔出历史绵延的厚度，拔出江山蜿蜒起伏的曲线，拔出振聋发聩的心跳，拔出一片海阔天空的疆域，拔出不屈不挠的有着青铜质地的洮王们傲岸不可侵犯的威严。

三

洮州，是一卷波澜壮阔的英雄史。

唐中兴名将李晟李愬父子，出洮水赴长安，匡扶正义再造唐室；宋王韶鏖战陇西，熙河之役救民于水火；明李联芳迎战蒙元残部，血染古尔占堡；清有包永昌出仕广东，吏治清明声名远播。

侯显，明代宦官，今临潭县人，生活在洪武至宣德年间，我国著名的外交家、政治家、航海家。《明史》里对他有"显有才辨，强力敢任，五使绝域，劳绩与郑和亚"的评价。他五使绝域，铁肩担道义，锦心绣华章。永结睦邻不辱使命，宣扬大国天威，功绩卓著，是后代洮州儿女学习的典范。

清朝爱国高僧冯乾隆丹巴，曾是卓尼禅定寺第一世伊犁仓活佛，系临潭县长川乡汪怀村人。自幼聪慧过人，后刻苦修习，获得西藏最高学位"拉仁巴格西"学衔。因学识高超，深受达赖、班禅器重，被奉为上师，他在新疆伊犁苦化寺讲经说法期间，正值新疆战乱频繁、沙皇俄国侵略军气焰嚣张之时，生灵涂炭，民无宁日。他脱下袈裟，在佛祖前奉还戒律，毅然从戎，挥戈跃马驰骋沙场，协助清军剿贼，屡立大功，后清廷诏封他为伊犁将军。他在国家深受帝国主义列强欺凌、侵略，人民陷入水深火热的危机之际奋起抵抗，捍卫了祖国尊严……

武昌起义李春魁、朱克俭，宁都起义郭如岳，戎马倥偬李炳文身经百战不改初衷；高凤西编纂汉藏字典，沟通洮州汉藏文化；谢国泽研究花儿，丰富民间艺术宝库；民国王佐卿兴办实业，支援抗日同仇敌忾……

——这，是灵与肉的拔河。

他们抠出一片忠诚与正义，与自己肩扛的使命和责任拔河，与所处的时代环境开启一场场艰辛的拔河。

拔出凌云壮志，拔出铁骨铮铮，拔出慷慨激昂，拔出忠肝义胆，拔出洮州儿女精忠报国顶天立地的一股英雄气。

在高原风里，在苍鹰眸里，流溢千年。

四

洮州，是一个令人向往的自由国度。

一千七百年前，西晋永嘉末年，辽宁鲜卑族慕容部落的后裔吐谷浑曾沿途迁徙驻扎洮州。

开疆拓土，攻城略地，书写了古洮州三百五十多年的历史。

千百年来，在牛头城里曾经流传着这样一个故事——

吐谷浑阿豺有二十个儿子。

他在临终前对儿子们说："你们每人拿我的一支箭来，把箭折断后放在地上。"

过了一会儿，阿豺对他同母的弟弟慕利延说："你拿一支箭折断它。"慕利延折断了。

阿豺又说："你再拿十九支箭把它们一起折断。"慕利延折不断。

阿豺说："你们知道其中的道理吗？一支箭容易折断，很多箭就难以摧毁了。你们同心协力，这样以后国家就可以巩固。"

说完阿豺就死了。

——这，是智与愚的拔河。

吐谷浑的子子孙孙牢记忠告中的奥义，精诚团结，勠力同心。

"人心齐，泰山移。"

他们明白生命如同拔河比赛，必须集中精力才能获胜，只要站稳脚跟，就可以拔动整个世界。

他们紧握生命，如钢铁雄狮一般气势磅礴地拔河。拔出一段段血与火的传奇，拔出一个令人向往的吐谷浑自由王国。

五

洮州，是一条人声鼎沸的"汉藏走廊"。

洮州地处甘肃西南部，位于青藏高原东北边缘地带，历来为"进藏门户"。

历史上的洮州，大体包括了临潭、卓尼两县的全部和迭部、夏河、碌曲、康乐的部分地区。因而人们把生活在这里的汉、回、藏等民族商人称为洮商。这个群体肇始于明初，兴于清代，民国（1929年前）达到鼎盛。至今，他们已经在甘、川、青、滇、藏等省区纵横了六百多年。

洮商们用盐帮牛马托运，或皮毛贩运，或个体经营，把青稞、衣服、绸缎、布匹、烟酒、铁器、瓷器、冬虫夏草、曲拉、狼肚菌运往藏地，再把藏地的药材、皮毛、畜产品、木材等运回销往内地，行踪遍布甘、青、川、藏、滇、鄂等广阔的青藏高原，驰骋于东南沿海、大江南北、长城内外。

他们是以分工细、种类多、价格低为独具特色的"高原商团"，穿行于藏区各地，逢山翻山，遇水泅渡。

他们把脑袋别在腰间，把脚步踩在刀尖，铤而走险奔走在被称为"地球第三极"的世界屋脊——青藏高原，穿梭在超过四千米以上的人类"生命禁区"，与各路土匪拔河，与高寒缺氧的严酷藏地自然条件拔河，与未知的命运拔河。

拔出约占青藏高原民营经济中货运业运输量的33%、旅游品经营的65%、人造毛的60%、绸缎的90%、虫草交易量的35%、废旧军用品销售的90%、帐篷生产和销售的95%、曲拉生产加工的95%、蓖麻批发量的90%……跃居青藏地区民营经济的生力军，成为历史上内地与藏区汉藏贸易的真正开拓者、实践者和推动者。

拔出一条条通往西藏昌都、拉萨、青海、云南、阿坝及中印边境的亚东口岸、中尼边境的樟木口岸、英国纽约、德国汉堡、泰国、沙特阿拉伯、马来西亚吉隆坡、尼泊尔加德满都、阿联酋迪拜等遍及国内外的商道四通财货八达的贸易天路……

——这，是动与静的拔河。

拔出一条伸向世界的铁臂，拔出一个个荡气回肠的贸易通道，拔出一条运动与静止的跨越之路、落后与发展的较量之路、开放与守旧的突围之路，拔出一片片连着中原和雪域、过去和未来、开拓与奋进、荣辱与辉煌的大美原乡。

拔出六百年绵延不绝的茶马往事，拔出一段段纵横捭阖的传奇故事，拔出一种吃苦耐劳、诚实守信、自强不息、顽强拼搏的平凡而伟大的创业精神。

六

洮州，是一个堪称奇闻的拔河之乡。

中国人自古就有闹元宵的习俗。临潭以独特的扯绳方式来欢度元宵佳节，其万人拔河（扯绳）至今已有六百多年的历史。据《明太祖实录》记载："洪武十二年（公元1379年）春正月，洮州（今临潭）十八族番叛，命沐英移兵讨之，英军至洮州旧城。英部将士之中多为江淮人。"唐封演《封氏闻见记》云："牵钩襄汉风俗，常以正月望日为之。相传楚将伐吴，以此教战。"这里扯绳源于军中"教战"活动。当年，沐英将军驻旧城期间，在当地以"牵钩"（即拔河）为军中游戏，用以增强将士们的体力。

后来明朝实行屯田戍边，许多人落户于洮州，扯绳之俗遂由军中转为民间。

垦荒坡、伐密林、斩豺狼虎豹野兽、斗外族入侵。闲暇之余，将士们开展拔河娱乐活动，角逐体力以强健体魄。

月亮东升，皓月当空。

霎时，那绳如巨龙流动、蛟龙出水，忽上忽下，或动或静，相争相持，气势如虹……

——这，是成与败的拔河。

山岳为之震动，大河为之沸腾！

他们把对洮州的热爱和对故乡绵延百年的乡愁倾注到一根绳子里，投入生命的全部，拔河兮！拔河！与青春拔河，与梦想拔河，与荒蛮拔河，与大自然拔河，与生存和死亡拔河——拔出一系流光溢彩的梦想之河；

拔出爆竹声、哨子声、呐喊声、音乐声、观众的喝彩声交汇成一支交响曲——拔出一片万马奔腾的声音之河；

拔出一个重约八吨、直径十四厘米、绳长一千八百零八米的未来的世界吉尼斯纪录——拔出一条气吞山河的力量之河；

拔出汉、藏、回、土、蒙古、东乡族等各族群众齐头奋进，共创辉煌的欢乐和谐——拔出一条中华民族一家亲的团结之河；

拔出天之辽阔，拔出地之厚重，拔出满腔赤诚，拔出男儿本色，拔出天地正气，拔出乾坤浩远，拔出春和景明惠风和畅——拔出一种顽强不屈的信念之河。

拔开尘封百年的乡愁心结，拔通远古和未来，拔通历史和现实，拔通烟雨江南和洮州大地。拔落一地金碧辉煌的阳光，照亮江淮遗民们每一个平凡的日子。

青山一道同云雨，明月何曾是两乡。

他们凭借信念和智慧，拔出一个魂牵梦绕的江淮故乡——洮州卫。

从此，江淮的"淮"便与洮州的"洮"同气连枝，血脉相亲。共享一轮月，共品一片雪。

七

洮州，是一片星火燎原的红色热土。

1935年9月，抵达迭部的中央红军内忧外患。刚刚走出草地的中央红军衣衫褴褛，饥寒交迫。后有川军穷追不舍，前有甘肃军阀守株待兔。而此时国民党蒋介石亲下命令给杨积庆土司要其"坚壁清野，阻红军于境外，灭红军于境内"，情况万分严峻。

毛泽东想与当地藏族头领见面借道北上，可是苦于语言不通，无法联系。而这位土司审时度势，他了解到红军是正气浩然的抗日义军，内心充满敬佩。他一面调兵虚张声势，准备出击；一面速派心腹迎接红军，密派藏兵帮助红军抢修白龙江畔的栈道，制订援助红军过境计划，并密令部属用迭部崔古仓粮仓的粮食接济红军战士。中央红军就地休整之后，就准备攻打天险腊子口，而这一战无疑是关乎红军生死存亡的关键一战。当他得知红军需当地藏民的翻译和向导时，积极帮助战士从林间小道深入至敌人碉堡的后侧山上刺探军情，关键时刻，杨积庆密派当地藏民引路，顺利探得敌方军情返回营地，为红军腊子口战役的战略决策提供了有效帮助。9月16日，团长王开湘、政委杨成武召开会议研究派出小分队爬上右侧的悬崖，从山顶扔手榴弹破坏敌人碉堡，接着大部队从正面进攻，在当地藏族同胞的挺身而出密切协助和红军战士舍生忘死的骁勇战斗下，于17日凌晨3点，顺利攻下天险腊子口。因杨土司暗中开仓接济红军引起了国民党官员的忌恨和不满，后国民党遂以"开仓供粮，私通红军"的罪名，将其一家七口杀害。深明大义的杨土司，用满腔热血与宝贵生命染红了洮州这片他挚爱的土地……

1936年8月，中国工农红军第四方面军在朱德、张国焘、徐向前等人的率领下攻占临潭，将总部设在新城，并在这里建立了甘南历史上第一个中华苏维埃红色政权，揭开了临潭人民革命的新篇章；1943年肋巴活佛带领汉、藏、回、土等各族贫苦群众在冶力关泉滩誓师起义，前后约十万余人纷纷响应，辗转多地进行革命斗争，给国民党以有力打击。巍巍苍山遍洒男儿热血，革命的火种在洮州大地星火燎原……

他们的丹心天地共长，他们的精神日月可鉴。

如今，苍松如映，翠柏林立。当年的故事被刻进了历史，被这片红色的土地永久珍藏。

——这，是有关信仰与选择的拔河。

无数的仁人志士穿梭在枪林弹雨中抛头颅洒热血，用他们鲜活的生命、清澈的爱同狰狞腐恶的反动势力拔河。

拔出钟山风雨，拔起百万雄师，拔起虎踞龙盘，拔出出生入死的革命豪情，拔出星火燎原的可爱中国，拔出一条与日月同辉的人间沧桑正道。

拔出一座座永垂不朽的精神丰碑。

八

洮砚，成就了一块石头的旷世之美。

洮砚，与广东的端砚、安徽的歙砚、山西的澄泥砚齐名，是"中国四大名砚"之一。

洮砚距今已有一千三百多年的历史。因其石料矿带濒临洮河，由湿润之气精养，矿体中水分充足，石料抛光后手感滑腻，故以"虽酷暑而储墨不干，历寒冬而不结冰"之盛誉称雄于砚林。洮砚以其石色碧绿、雅丽珍奇、质坚而细、晶莹如玉、叩之无声、呵之可出水珠、发墨快而不损毫、储墨久而不干涸的特点饮誉海内外，历来为宫廷雅室的珍品、文人墨客的瑰宝、馈赠亲友的佳礼、古玩库存中的奇葩。洮砚色泽典雅，纹理绝妙，任何一种砚均难与其媲美。因其色彩深浅不同而形成了墨绿、碧绿、光绿、翠绿、淡绿、灰绿、赤紫、暗红八种颜色。洮砚因其石质细润、色泽典雅、发墨细快、保湿利笔，深得历代书法家及文士的珍爱，历代文人、学者、书画家对洮砚题铭咏诗，赞叹不已。黄庭坚云："久闻岷石鸭头绿，可磨桂溪龙文刀。莫嫌文吏不知武，要试饱霜秋兔毫。"宋人张文潜赞洮砚曰："明窗试墨吐秀润，端溪歙州无此色。"金代诗人冯延登对洮砚爱不释手，反复观赏："坐看玄云吐翠微。"当代书法家赵朴初也曾题诗："风漪分得洮州绿，坚似青铜润如玉。"

运斤的大师飞刀剪虹，与一块石头保持一种静默的对白。然后泼血成墨，千凿万雕，在灵魂之上拉开架势，采用浮雕、透雕、圆雕以及木、石刻字中的篆刻技法，潜心与飞刀拔河、与时间拔河、与青春拔河、与梦想拔河。

拔出唐代柳公权，北宋著名鉴赏家赵希鹄，宋代大文豪苏轼、黄庭坚，元朝书画家赵孟頫，明代诗家吴景旭，清季士子沈青崖，当代名士赵朴初等，拔出千年文坛的文人雅趣和翰墨情怀。

拔出龙凤朝阳的祥瑞，拔出二龙戏珠的欢愉，拔出松鹤延年的寄愿，拔出花好月圆的美好，拔出桃园三结义的深情，拔出盘古开天、嫦娥奔月和柳毅传书的妙曼，拔出名山胜水、僧院古刹、楼台殿阁、奇石怪树、花鸟虫鱼、飞禽走兽、琴棋书画……

小小的洮砚，片石绘尽历史传奇。在方寸之间拔出乾坤万物，在数尺之内拔出历史的风云变幻，拔出华夏五千年的文明的根和魂。

——这，是刚与柔的拔河。

拔起豪情千丈，拔起鸿儒雅趣，拔开历史风采和万千气象，拔起东逝的一江春水，拔醒千古风流人物，拔出一段祖先传奇的履历。

拔出一个民族超群的智慧和无尽的辉煌。

九

一杯罐罐茶，唤醒高原的记忆。

居住在高原阴湿寒冷地区的洮州人，祖辈喜饮热茶，尤爱煮罐罐茶。

火盆烧火，三脚架上置陶罐。一边煮茯茶，一边拿小木棍搅拌。

待茶水煮至色香味浓时，用"一条线"的方式倾入牛眼睛大小的黑陶杯中，细细品味——

一苦二甜三回味。

抿一口红褐色的茶汁，伴以点心、贴锅巴、青稞面馒及燕麦一起咀嚼，一起入胃，一起饮下高原的沧桑冷暖和那些无垠无涯的孤寂时光。

他们，在一片茶叶上行走高原。把往事煮在高原苍茫的心里，把快乐拎起，把苦难咽下。

他们，在一抹茶香里远走他乡。把爱恨洒在高原凛冽的风里，把卑微放下，把深情奉上。

洮州是一尊黑黝黝的陶罐。家是清水，亲人是茶叶。

那冒着热气的乡愁，便婉转在一杯杯沸腾的罐罐茶水里魂牵梦绕。

热情爽朗的洮州人，以陶罐为船，以小木棍为桨，配几个小黑陶杯为帆，兀自乘桴浮于江湖，凭一壶罐罐茶水乘风破浪以济沧海。

——这，是苦与甜的拔河。

拔离高原寒凉，拔掉踟蹰彷徨，拔去积贫积弱，拔出理想千丈。

拔出仁义礼智，拔出信忠孝悌，拔出节恕勇让。拔出《千字文》中朴素的哲理，拔出《百家姓》里温热的人间烟火，拔出他们世世代代生生不息的爱的激流。

拔出一片辽阔的未来，自由地、坚定地、豪迈地，抵达祖先们从未涉足的彼岸……

十

洮州是花儿的故乡，也是花儿会的海洋。

洮州花儿是洮州地区的汉、回、藏各族人民传唱了数百年的民歌，是大西北花儿园里的一枝奇葩。千百年来，它以别具特色的唱腔、丰富多彩的曲令、内容精练的唱词受到广大劳动人民的喜爱。它深刻地反映着这一地区的社会生活，流行于民间，扎根于人民生活的肥沃土壤中，紧紧地伴随着历史，犹如璀璨夺目的明珠，在民间音乐的长河里闪烁着夺目的光芒。洮州花儿分为东、南、西、北四路，各路花儿的曲令风格不同，各有千秋。每年从正月到九月中旬，一千人以上的花儿会就有六十三处，五百人以上的小会场遍布全县十六个乡镇，人们用花儿表达对幸福生活的寄托和向往，对美好爱情的追求和赞美，曾被称为是一部"活《诗经》"。

都说，世间的甜有一百种方式——吃糖，吃蛋糕，还有九十八次是唱起花儿——

> 大门前面一座山，／想你腿子直打战，／天天扒着墙墙儿上看，／叫你把我想倒了，／脚巴骨成了软草了，／拾起了着跌倒了，／浑身上下想到了，／数卯窍儿（关节）是不够了，／两个卯窍儿没有了……；"竹子扎了纸马了，／叫你把我想傻了！／想者天聋地哑了，／浑身肉合（如同）刀刮了！""想你想着睡不着，／板凳搬上院里坐，／星星多得数不过，／一直数到月亮落……""凉水泉马踏了，／我和尕妹耍（玩）大了。／如今尕妹打发（出嫁）了，／把阿哥气成哑巴了……"

爱没有导航，花儿就是方向。

热烈的花儿，野性的花儿，绚烂的花儿，诱人的花儿，多情的花儿，醉人的花儿，风情万种的花儿，在洮州势如千钧、汹涌澎湃，汇成另一条爱的洮河，不舍昼夜，奔流不息。

——这，是心与心的拔河。

你进我退，你攻我守。

男女双方各牵一头，以雄性的、雌性的花儿为抓手，灵活采用齐唱、赛唱，以及合唱的方式，或开门见山大胆直接地拔，或含蓄委婉清新活泼地拔，或袒露粗狂豪放、坚定执着地拔，将备受相思煎熬的苦楚拔得入木三分，刻骨铭心。

拔出亚当与夏娃的神话，拔出男女倾心相爱的恋歌，拔出天荒地老海誓山盟，拔出凤凰于飞琴瑟和鸣，拔出幸福美满花好月圆，拔出他们心中滚烫的火山岩浆，拔出爱之琼浆情之饴糖。

从此琴瑟在御，岁月静好。

十一

风，吹柔了岁月，吹厚了历史。

一根绳子，或显或隐，或明或暗，或长或短，或粗或细，或古或今，或新或旧，横在洮州大地。

一根绳子，介于有与无之间，存在于明与暗之中，作用于动态与静态之间，流转于固态、液态和气态之间，悬于是与非、得与失、成与败、生与死之间。

它是硬的，却又暖于春风柔于水，让人思接千里，心之神驰；它是灰暗的，却又洁白剔透熠熠生辉；它是固态的，却又在人心里流淌着一条思想之河、希望之河、未来之河……

拔河，是中国大地上点燃的一团火，熊熊燃烧，永不熄灭。

拔河，串联起了洮州的史诗级的记忆，也雕刻无数有趣灵魂的人生，飞扬他们的梦想。

数千年来，洮河两岸拔河的人从未消失，拔河声从未停息，拔河比赛此起彼伏，从未中断，也永远无法中断。

在洮州，一根奔腾的延续生命的绳子有十种拔河方式，最终汇入一部人类生存发展的史诗——生命不息，奋斗不息，拔河不止。

这，是一种人定胜天的精神的延续。

这，是一种力量与信仰的凝聚，是使命与责任的浓缩，是正义与光明的蕴藉，是爱与理想的寄愿……

——寄愿是什么？

那些原始陶罐的线条说不清的，就让历史的烽烟去说，历史的烽烟道不明的，就让英雄的丹心和使命去说；使命诉不尽交给责任去理，责任理不清的交给茶叶去阐释，茶叶无法言明的，就让花儿去表达；而至于花儿意犹未尽的、石头描摹不来的、青稞传递不精准的，却让一根绳子一举道破。

作者简介：禄晓凤，笔名杜若子。女，藏族，"80后"，甘肃临潭人。中国少数民族作家学会会员、甘肃省作家协会会员。有作品散见于《文艺报》《散文诗》《星星·散文诗》《散文诗世界》《格桑花》《星河》等报纸杂志。有作品入选多个选本。出版散文诗集《牧云时光》。

一根绳拧成的河

莫景春

　　我们南方有许多河流，大河、小河或汹涌澎湃，或缓缓流淌，充满着无穷的力量。这些大大小小的河流一路奔腾，敞开宽广的胸怀，拥抱每一条涓涓而流的小溪，甚至是雨水冲成的小沟。于是，小河越长越大，穿山越岭，浊浪滚滚，摧枯拉朽，冲刷着敢于阻挡它前进的一切。我敬畏着河的力量。

　　我见过大西北的苍茫：高大的塬辽阔的地。临潭，一个丰美的地方。不远处，有歌谣唱起，一群群牛羊被歌声牵引着，在草地上津津有味地吃着，如此肥沃的土地，让这里的人们深情地遥望着祖国，他们一颗颗忠诚的心就像一滴滴透明的水，慢慢汇聚，汇成了涓涓而流的爱国河。

　　朝廷之师来了，汉族的将士们携手这里的回族藏族同胞，大家同仇敌忾，平定叛乱，驻守此地。边疆生活单调，这里地广人稀，没有娱乐，将士们便以营寨为一队，用简单的一根绳子作为工具，比赛谁的力量大，一步一步将对方拖了过来。终于哨声一响，大家欢呼雀跃，团结就是力量！

　　军营里枯燥乏味没有了，身体健硕起来，手臂粗壮起来，脚步跑得更快了，打仗更迅猛了。于是将士们一有时间便相互训练取乐。很多时候，军营里传来的不是打打杀杀的声音，更多的是喝彩声。老百姓听到了，充满着好奇，情不自禁地问出来的将士，将士们也乐意传给他们规则，没想到这么有趣的游戏竟然如此简单。乡亲们获得了游戏的快乐，感受到团结的力量。

于是，每年春节的正月十四、十五、十六，乡亲们从四面八方赶来，一定热热闹闹地进行拔河比赛；也像走亲访友一样，聊聊一年来的喜怒哀乐。一根绳子将大家牢牢地拧在了一起，谁也离不开谁。

如今，当年的边塞小城已经长成热闹的小城市了，楼房林立，街道整齐，货物琳琅满目，到处是欢声笑语。如果你是一名远方的游客，流连在美丽的街头，欣赏着迷人的夜色。突然间，一阵锣鼓喧天，紧接着一声鸣炮，在夜空绽开了一朵朵耀眼的花。各种声音此起彼伏，正月十五不是在闹元宵吗？临潭在闹什么呢？

璀璨的灯花下，你看到了一条涌动的河流，一条上下涌动发出阵阵喝彩的河流。这是一条五彩斑斓的河流，黑黑的脑袋在攒动，多彩的裙裾在飞扬。这是一条你站在这边看不到那边的河流。一条粗大的绳子将人们串了起来。人们像磁铁一样被绳子紧紧吸住了。每个游客都被眼前的场面镇住了。

原来，一年一度的万人拔河比赛开始了，临潭各乡各镇的人都来了，那边坡的汉族同胞来了，这边河的藏族同胞来了，山那边的回族同胞来了。他们像是在走亲戚，穿着五彩缤纷的民族服装来了，黝黑的藏族小伙子兴致勃勃，稍白的回族年轻人摩拳擦掌，英俊的汉族帅哥精神抖擞，今晚没有什么比拔河还重要的事情了。手里的牧鞭放下了，手中的笔放下了，手里的犁耙放下了。拔河是整个临潭人的事。大家的心里就是想着拔河，没有人会想到别的事情。大家不约而同地出来了，就像是一滴滴雨水，汇聚到了比赛的场地，汇成了人的大河，熙熙攘攘，从街头涌到街尾。每个人脸上都洋溢着幸福的笑容，充满着活力。就是那些身体有点儿不舒服的人，一听到拔河的声音，精神就来了。年轻人露出一块块充满肌肉的手臂，跃跃欲试。小孩子也紧紧握住绳子，一张圆嘟嘟的小脸憋得通红，也要为自己的队出力；就连颤巍巍的老人也忍不住拉住绳子，使出全身的力气；年轻的姑娘也含情脉脉地望着那些手握拔河绳的强壮的人……灯光洒下来，落到拔河人们的脸上，闪闪发光。

这是一场万人拔河比赛的现场。一声令下，鼓声齐鸣，声势浩大的比赛开始了，身强力壮的人使尽浑身解数，脚跟顶着脚跟。一个给一个鼓劲，谁都不能软下来。汗冒出来了，手臂酸痛了，手被勒得有道道血印了，真想放松一下，但一感觉到绳子在颤抖，大家的力量都集中在上面呢，自己怎能就放弃呢！赶紧咬紧牙关，使一使劲。充当观众的妇女也闲不住，挥动着漂亮的手巾，亮着清脆的嗓子，不停地叫喊"加油，加油"，喊声此起彼伏，似乎要把小城喊得地动山摇。

那根绳子就像一条巨龙，在万千双手中游动，忽上忽下，左右摆动，像是遇到了滚滚洪流，气贯长虹。两边的人们各自朝着自己的方向，使着劲、人头攒动，你看不到尽头。在灯光的照耀下，只有人流在涌动。声音越来越大，越来越多，呐喊声，擂鼓声，鞭炮声，音乐声，一声高过一声，都在争先恐后。这里又变成声音的河流，涌动着各种各样的欢乐。

这不是一般的绳子，表面上捆绑着麻绳，内芯是坚硬的钢丝绳，中间还打着几个结嵌入楔子，分出几支，让人们握住。一万人的力量就聚集到这根绳子上，它应该承受着多大的拉力？每个人都洋溢着一张笑脸，快乐是轻松的，绳子乐于接受。声音越来越膨胀，头戴白色帽子的回族小伙子忍不住跳到了绳子上，挥动着双手，拼命喊着"加油"，前后黑压压的人看见了挥舞的影子，力量在体内滋长起来，绳子慢慢移向了这边。藏族小伙子手舞足蹈，跳起了欢快的锅庄舞。汉族的姑娘唱起了动听的歌谣。这是一条欢乐的河流。

喊出了圆圆的月亮，喊出了闪烁的星星，它们羡慕地看着这热闹的人间，自己在天上冷冷清清的，就是点点繁多的星星，也是一颗遥望着一颗，无法聚到一块。人间的灯光更加明亮了，点亮了人们的激情。

拔河运动平易近人，也不讲究场地，就像河流一样，遇到能流过的地方就流过去，流不过的就绕过去。人数多的，就选个宽大的场地，可以在大的体育馆，也可以在学校的体育场。那样气场够大，够气派。如果人少了，就随便找个平一点的地方，就可以拔了。工具呢，就一根耐用的绳子不求精美，不必花里胡哨。大型体育运动会，拔河是其中一个项目；山里小学校的运动课，拔河是最有趣的活动。在繁华都市，在乡间山里，到处有拔河的影子。

拔河就是要拔大家的力量。每个队员都要同心同德。在拔的过程中，如果哪一方的队员发力不一致，力量不集中，肯定一下子就被对方拉垮。我曾看见一个队伍，个个魁梧高大，充满着力量，胜券在握。另一个队稍差一点。但哨声一响，占优势的一方一个队员把绳子拉偏了，使力量的方向不一致，结果惨遭失败。

啦啦队的喊声是队员的力量源泉。哪方啦啦队声音大，盖过了对方，哪一队就可能赢。因为自己的队员总是听到自己队的呐喊声，而且看到自己的人在挥舞着双手，不停摇向自己。信心越来越满，结果一鼓作气，就能把对方拉垮。拔河这根绳就应该牢牢地把大家拴在一起，让大家感受到彼此血脉的跳动。

大家就像一滴滴雨水，聚集成沟，通过拔河，慢慢汇流成河；大家的心是散落的，绳子把它们穿成一串串紧紧连在一起的珠子。这就是一根绳子拧成的拔河的魅力。拔河时，没有袖手旁观的人。

临潭就是一根牢固的大绳子，上面牢牢地拧着汉族同胞、藏族同胞、回族同胞。千百年来，他们就像拔河一样，将所有的力气都聚集到这根绳子上。尽管风俗不一，信仰各异，他们从来没有纷争，就像拔河一样，互相尊重，互相帮助。时间在安详地流逝，不动声色。临潭就是一个民族大花园，让民族之花灿烂开放。

"加油！加油！"绳子在摇晃，万人拔河在进行，欢呼声如雷。每个在场的人情不自禁地拿起绳子，它似乎有一种强大的气场在深深地吸引着你，让你无法自拔。就算你是偶尔路过的人。这根绳子也会将你拉进这条汹涌的河流。你就是其中一朵美丽的浪花。

作者简介：莫景春，中国作家协会会员，广西作家协会副主席，曾在《民族文学》《四川文学》《美文》等全国文学刊物发表散文数十万字，有多篇被《散文选刊》等刊物转载，获叶圣陶教师文学奖、全国少数民族文学创作奖骏马奖等奖。著有散文集《歌落满坡》《被风吹过的村庄》。现供职于广西现代职业技术学院。

本文为"全国拔河之乡·临潭杯"拔河主题征文"十佳作品"。

一根绳上凝结的春天

李　萍

　　从临夏到甘南不远，去临潭也不远，尽管不远，却难以来一次说走就走的出行，常常用惊叹、用遗憾劝慰一次次向往的执念。遗憾伴随的日子里，烟火在人间如花盛开，临潭万人拔河的精妙也在盛开，奔赴而去的人流连忘返于浩浩荡荡的盛开里，成了一个符号和标签，贴在临潭也贴在甘南的额头。

　　冶力关小镇犹如拔河比赛中绳上夺冠的标志，也成了一个执念，想亲眼看见夺冠的精彩过程，想让灵魂在临潭的云端自由地穿越，想象拔河的盛况，想象自己是其中一员……所以，想象也是舒朗的。

　　倏然而过的日子里，常常因为不能成行分外向往，想象到其盛大，想象到那一刻扯着绳子使出全身力气拔河的人，我或许是助威呐喊、蓬头散发毫不顾忌形象唾沫四溅的啦啦队员，或许是为自己队的胜负紧张到攥紧拳头手心出汗的观众，或许是在现场采访的记者，用职业言明万人拔河的盛大，或许是空中飘过的一朵云彩吹过的一缕风。我想象了一万次，也模拟了一万次，把自己一万次地嵌入"一根绳、一条心、一股劲"传承的拔河精神里，把寒冬的冷与正月十四的盛况浓缩糅合成一章散文诗，交给陌生人诵读。偶尔在某个清风徐徐的清晨翻出来，给自己鼓劲打气。

关于拔河，我们是熟稔的，都参与过最简单直白的体育比赛，从最初一根短绳的较量到组队夺输赢。

听朋友讲述，也在网上了解，临潭的万人拔河比赛的盛况，不亚于一场国家级赛事。一场存活在临潭人记忆里六百多年的惊心动魄，其搏击和凝聚是洮州六百多年各民族团结的结晶，是洮州万民齐仰的象征，是源远流长的临潭精神。而我只能在荧屏上感受那份欢乐那份紧张那份庄严与神圣。那不是秧歌表演却胜似秧歌，人人打扮得光鲜亮丽，从四面八方拥向临潭县城，参加或观看拔河大赛。那不是一般的拔河比赛，因为那条"绳"是钢缆绳，主绳直径十四厘米，那么粗的绳，想一下就发怵，没有一定的资本，哪敢成为参赛一员，只有观看的份。

看啊！各族群众沉浸于狂欢，把一根绳一条心上的拼搏一览无遗地展现，兴奋在粗犷与豪放的执着里，昔日的辛劳、疲惫、忧愁、烦恼被拔河所荡涤。声声爆竹、哨子、呐喊、音乐、喝彩连成一片，山河在沸腾，人们被震撼了！

那绳如巨龙与蛟龙，忽上忽下，翻滚在相争相持间，一一书写621届；"扯绳"史上绳子最重、直径最大、长度最长、人数最多，盛况空前，堪称世界之最；被载入世界吉尼斯纪录；被国家体育总局、中国拔河协会授予"全国拔河之乡"荣誉称号；成功举办全国拔河锦标赛、六届中国拔河公开赛暨甘肃临潭拔河节；成功申报为国家级非物质文化遗产名录等金灿灿的辉煌……

那根绳忽闪出临潭的洮绣，喜鹊登枝、鸳鸯戏水……与银色的"尕娘娘"，还有"麻娘娘""十八位龙神""常爷池"传奇闪现，把精致的江淮遗风与拔河一样延续、传承！

时值盛夏，临潭的又一个春天在生长，蓬勃又葳蕤，我的思绪被悠到从前。那是某次拔河，一样是体育课上的小组比赛，我们组的八个女生身体都算结实，相比，对方小组多是城里人，纤瘦又娇滴滴的，除了两个女生稍微胖一点，还有点力气，我们胜券在握。因为之前小组取胜，对方女生很不服气，说老师偏心，分组不公平。其实是她们自愿结组的，不知老师为什么没有理睬那些意见，拔河比赛人员依旧没变。她们说拔河赢了不算厉害，说力气大脑子简单，学习不好赢了也白搭的牢骚全成了耳旁风。

那次我们也是摩拳擦掌，信心满满，往手心里吐着唾沫，搓手，准备上阵。虽说是比赛，胜负都是一样的，奈何求胜心切。她们也给自己打气，然后凑到一起嘀嘀咕咕一下散开，开始拔河。

我们虽有拔河的阵仗和气势，但不精彩，几分钟就有了结果。我们使出浑身解数，争得面红耳赤，憋着力气死命往后拽绳，想着拔赢她们很多米，让结果有震撼。夺冠的标志在我们的信心百倍下快速移向我们这边，她们也跟着移来。我们几人拽绳子更有劲了，孰料她们齐刷刷地松手，我们几人猛一下子跌坐在地上。掌声与哄堂大笑一齐涌来，我们还没有反应过来，坐在地上愣头愣脑的，看到她们哄堂大笑，我们虽然赢了，心里有点不痛快。

忘记了体育老师的态度，只是记得那次之后我们几人与她们暗暗结下了小疙瘩，班里有活动处处树敌，很长时间才被班主任化解。貌似化解，实则还是暗流涌动，还是在较劲，直到毕业那年与别班比赛，一齐上阵拔河，我们班赢了，才瞬间一笑泯"恩仇"……

一晃很多年过去了，想起拔河的种种，对于渗入生活和工作的拔河精神，对于协作与齐心协力的内涵了然于胸。

思绪忽远忽近！万人拔河已深深植根于临潭，拔河精神也在临潭人乃至甘南人心底长成了参天大树，唱响筑牢中华民族共同体意识主旋律，传播民族团结进步谱写的赞歌铿锵有力。而临潭人与临夏人唇齿相依，彼此守望又紧紧相拥，各民族兄弟姐妹如石榴籽一样，将拔河精神融入共同发展的字里行间，书写《拔河赋》的绝唱。

春风十里，让灵魂在临潭停歇，在一本无字的诗集上续写诗与远方，让异乡人读取并领略临潭的精致，是人生路上打开的又一个春天。

春风浩荡，春风拂面。万人拔河比赛也是一个个"金字招牌"让临潭光芒万丈，为创建"中华诗词之乡"增色添彩，让临潭的魅力浸润世人的心田。于是，关于万人拔河关于魅力临潭的散文诗句喷薄而出：

一朵云彩飘来，我驾彩云赶往临潭，成为万人拔河中的一员，使出浑身力气，与卓玛一起欢呼一起拔河……

灵魂在腾跃，呼吸深呼吸，冶木河的一册经卷上浪花的奔流写满赞歌。六百年的烽烟与夯筑的岁月，在出发与归程的短旅中雕琢碉楼与间体墙的断句。

纯白与善良是临潭的特质，十多个民族共同浇灌着生长的一切，距离柔软，炽热南来北往的心。

飞雪叮当，牦牛背上的欢喜叮当。洮州振翅，展开的双翼气吞山河，转动世上最大的经筒，过滤归来与离去。

古井里的一枚月亮在戍守，诗句是闪闪发光的箭镞，挑着四季无所畏惧的勇气，歌吟洮州的跨越式发展。

横撇竖捺与横平竖直，书写流光溢彩，书写繁衍书写生息，也书写不屈不挠。

喧腾在洮州粘贴标签。一百三十多处古城堡挥毫泼墨古洮州，卓逊堡、水磨川堡、红堡子……一个个堡成为世上最好的听众。

古道的茶马，茶马的古道，远大又内敛的豪放在记录。亿万粒文字收纳生灵与一座城市的目光，扎西、卓玛或丁氏后人的走姿，浩荡成一条河的走向。

想象是绝版的旅行，呼吸越靠越近，一切溢出，一切浮现！如数家珍的素材在迎接一个个期待，云在飘移，顿号或逗号或句号或感叹号，丰满着文字的田埂，字里行间是临潭。

远方太远，我在临潭体味江南：一座又一座江淮遗风的宅院，托起陇上的江淮人家，听故事在青花瓷里讲述远与近，南来北往或向西的印痕，研磨江淮遗风。

白墙黛瓦呢喃：你从哪里来，我从南京来；你带的什么花儿来，我带的茉莉花儿来……

临潭人的故事属于临潭，吴侬软语或豪爽也是临潭人的腔调。

我是异乡人，我申请了一条用黄河水做成的绫罗腰带，系在文字的腰间，暗自与藏袍混搭。一切相得益彰。在"万人拔河"里阐述文明的古老与古老的文明，以史上最重绳最大直径最长长度言说远古之古，言说中国拔河之乡的吉尼斯世界纪录。

为序为跋……

作者简介：李萍，女，笔名冷子，高级记者，中国作家协会会员，甘肃省评论家协会会员。现为甘肃省临夏州融媒体中心报纸编辑部副主任，临夏州拔尖人才，临夏州作协副主席。出版作品集十二部，文学作品曾获甘肃省敦煌文艺奖、黄河文学奖，"东丽杯"全国孙犁散文奖，首届全国大众散文奖，临夏州首届花儿文艺奖；散文诗在征文比赛中获得过一、二、三等奖；新闻作品获得甘肃省好新闻奖等奖项。

本文为"全国拔河之乡·临潭杯"拔河主题征文"十佳作品"。

群山间的欢呼

杨建栋

　　冶力关是闻名遐迩的国家森林公园，是中华民族历史文化宝库"唐蕃古道""茶马古道"上的一处神秘驿站。雨热同季的气候，高低差异大的山地垂直分布带，形成了东峡、冶海、香子沟、黑河、西峡的人文自然景观。树林茂密、草丛遍野、溪流清澈的天然生态，造就了"天然氧吧"的游乐胜地。她似一位娇美无比的藏族姑娘，深藏于甘南州东南面绿水青山的临潭县境内。

　　十余年前，我带领三十多名乡村干部在省扶贫办参加培训，临近结束，准备返回宕昌的时候，岷县发生了特大暴雨。212国道岷县至漳县段被泥石流冲毁严重，交通中断，听说一个礼拜后才能通行。无奈之下，我与停运在兰州的宕昌汽车队司机协商，选择了途经冶力关地段绕行的捷径。

　　记得那是一个天气晴朗的下午，客车在山路上行走了一个多小时后，沿着坑洼不平、蜿蜒迂回的公路下降到河谷地段。我从迷糊中醒了过来，透过车窗，只见蓝悠悠的天空飘浮着新疆棉似的几片云朵。夏日的阳光斜射着远山近岭的树木草丛，阴面的山地得不到阳光照射，显出墨绿色的厚重质感。阳坡上的景象青绿得让人浮想联翩，偶尔闪出牛羊马匹移动的身影，让绿地有了浪漫灵动的气息。不一会儿，大巴车穿过升腾着烟火气较浓、人车穿行的小镇。司机说，这是临潭县的冶力关镇，不远处就是冶力关旅游景区，现在正是旅游旺季。为了抓紧时间赶路，我只好贴近车窗，观赏着这处山清水秀、空气清新，自然风光优美的原生态栖息地。

作为一个旅游爱好者，今天不能驻足这里游览冶力关美景，心中空落落的，很是不爽。只好将这次留下的遗憾，用以后的时间来弥补。

甘南是甘肃有名的旅游胜地，迭部的扎尕那，碌曲的郎木寺、尕海，唐克的黄河九曲十八弯、玛曲的黄河第一弯，夏河附近的桑科大草原、拉卜楞寺，我都涉足了几次，心中留下了自然景观独特、宗教信仰虔诚、人文民俗厚重的感受。我有次刚落脚冶力关，被家里遇到的急事召回，匆忙中走马观花地浏览了一程，依然被这里的天然秘境打开了我的心窗，留下了美好的印象。

在参与乡村振兴的新征程中，我从微信平台上关注到一位博士，2016年脱离工作单位，告别家人，从繁华的首都北京前往甘南州临潭县冶力关镇的某个村落任第一书记，在那里开启了他人生的新航程。这位博士没有耸起大都市官员的架子，很快融入到地域高寒、生存条件艰苦、藏汉杂居的农村环境中，让两年的时光没有虚度，用坚实的足迹刻印出精准扶贫的诗行。工作之余，他用心尽情地审视着藏地旅游景区的资源亮点，探寻当地历史人文的感人故事，开化启迪农人们的心智。熬过多少个寂寥的夜晚，用洋洋洒洒的二十多万汉字，以散文为载体凝练成写实的人间情感烟火气，将两年间在冶力关的扶贫经历、生活感受、历史文化、人文民俗、自然风光、处事交友、人性本质进行了实质性记述和深度解剖，并得以成功出版。

这本书中，冶力关美丽的自然景观、厚重的人文历史、淳朴的民风习俗，在我心中留下了深深的印记。可以说，临潭万人拔河赛的历史传承，我是在这位博士的书里第一次见识到的。

说起拔河赛，就唤起了我童年时的记忆。那时受大气候的影响，学校对教学质量不够重视，从而导致我们这一代人大脑空空，肚里缺少养分，思维欠缺文化知识的丰盈。但文艺体育活动开展得异常活跃，每年的六一前后，都要举办大型文艺节目表演，多项体育运动比赛。拔河涵盖的参赛人数最多，"加油！""加油！"的呼喊声响彻在校园高空，往往将体育盛会推向欢闹的高潮。那种鼓舞士气、振奋人心的欢快气氛，至今回想起来都热血沸腾。

近期了解到"全国拔河之乡"的临潭县，"万人扯绳（拔河）"赛，2001年被载入世界吉尼斯纪录，2021年成功申报为国家级非物质文化遗产名录。它的一路走来，穿越了六百多年的超长时空。这份执着、迷醉、精深，历久弥新的延续历程，让人仿佛置身于明洪武年间，洮州习武场上士兵军训的庞大阵容，听到了业余演练竞技游戏震天动地的呐喊声。

从地域环境看，临潭山多地阔，森林葳蕤、草地茂盛，属高寒潮湿地带。在这样严酷的自然环境中，人们要创造赖以生存所需的生活物资，向往美好顺畅的生活环境，就必须具备强健的体魄，去抗衡自然灾害和人为造成祸端的诸多不利因素。当地民众体察到这项活动非常适合地域农耕文明与游牧文明互融发展的特性。有识之士便谋划策动扯绳（拔河）的固定程式，很快得到民间的积极响应。于是，这项增强体质、奋勇拼搏，融竞技游戏与观赏娱乐性为一体的活动，在每年的农历正月十四、十五、十六晚，爆出人声鼎沸、震撼山岳的欢闹场景。

临潭自古是一个汉、回、藏等多民族聚居之地，各民族的宗教信仰，风俗习惯有着很大的差异。要想凝聚人心、加强民族团结，开展万人参与的扯绳（拔河）活动，让各民族都参与进来，相互交流学习、理解沟通就非常有必要，用"一根绳、一条心、一股劲"，维系着自强不息的民族协作精神，体现出人心齐、泰山移的强大动能。

扯绳（拔河）饱含了天、地、人三者合一的传统文化，在五六千年前，人类还没有进入农耕文明时代的时候，先民们捕猎了像肥大野猪的动物，一个人的力量是有限的，就几个人合力用藤条接连的绳索拉回集聚地大家共同享用，这里面就包含了扯绳（拔河）的雏形。后来人类文明程度得到创新发展，大家拖动重物用力的时候，会发出"一二三"的起势喊声。当扯绳（拔河）文化传承完善到一定时期时，赛前也会惯用"一二三"的启动口号。喊"一"表示抬头全神贯注地看准目标，有仰视敬天的用意。喊"二"就要稍微蹲身脚踏实地，意念接大地之灵气。当"三"的喊声发起时，那就是双方所有人使出全身力气的爆发点。人为万物之灵，此时，天、地、人自然融合，达到了浑然天成的神奇效果。

万人扯绳（拔河）传统文化盛会，几百年的习俗都在临潭县城的十字路口举行，而今移至冶力关景区开办。这种移俗地点的改变，是将古老传统文化与现代文明守正创新、文旅融合、顺应自然的遵循传承，是实现文化自信的践行途径，是"天、地、人"融合与"知行合一"相结合的尝试探索。

当今时代文化娱乐、体育盛事丰富多彩。临潭县万人扯绳（拔河）赛，经历了六百多年历史风云而经久不衰，延续至今更是盛况空前，说明这里有适合这项盛事扎根生存的肥沃土壤环境，需要传统文化的强大魅力，凝聚汉、藏、回多民族像石榴籽一样紧紧抱在一起，让各民族在新时代旗帜引领下，和谐相处、团结共进、协同发展，筑牢多民族命运共同体的强国基体。

作者简介：杨建栋，甘肃宕昌人，甘肃省作家协会、摄影
家协会会员，宕昌县作协副主席。长篇纪实文
学《陇原拓荒牛》在《飞天》杂志首页推出，
2017年获省文联文艺助推精准扶贫一等奖，
在有关报刊发表文学、摄影作品百余篇（幅）。

拜读扯绳

陈　耕

　　　　读懂了临潭万人扯绳，也就读懂了陇人，读懂了中国。

——题记

　　从青藏边缘的小城临潭远远地望过去，天倾西北，群峰并峙，其间大河奔涌、万山朝宗，阶梯般的走向如同一把上古大神打造的硕大交椅，云蒸霞蔚、壮美无极。居于中国地理版图中心的甘肃，从东端的庆阳到西端的敦煌，一千六百多公里，如一条绵长的临潭扯绳被上苍搁在著名的"胡焕庸线"一侧。巧的是，省会兰州恰好位居"龙头"的位置。被一根穿城而过的楔子——黄河，一分为二，化作两端。庆阳、平凉、天水、定西在东边，武威、金昌、张掖、酒泉在西边。至此，扯绳仿佛一个命定的谶语，被重重地掷在陇原大地上，融入这方土地之下潜行的血脉与深情，成为千万陇人的精神图腾，等待一次深入的破解。

1

抵达临潭的时候，夜色正浓，长绳已经摆好。

此时的气氛已经进入高潮，人海叠浪，围观的群众竞相上前触摸"龙头"。"龙头"是两个巨大的环扣套在一起，中间插一根青稞状的桦木楔。洪武十二年（公元1379年），洮州十八族番叛，明太祖命大将沐英移兵洮州旧城，战事平息后军中的一种"牵钩"训练随着驻军落户临潭。这种原本是水上拉扯战船的作战技能便是扯绳大会的滥觞。当一大盘浏阳"大地红"被后生们扯开摆放，噼噼啪啪迸溅出经久不息的电光石火，人群里涌动着阵阵愉悦和躁动，犹如一场狩猎后原始的舞蹈祈福，俨然七百年前的古老献祭复活重现。

远处山顶上小亭里的灯火如嵌天幕，将军山轮廓清晰可辨，宁静安详如神佛涅槃，威严深沉似大将巡边，来自草原深处格鲁派宗教的慈悲与遥远明王朝"十八龙王"的铁血气质完美糅合，并行不悖。主街上涌动的人潮里，男人们摩拳擦掌，严阵以待。托举龙头的汉子孔武有力，面庞刚毅，在群情激奋的吆喝声中如同托举着整个世界，静待着一个庄严隆重的时刻。只见路灯、车灯以及两岸店铺上的彩灯被平阔的冶木河复制成了两份，令人有了"不知天人各在水"的恍惚。在激越的河水奔流和细密鼎沸的人声里，小城更加和煦可亲、温热亮堂。扯绳是一个盛大的节日，人们穿上了珍藏在柜子深处的盛装。珍贵的貂皮帽、藏蓝的丝绸袍子、花边小圆帽、毛呢毡帽，甚至是深蓝色的列宁帽，被临潭人郑重地戴上。有人腰间系一条西湖水的绫罗腰带，外人称其为"半番子"。最引人注目的是一些"头顶大髻，发着银饰"的临潭女子。这些七百年前的戍边家眷，世代繁衍，虽居边关，无论内心风霜几何，却掩盖不了柔美与绚烂，用女人独有的温婉写下了高原深处的江淮秘史。北方的节日天然带有地理赋予的粗犷和生猛，身着新衣的人们呼朋引伴，三五携行，大声地吆喝着、寒暄着、倾诉着，仿佛狩猎归来、放牧途中，抑或是刚刚结束战斗，他们自信而自由，骄傲且洒脱。人群中的口音带着青藏古语、中亚原声、蒙古长调般的声腔，其中的卷舌音、爆破音、后鼻音，以及牛尾巴一样沉沉拖着的尾音，在说话时造就了音乐说唱一般的抑扬顿挫。其间又夹杂着类似于江淮一代的口音。完全可以不用在乎他们究竟在说什么，只需要静静地看着那种神采飞扬和怡然自得，就是一种幸福的享受。不同来源的语言如同地壳运动趋势下的三大高原的对撞，在扯绳大会上秘密汇流、完美融合，汇聚成了冶木河一般生动蓬勃的语言之河，泛着幸福的涟漪、愉悦的波光……

身穿毛领藏袍的小伙叫作扎西多吉（吉祥金刚），女孩叫作拉毛草或者巴登拉姆（吉祥天女），会唱花儿的回族小伙可能唤作尤素夫、穆萨，而腼腆的汉族小伙有可能叫作兴军、金龙。我曾听闻当地人讲过一个故事，一个叫作多吉的年轻牧人与穆萨的家族有过小小的恩怨，两家赌气互不往来已有大半年，有意思的是，在过年时的扯绳大赛上，手握麻绳的多吉不经意间侧头，一看却是穆萨。此时已经是双方僵持的关节眼子，绳索上站着的传令童子正使出吃奶的劲儿吆喝着。于是，两人相视一笑，心领神会，只顾使出力气扯绳……

此刻，他们并肩而行，就在浩荡的人群里，在一条长绳两侧。我不知道他们是哪一对，但是我知道，这一天临潭大地上的人们放下了生活中的困顿与无奈，放下了固执和羁绊，放下了这一年的惆怅和苦楚，怀着对美好生活的向往，在绳子的两侧达成了惊人的默契。他们不再是那个忙碌着、劳顿着的人，不再是那个牧人、皮贩、瓦工、厨师、木匠……不再是那个早出晚归、行色匆匆、顶风冒雪的赶路人。今夜马放南山，大地平安，他们只是一个扯绳的临潭人，是这山川的精灵、时光的赤子、甘南的儿女，一个地地道道的陇人……

"嘿哟，嘿哟"……临潭大地开始有了一种原始的震颤……整个陇原大地似乎也有了同样的震颤，人间春回，时节有了惊蛰的前兆……

2

小城临潭，揳在甘南草原通往省会兰州的必经之路上。位于青藏高原边缘的甘南草原神奇地保持着藏域的纯度，在这个全球化、网络化、趋同化的时代，千城一面，千人一面，甘南草原的纯粹和原生显得难能可贵。甘南似乎是边缘的，而这种边缘某种程度上又让甘南处于绝对的中心，比如文化、文学、生态（我一直以为甘南是地球上文学生态最好的地方）。在纷攘芸奔的世界上，甘南大地一如一位转动古老经筒的老者，目光深沉，气质深邃，保持了独立不迁的孤绝与高贵。临潭小城地处青藏高原与黄土高原的交会之处，两种洪荒、庞大、鲁莽，不可抗拒的力量如同两条巨龙交锋后的息事宁人。一边是雪域佛国、金瓦白墙、草原牧歌；一边是周之旧邦、山峁起伏、麦浪翻滚。在临潭这块农牧接合部，既有茶马古道的悠悠铜铃，又有唐蕃故地的异域风情，更有农耕民族的诗书礼教，其间又夹杂着浓郁的伊斯兰味道。临潭的牧人会将虫草、牛羊交给头脑灵活的撒尔塔人运往远处的兰州，河州人则带来了精致的铜器和铁锅，制作出地道的手抓、肉片、臊子。对于生活，临潭的各族人找到了完美的落脚点，实现了真正的和谐。

《洮州厅志》里说扯绳"以占年岁丰歉"，当方志这样记载的时候，其实说明千百年来的军事开拓已经内化为一种虔诚宁静的农耕信仰。临潭这块"北蔽河湟，西控番戎，东济陇右"的藏地门户，多元文化的锋面已经实现了平和的对话与交融，达成了真正的默契。一位曾经在临潭挂职的作家北乔先生讲述过一件小事：某年的扯绳大赛上，一群藏地的高僧喇嘛以及回族的几位阿訇、汉族的道长也参与了比赛。他们被随机分成数组，你中有我，我中有你，无论何种信仰，在拔河的时候，他们终于突破了不同文化与宗教的壁垒，找到了共通的语言。这其实就是甘南临潭的文化魅力，也是一种足以提供给今天这个文明冲突，战争纷起的世界的甘肃经验。文化大省，有着异乎寻常的文化吞吐和溶解力，这一点，不是用经济和发展速度来衡量的。

在我看来，甘南是具有世界影响的地方，且不说声名远播的寺庙佛国，仅仅一间丽莎咖啡屋和一盘苹果派，一个小小的诺尔丹营地，一条手工羊绒披肩，便足以证明甘南的世界性完全不亚于甘肃最西端的敦煌。三年前，我曾经带领一个来自全国的专家团在甘肃的境内走访考察，在甘南头一次听说了令人石破天惊的"五无甘南"。"全域无垃圾、全域无化肥、全域无塑料、全域无污染、全域无公害"，仅仅这个概念的提出就令我心生敬意。这块土地的纯净不仅仅是人心中珍藏的无与伦比的善良和虔诚，更是低碳环保理念中蕴藏的对于自然的敬畏，对生命本真的恪守。"无"是人间的具体实践，也是佛家的修心境界，更是中国传统文化与今日发展格局的哲学对话。这是甘肃文化与新时代中国国家生态理念的完美契合。很显然，在所有甘南人的心中对于家园的守护有一个坚定纯粹、万众一心的信念，汇聚在一起。

在闪耀的灯火里，在青藏边缘，我隐隐地看到一条长绳，沿着临潭古城的主街缓缓地铺展了开来……

3

扯绳，就是长绳。

六百多前，大明日盛，帝祚稳固，一队高唱着江淮歌谣，南京一带的职业军人带着刀枪、火炮、粮草和种子浩浩荡荡地进入到甘肃地界。与此同时，他们也给甘肃带来一种宝贵的精神品性。在箪食壶浆迎接王师的人群中，人们并没有看到那根巨大的绳索。在此之前，高原人有着自己独有的体育和娱乐方式，在生产中，人们用绳索捆绑青稞、牵引牛羊、伐木造船、建造庙宇……绳索扯动之处，村落绵延、信仰崛起、生活蔚然。

七十多年前，一条长绳开始进入甘南境内。这是一条贫苦大众用草鞋和信仰做成的绳子，绵延数十公里，这根绳子褴褛破败，却维系着中国的未来。在甘南境内，在沼泽密布的草地和狭窄的天险腊子口，在毛主席称之为"最黑暗的时刻"，甘肃大地上打开了一条平安的通道。甘南人打开粮仓，将来年的种粮作为接济苍生的供养，救活了一支革命军队，也救活了中国的今天。其实那个时刻，甘南人的手中还持有另外一根长绳，一根细细的长绳和一粒粒流光的念珠，捻动着甘肃大地的悲悯、胸怀和远见。

在临潭人摆开扯绳的时刻，甘肃平凉境内的一支金朝流亡西北的完颜氏后裔，则秘密地摆开了另一根粗大冗长的黄色绳子，进行着虔诚的祭祀。从民俗文化学上，我无法考证二者之间的必然关系。一个是单纯供奉的黄色巨绳；一个是接近生产工具的麻绳、钢丝，但它们都有一些共同的东西，那就是传承久远，相对固定的仪式感。在这些类似于祭祀和祷告的古老仪式中，一条长绳里藏着甘肃博大深沉的历史，藏着甘肃人沧桑厚重的心灵秘史。

这些年为了探求甘肃精神的源头，我多次从甘肃的东端走到西部。在甘肃河西走廊的八步沙林场走访时，烈日当空，空气焦灼，我在林场里意外地发现一根捆绑麦草的麻绳。正是这些麻绳，仿佛一段脐带，一段信念，捆绑寄托着八步沙六老汉三代治沙人的中国大梦。沙漠固守不前，家园得以守护，他们在沙漠里写下了当代愚公式的甘肃故事、中国神话。

在距离临潭千里之外的玉门油田，一场大雪覆盖了静谧的石油河谷，老工业基地的一台抽油机上，一根临潭扯绳用的粗大钢丝依然努力如故地运转机器，抽取着剩余的石油。作为铁人精神和中国石油记忆，它被甘肃人永久保存在石油河旁边的白杨林里。我不由得设想，在建国初期一穷二白的条件下，铁人王进喜和战友们用一根粗大的钢丝将巨大的井架吊起来。在只有人力的时代，他们排成长队，握紧钢丝，撕扯着手上的肉皮，如同扯绳一般发出"嘿哟、嘿哟"整齐划一的号子声，回荡在甘肃的上空……

这些绳索，它们都是甘肃，它们都是甘肃人对于中国精神的贡献。它就在那里，你一定可以读懂。

4

"嘿哟……嘿哟……"

在一条一千八百米的长绳面前，在芸芸十五万之众，在一座晃动的城市面前，我被这种震天动地的西北气象、民族精神震撼了。

这哪里是一条绳索，分明就是一脉相承、亘古不变、生生不息的民族精神，它激情澎湃、磅礴自由、浪漫热情、粗犷生动。

它云蒸霞蔚、无影无踪、不可触摸、无处不在。它令人热血沸腾、生命铺张、灵魂鼓荡、经久不息。

看着看着，我也不由自主地融入这座小城的夜色之中，我汇入人海，拥挤在兄弟一般亲切的人群中。他们有可能是藏族人、回族人，也有可能是蒙古人、土族人、东乡人。除了本地人，有可能是客居本地的临夏人、定西人、河西人，甚至是更远处的青海、宁夏、新疆人，他们是农民、工人、小商贩，他们贩卖羊皮、虫草，跑运输、宰牛宰羊、煮汤拉面、建筑维修，或者和我一样靠教育学童、写字作文为生。而此时，我们都是长绳上维系着的临潭人，我们是来自远古的人，也是今天这个伟大新时代的人，我们是父母也是儿女，是虔诚祷告者，也是忠实信仰者……

"嘿哟……嘿哟……"

在声声"嘿哟、嘿哟……"的起伏中，在人群潮水般起落升降中，我感觉自己融入了小城临潭，融入了一张张熟悉却也陌生的笑脸，融入了夜色和大海，直到那个小小的自己终于消失。

作者简介：陈耕，诗人，就职于甘肃省曲艺家协会，公开发表各类文学作品三百余篇（首），著有文集三部。

拔河之乡话拔河

程　咏

　　万人参与的拔河比赛，那壮观的情景、鼎沸的欢声、胶着的场面，不仅仅是一件人多势众、热闹非凡的普通赛事了，更是一场盛况空前、震撼人心的民族团结的盛事。不分男女老幼，不分南北地域，不分中外民族，拔河的意义其实并不在比赛，而是重在文化传承，增进民族感情。每年元宵节，临潭县万人扯绳赛却因比赛的名义，成为世界拔河之最。

　　二十年前，当我第一次参与临潭万人扯绳赛的时候，面对如此浩大的阵势，激动的心情难以言表，英雄豪气冲燃而生。想到当年大唐盛世，亲临万民现场，赤手挽麻绳的唐玄宗李隆基，该是何等壮观激烈的场景。

　　临潭县城关镇，位于甘肃省甘南藏族自治州东南，洮河上游，古称洮州旧城。当年大明王朝沐英曾率领江淮兵士，在此平十八族番叛，屯兵驻军。所以，如今许多临潭人，都是当年万里远征的江淮将士后裔。

　　在各民族聚集的闹市街头，最显眼的是盛装的藏族，因为他们鲜艳亮丽的服饰，最是繁复和锦绣。回族人民的服饰与汉族人几乎如出一辙，区别之处在于一顶雪白的小帽。这时候冲在最前面的一定是年轻的后生，他们多是在外地工作，特意赶回家中参加这项隆重的赛事。孩子们大多是骑在父亲的肩膀上，小手不停地鼓掌欢呼。

万人扯绳比赛之前，首先要由德高望重的老先生们进行祭龙头。然后由大家一致推荐的少壮有识之人担任连长，用粗大的木楔连接双方扯绳的龙头。总长一千一百米，重约十吨的扯绳，是一条直径六厘米的钢丝绳，分为头连、二连、三连、连尾。等到大家按部就班做好准备之后，就是一声响亮的炮声，比赛便在千万民众的呐喊欢呼声中开始了。

这样声势浩大的民间体育比赛，其实不在于胜负，主要是全民参与，丰富娱乐生活，提高人民群众的文化素质。不仅凝聚民心、维系团结，还彰显了劳动人民勇敢顽强的尚武精神和民族气质。

经过一番激烈的较量，我所参加的一方，最后取得了胜利。无论是胜利的还是失败的，许多人都累得坐在地上。虽然汗流浃背，气喘吁吁，但是人们脸上却洋溢着欢乐和喜悦。我身边的两个女青年，连鞋子和帽子都掉了，顾不得喘口气，脸上红扑扑的，在人群里扒拉着，满街头找鞋和帽子，惹得大家善意地笑了起来。许多举着"长枪短炮"的摄影爱好者，记录下了这一妙趣时刻。

在临潭，才知道什么是拔河之乡。人们不仅喜欢拔河、会拔河、懂拔河、参与拔河、议论拔河，而且还研究拔河的历史文化、精神和意义。尤其是年轻后生们，哪怕是几个人，工休小憩、茶余饭后，闲来无事，都要嚷着扯三局。

拔河之乡对于拔河的兴趣，也从娃娃抓起。幼儿园的孩子们，一说到拔河，都会神采奕奕，捋胳膊挽袖子。到了拔河的时候，孩子们更是又转脚腕子，又活动手腕子，看着蛮像是一回事的。双方队伍，不分男女，人数相当，大小差不多。个小的在前，个大的压后，最强壮的孩子，往往都是最后坐底。老师一声令下，你看，小小的人儿，一个个眼眉拧着，嘴巴努着，谁也不敢松口气。一个脚朝前弓着，一个脚往后蹬着，双手拽着绳子，屁股往后坠。那股子顽强的斗志，真是使出了吃奶的力气。不知哪个孩子放个屁，顿时笑场了，稍微松懈的一方，立刻像坐了滑梯一样，被对方拉了过去。胜利的欢声笑语，失败的稚气的小脸上满是不服气，还有相互之间讨论着脚应该怎么放。至于谁放的屁，大家也顾不上去对号了。看幼儿园的孩子们拔河，我觉得特别有意思。因为孩子们的单纯、快乐，以及对拔河的热爱，都是发自内心的。

人这一生，或多或少，都会拔河的。拔河看起来很简单，其实蕴藏着大的哲理、大的文化。说出这么有哲理的话的，是马大哥。这位临潭的地方文化学者，是拔河运动的倡导者和组织者。

真像古人说的那样：听君一席话，胜读十年书。在与马大哥的交谈中，我不仅了解了拔河运动的历史，还知道了拔河运动的意义，更明晰了拔河运动的精神所在。拔河比赛的意义在于维系团结，协作共赢，齐心协力，拔河比赛的精神在于凝聚民心，拼搏进取，勇往直前。万人扯绳赛，之所以能够被列入2021年第五批国家级非物质文化遗产代表性项目名录，体现的就是中华民族共同的文化传统和民族情感。

马大哥告诉我，拔河也是有技巧的。比赛开始之后，首先要半蹲马步，全体人员的身姿都要尽量向后倾斜，重心向后倒，而且脚尖一定要在膝盖前，眼睛看天，剩下的就是使劲了。

拔河这项运动，据记载起源于两千四百年前的楚国。在多年征战过程中，楚国人发明了一种专门用于水战的，名字叫作"钩强"的兵器。这种钩强能够在水战的时候，钩拉住敌方的舰船，令众人一起奋力拉住，使之在败退的时候不能逃脱。因为这种战法，时常有出奇制胜的效果，所以楚军便把它引入日常操练之中。当时是把双方又粗又长的竹篾缆用铁钩牵挂在一起，然后在各自篾缆上又系上无数条细篾缆。训练的时候，让两队兵士向相反的方向用力扯拽。当年楚国攻打吴国的时候，专门在阵前展示千百人裸露着躯体牵钩。在凝集战斗力、提升士气的同时，震慑敌方于忐忑恐惧之中。后来牵钩慢慢从实战转向了民戏，流行于荆楚一带民间，成为一项喜闻乐见、争相参与的活动。

拔河，这个名称是在唐朝才确定下来的，之前叫作钩强、牵钩。也是因为唐朝两位皇帝的喜爱和提倡，才使得拔河从民间走进了宫廷，然后成为一项普及全国的运动。唐中宗时期，薛胜一篇《拔河赋》，可谓文章绚丽，词语精妙，气势壮观，具有强烈的艺术感染力。它绘声绘色地把拔河这个万民空巷、千人竞赛的运动，栩栩如生地展现在后人面前。

曾经励精图治，大展宏图的唐玄宗李隆基，更是亲自带着王公大臣下场参与比赛。皇帝赢与不赢都无所谓，主要的是这种娱乐气氛，尚武精神。以至于一千多年以来，"超拔山兮力不竭，信大国之壮观哉"的拔河，成为最具观赏性、最具磅礴气势的运动项目。遍览古今运动，唯有赛龙舟才可与"挽者千余人，喧呼动地，观者莫不震骇"的拔河相媲美。

拔河在临潭被称作扯绳，而扯绳的习俗，又来源于军队。明朝时期驻守边境的洮州军营，为了培养士兵的勇气和力量，便把扯绳用于操练，并且成为习俗。明朝实行屯田戍边制度以后，逐渐迁徙内地人来此戍边，扯绳的习俗也慢慢由军中传入民间，临潭县传承六百年历史的元宵节万人扯绳赛就起源于此。

我的学生时代，每年学校都要举行班级拔河比赛。虽然奖品只有一个练习本，或者一支铅笔，但是大家投入的热情却空前高涨。因为奖品不重要，重要的是名誉。赢的一方，最起码可以趾高气扬一年的时间。

初一时的秋季运动会上，我们班两个最为健壮有力的同学，因故没有参加冠亚军的决赛。眼看着不相上下的天平倾向了对方，大家都有些士气受挫。这时候我们班的一个女同学把大家叫在了一起，出了一个妙计，乐得大家直挑大拇哥，连连称赞。比赛开始了，瞬间我们就处于劣势，眼看着小红旗就要过界河。这时候，我方助威的人群中，那位女同学带着几个同学，突然一边扭着屁股，一边做着搞怪的动作，唱起了"两只老虎，两只老虎跑得快，一只没有尾巴，一只没有耳朵，真奇怪"。结果对方原本正在憋着劲拔河的人，一下子笑得泄了气，顿时阵脚大乱。我们一鼓作气，大获全胜。虽然取得了胜利，却因为胜之不武，让班主任老师批评了。

她教育我们，用不择手段的方法取得胜利是错误的，尊重对手，靠技术和实力取胜，这才是体育精神。老师的话，不仅是说比赛，也是在说做人，让我们受益终生。

"一根绳，一条心，一股劲"的拔河精神，不仅体现了中华民族大家庭和谐祥悦的场景、团结互助的精神，也是对国泰民安的期盼、安居乐业的向往，更是写照了如今富强发展的盛世中华。

作者简介：程咏，天津作家协会会员，中国远洋海运集团作家协会会员。作品发表在《天涯》《青年文摘》《中国海员》《天津日报》《今晚报》等各报纸杂志，以及海运行业报刊。著有《海员故事》《小镇故事》等。

冶力关拔河公开赛之美

张庆忠

"长绳系日住，贯索挽河流。"

2016年7月，我应朋友之邀到了临潭，在冶力关风景区参加了2016"冶力关杯"中国拔河公开赛暨第六届甘肃·临潭拔河节，让我久久难以忘怀。

23日上午10点，随着昂扬的《运动员进行曲》奏响，来自各地的运动员迈着整齐的步伐入场。入场结束后是精彩纷呈美轮美奂的文艺演出，点亮了四面八方的目光与赞叹。

本次拔河比赛共有八个参赛代表队，是公开组混合六百公斤级，并对前六名的参赛队进行奖励。奖项有：中国拔河公开赛、大象拔河、业余拔河比赛，分别奖励前三名，还评出优秀裁判员奖。赛事以突出临潭群众体育、生态旅游和民俗风情旅游为宗旨，全面提升"冶力关杯"中国拔河公开赛暨临潭拔河节的影响力、知名度，推动临潭县乃至甘南州文化、体育、旅游业的跨越式发展。比赛期间，还举办了临潭县第十八届"洮州花儿"大奖赛、"多彩洮州·魅力临潭"摄影展、洮州民俗文化展、第五届临潭大象拔河（押架）比赛、经贸洽谈及大型文艺演出等活动。

运动员的鞋都是根据场地精心定制的，以保证每位队员穿得舒适，赛出真实力。你看吧，有两队僵持不下的，有一边倒的，有因为体重少了一人的，还有许多女队员更是让人刮目，真是精彩纷呈，高潮迭起，令人叹为观止。冶力关的拔河公开赛，是历史上绳最重、直径最大、长度最长、人数最多的群众性体育活动，堪称世界之最，已载入吉尼斯世界纪录，充分展示了中国拔河运动之美，普及了拔河运动知识技巧，很好地诠释了拔河活动的意义和精神。

此刻，整个冶力关沉浸在欢乐的海洋中，共同唱响了"全民健身"的主旋律，创造了新的辉煌，赛出了风格、赛出了水平、赛出了友谊。

当地的朋友说最壮观、最让人难以忘怀的是临潭的万人拔河。临潭素来就有"万人拔河"的传统，"万人拔河"也叫"万人扯绳"，已有六百多年的历史，每年农历正月十四、十五、十六晚上在县城举办。"万人拔河"赛每晚三局，三晚九局，全县群众不分男女老少，不分汉、回、藏民族，参加人数达八万余人，其规模之大、场面之壮观、人数之众多，令人赞叹不已。赛前各自将绳捆扎成头连、二连、三连、连尾（俗称"双飞燕"），扯绳总长一千八百零八米，重约八吨。"万人拔河"活动在参赛人数、扯绳的重量、直径、长度上不仅是历史之最，也是世界之最，被列入甘肃省非物质文化遗产名录，已载入上海吉尼斯世界纪录。"万人拔河"一根绳、一条心，让人们看到了临潭人的粗犷与豪放，听到了他们渴望丰衣足食、安居乐业的心声。

我喜欢在拂掉心灵尘埃的澄明里，徜徉在临潭，流连于冶力关拔河公开赛，用拔河的旷世轻盈撩拨和整理我纷乱的心绪和记忆。仿佛临潭人通过拔河赛向我打开了一扇窗，一扇仰望中国拔河运动之美和临潭高质量发展的窗子，消弭了距离感、陌生感和神秘感。拔河赛的那一面通向另一个世界。当我也像一位临潭人快乐在尘世的水面；当我也像一杯透明的水，清洗一粒人间烟火的浑浊之心，我就悠然地走进了拔河赛中。

"冶力关杯"中国拔河公开赛，是由国家体育总局社会体育指导中心、中国拔河协会、甘肃省体育局、甘肃省旅游局、甘南州人民政府主办，临潭县人民政府、甘肃省社会体育管理中心、甘南州体育局、甘南州旅游局承办，为求赛事公平公正，由中国拔河协会选调富有经验的高水平的国家级裁判。

心中最美的"万人拔河"，就如那枚圆月照亮在时光深处，留下永恒美好的记忆。或唏嘘，或黯然，或温馨，或动人，或美好。不想深究每一缕月光的寓意。在我看来，每一个"万人拔河"的脚印，是坦然开放的，美丽的，生动的，纯真的。它光明磊落地走进我的内心，无限靠近我内心的美好，给我愉悦，给我温暖，给我激励。

拔河作为一项十分接地气的活动，相信不少人亲身经历过或为此呐喊助威过，无论是参与者还是旁观者，只要经历过就能清晰感受到现场热烈的气氛。参与的人数越多，场面和规模也越大，也更加热闹而有气势。拔河是体育项目中最集中、最直接体现"上下一心，团结奋斗"精神的一项活动。一条长绳把一群人紧紧地连在一起，一声哨响，人人用力，在这短暂的时刻，大家都为着一个共同的目标，进入忘我的境界。奋进新征程，我们更应该发扬拔河精神，就应像拔河那样统一号令，一鼓作气，直至取胜。怀有饱满的精神态度，发挥团队的力量，发动人民的力量，再加上健康的体质，就像拔河最终会胜利一样，早日实现体育强国梦，实现中国梦。

奋进新征程，传承"一根绳，一条心，一股劲"的拔河精神并发扬光大，是实现中国梦的要求，也是时代的呼唤。当我们继承拔河精神去实现梦想时，拔河精神就像一滴水掉进大海里，找到了自己的归宿。只有这样，拔河精神才完成了一次使命，临潭才真正强大起来，幸福起来。

在临潭仔细聆听。跃动的生命，灵魂的花朵，同样有临潭的痛苦。远方弥散的晨雾，不是最初的起点，而是最后的归途。黄昏迟暮，一个耸立的临潭不会老去，在寂静中聆听黑暗，在艰难困苦中倔强挺立，在高质量发展里从"一根绳，一条心，一股劲"的拔河精神中汲取强大力量勇往直前。

"一根绳，一条心，一股劲"的拔河精神长青，临潭不老。拔河精神注定会成为一种感召，坚守成无法逾越的历史关口，永远横亘在中华民族的皇皇册页，淬炼成坚韧不拔的意志，凝聚成忠诚的民族之魂、信念之根、文化之信。

因一件事，记住一个人。一次冶力关拔河公开赛之旅，记住了临潭的地理词典：青山绿水以真而立，世代儿女以真善美而行，临潭以"万人拔河"而名。

一阵风吹来，冶力关拔河公开赛的美一再被刷新。把美梦交给风，冶力关拔河公开赛成为临潭最亮丽的风景，聚焦着世人的目光。

如果你觉得只有拔河比赛还有点不够，可以去冶海冰图、朵山玉笋、石门金锁、洮水流珠、迭山横雪、黑岭乔松、玉兔临凡以及吐谷浑筑建的牛头城、新城苏维埃旧址去看看，也可以欣赏独特的民风民俗，如民间花灯、迎神赛会等，还可以品尝一下特产和美食，特产如蕨菜、莴龙头、羊肚菌等，美食如烫面油香、临潭凉粉、临潭羊肉筏子、临潭杂碎汤、回族馓子等，保准让你来了不想走，走了心儿留。

让自己成为一个临潭人，或者像临潭人一样活一天，只活一天就够了。我们知道做一个人不容易，做一个临潭人也不容易。可我愿意这么做，永远这样做。

在临潭，我只在诗情画意的浅处留恋拔河比赛，品味拔河精神之厚重，深处断然是不敢去的。我怕弄丢了时间，更怕被时间弄丢。

想想也是，冶力关拔河公开赛不仅是拔河比赛，也是展示拔河这一群众体育、民俗活动独特魅力的见证者，是脱贫县新时代经济社会高质量发展的见证者，是增强中华优秀传统文化自信的见证者，是临潭高质量发展的见证者，也是新时代临潭展翅腾飞的经历者。

我愿做一根绳，在临潭乐享拔河比赛的日子，守望着拔河的神韵、精神与激情，临潭的美丽、富饶与幸福。

作者简介：张庆忠，现任职于山东省东营市东营区龙居镇教育办公室，市作协会员，从2011年开始发表作品，迄今为止已发表作品三百多篇，获得一百多个奖项，多篇作品被收入选本。

"万人拔河"鸣临潭

刘朝杰

　　临潭，古称洮州，位于甘肃省南部，甘南藏族自治州东部，地处青藏高原东北边缘，是农区与牧区、藏区与汉区的接合部。临潭，曾为"唐蕃古道"、古四大茶马司之一。

　　县城原名旧城，自古为边陲重镇，临潭县城的元宵节"万人拔河"赛（扯绳）已有六百多年的悠久历史。据《明太祖实录》记载："洪武十二年（公元1379年）春正月，洮州十八族番叛，命沐英移兵讨之，英军至洮州旧城。"又据记载："英部将士之中多为江淮人。"唐代封演在其《封氏闻见记》中讲道："牵钩襄汉风俗，常以正月望日为之。相传楚将伐吴，以此教战。"这里所说的扯绳源于军中"教战"活动。当年，沐英将军驻旧城期间，在当地以"牵钩"（即拔河）为军中游戏，用以增强将士体质。后来明朝实行屯田戍边，据《洮州厅志》记载，"从征者，诸将所部兵，即重其他。因此，留戍"。许多人落户于洮州，扯绳之俗遂由军中转为民间，就是古之牵钩在临潭县城一直流传下来的历史渊源，以至后来群众把扯绳作为"以占年岁丰歉"（《洮州厅志》）的象征。在扯绳时连绳的桦木楔子制作得像一颗饱满的青稞，象征了此地以青稞为主的五谷丰收，既鼓励人们积极参与扯绳，也反映了各族群众渴望丰衣足食、国泰民安、民族团结、安居乐业的美好愿望。

拔河在中国有着悠久的历史。拔河为双方各执绳一端进行角力的体育活动，属于我国的传统运动项目。早在春秋战国时期，就有拔河这项活动，不过在那时不叫拔河，而称为"钩强"或"牵钩"，后演变为荆楚一带民间流行的"牵钩之戏"。

现代，已经有很多小学和中学都开设有这项体育活动，此项体育活动可以锻炼孩子们的团结能力，提高孩子们的团结意识。

想起小时候在农村小学念书时，学校也常搞拔河比赛，让我们念念不忘。记得有一次比赛，赛前，老师拿来一根又大又粗的大绳子，中间系了一块红布，将其躺平在场地上。老师把我们平均分成两组。接下来，像两群小老虎一样争夺红布，同学们摩拳擦掌，有的挥动手臂，做热身运动。场地上站满了老师和同学。一切就绪，老师喊了一声"预备"，我们各组拿好绳子，在老师嘟的一声长哨下，比赛开始了，我们两组使出了吃奶的劲往后拉，互不相让。特别是我们组的大力士胖墩涛，他是带病上场，我们担心他会在关键时刻晕倒，他咬紧牙关向后拉，使出了全身的力气，脚成了弓字。我组的同学脚蹬着地，就像钉子一样钉在地上，身子往后垂，各个的嘴巴里发出吱吱的声音，我们屏住呼吸，抓紧麻绳，拼命往后拉，红布往我组这边过来了一点，这时，对方一组面红耳赤，眼睛瞪得滚圆滚圆，红布在我们两组之间拉扯，我们就像是热锅上的蚂蚁，一直喊："加油，加油！"不把对方的声音压下去，决不罢休。最后，我组终于战胜了对方。比赛结束后，才发现我们组的大力士胖墩涛的一双布鞋，由于用力过猛，四个脚指头拱破了鞋帮子，脚丫一动"笑"开了花。

通过这次比赛，我明白了，团结的力量是无穷的。

关于拔河最初的起源。《隋书·地理志》称，故楚地南郡、襄阳一带"有牵钩之戏，云从讲武所出。楚将伐吴，以为教战，流迁不改，习以相传。钩初发动，皆有鼓节，群噪歌谣，震惊远近。俗云:以此厌胜，用致丰穰，其事亦传于他郡"。这里的"牵钩之戏"，实际上是当时配合水战的一种军事技能。

何谓"钩强"或"牵钩"呢?《墨子·鲁问》中记载:"昔者，楚人与越人舟战于江。楚人顺流而进，迎流而退;见利而进，见不利则其退难。越人迎流而进，顺流而退，见利而进，见不利则其退速。越人因此若执，亟败楚人。公输子自鲁南游楚焉，始为舟战之器，作为钩强之备。败者钩之，进者强之。量其钩强之长，而制为之兵。楚之兵节，越之兵不节，楚人因此若执，亟败越人。"文中讲道，公输子鲁班给楚国研造了一种在战船上进行水战的兵器，叫做"钩强"。敌船败退时，可用"钩强"钩住敌船，使其不能逃脱;敌船行进时，又可用"钩强"顶住敌方船只，使其不得靠近。牵是拉的意思，钩指钩拒。这一形式用于军队水战的训练中，可以锻炼水军战士作战时钩拉或强拒的能力，故称之为"牵钩"。当时，楚国在训练水军时，是用薄竹片劈成细条做成的"篾缆"代替长钩，将士分成两队，各执篾缆的一端进行对拉，互相角力。

"牵钩"活动缘于楚国水战，后来从军中传至民间，并沿袭久远。据《隋书·地理志下》记载:"又有牵钩之戏，云从讲武所出。楚将伐吴，以为教战，流迁不改，习以相传。钩初发动，皆有鼓节，群噪歌谣，震惊远近。俗云以此厌胜，用致丰穰。其事亦传于他郡。"可见，这种用于军事训练的活动在隋朝已转入民间，我国的拔河方式在古代已基本形成。

到了唐代，拔河活动较多，且进一步规范。《新唐书·兵志》记载:"六军宿卫皆市人，富者贩缯彩，食粱肉，壮者为角抵、拔河、翘木、扛铁之戏。"唐代封演《封氏闻见记》记载:"拔河，古谓之牵钩，襄汉风俗，常以正月望日为之。"说明到了唐代，正式有了拔河之名，而且拔河已经成为广泛流行的风俗活动，民间通常在每年的农历正月十五举行盛大的拔河活动。

又据史记载，唐代的玄宗皇帝不仅经常组织拔河活动，还专门写过一首名为《观拔河俗戏》的诗，诗中写道："壮徒恒鼓勇，拔拒抵长河。欲练英雄志，须明胜负多。"可见帝王对拔河的关注与喜好。

到宋代，拔河活动也偶有记载。宋代诗人梅尧臣的《和江邻几学士画鬼拔河篇》写道："分明八鬼拔河戏，中建二旗观却前。"元代以后，关于拔河的记载很少见到，大概是拔河活动衰落所致。

晚清时期，拔河游戏在民间仍有流行。例如光绪年间，在甘肃的洮州地区，《洮州府志·风俗》记载："每岁正月元旦及岁时各节，皆无异俗。惟正月初五午后，有扯绳之戏。其俗在东西门外河滩。以大麻绳作两股，长数丈。另将小绳均挂大绳之末。分上下二朋，两钩齐挽。少壮威，牵绳首，极力扯之。老弱旁观。鼓噪声可撼岳。以西城门为界，上下齐扯。凡家居上者，上扯；家居下者，则下扯。胜者踊跃欢呼，负者颇为失意。其说，以为扯势之胜负，即以占年丰歉焉。相沿已久，不知自按襄汉拔河之举、上古牵钩之俗？"

至清朝末年，西方的拔河运动传入我国，被列入学校体育课与课外体育活动的内容。此后，我国古代的拔河形式逐渐消失。

新中国建立后，临潭旧城的"万人扯绳"被列为县内群众性体育活动的主要内容，政府每年给予必要的补助。尤其在近年来的元宵节，不分男女长幼，不分民族肤色，视其活动场面、规模及人数来看，更加呈现出亘古未有之盛况。2001年7月该活动已载入世界吉尼斯纪录；2008年，临潭县被国家体育总局、中国拔河协会授予"全国拔河之乡"荣誉称号；2021年临潭"万人扯绳"已成功入选第五批国家级非遗项目名录。

传统的扯绳（拔河）活动，在每年正月十四、十五、十六晚上举行，每晚三局，三晚九局，规模近十万人次。那时扯用的绳，是由各家各户捐来的麻绳，据《洮州厅志》记载："其俗在西门外，以大麻绳挽作二股，长数十丈，另将小绳连挂于大绳之中，分上下两股，两钩齐挽。少壮咸牵绳首，极力扯之，老弱旁观，鼓噪声可撼岳，为上古牵钩之遗俗。"可见当时扯绳场面之壮观。

　　每年正月十四、十五、十六的傍晚，临潭县城主街道大红灯笼挂满街道，路两旁红旗招展，俯瞰夜景灯火辉煌。人们沉浸在浓郁的节日气氛中，人人脸上洋溢着幸福的笑靥，等待着万马奔腾豪气冲天的那一刻的到来。

　　扯绳现场，成群的各族男女老少从四面八方蜂拥而至；打扮得花枝招展婀娜多姿的各族姑娘们，像是花海中的蝴蝶，结伴飞舞，更给节日活动增添了一份烂漫景象。尽管他们服饰有别，语言不一，但他们的心中却燃烧着火一样的热情。

　　比赛即时开始，只见参赛队员迅速分成上下两片，分挽绳的两端，双方连手将刚硬的桦木楔子穿在龙头中央，各就各位聆听开拉的统一号令，只听嘭的一声鸣炮，角逐开始，霎时，爆竹声、哨子声、呐喊声、音乐声、观众的喝彩声浑然一体，这时只觉得山在摇，地在动，河水在咆哮，树木在挥手，临潭人的心在沸腾！

　　此时此刻，只见个个体魄健壮的临潭小伙儿，齐吼舞耍着龙头，起伏翻涌相吻相拥。一锤下去木楔紧扣龙头相连，一根绳，一股劲，一条心，数万个服饰各异精神饱满的参与者，他们目标一致向各自的方向奋力拼搏。今晚他们疯狂了，早已忘记了昔日的辛劳、忧愁与烦恼，此时正展现并怒放着大西北人的粗犷、豪情与执着。那绳宛如大河奔流，那蹿动的扯绳人头似蛟龙出水，忽上忽下，或动或静，相持相争，气势恢宏。于是在青藏高原上，在古老的洮州，在现代的临潭大地上，续演着一幕幕豪气荡漾、激情奋进的时代舞蹈。

一声齐吼，惊天动地，吼出了他们自己的心声，更吼出了临潭各族人们这一方水土的神韵。

在这个节日里，临潭城家家户户都会聚集来自不同民族的亲戚和朋友。这时的临潭城已经不是一般意义上的县城了，她将成为一个团结之城，友爱之城，更是和谐之城。就像临潭流传的一句古话，叫"三石一顶锅"，临潭就是汉、回、藏三个民族共同支撑的团结友爱的"大锅"，这句古话道出了临潭县汉、回、藏特有的民族关系。生活在临潭的人们，就是在"三石一顶锅"的环境中成长的。民族团结和友爱的种子在临潭每个人的心里早已生根发芽，这颗种子必将长成一棵遮风挡雨、无可撼动的参天大树。

元宵节临潭"万人拔河（扯绳）"活动，不仅仅只是一项群众性娱乐活动，它更是"三石一顶锅"在新时代各民族团结与友爱的象征。

作者简介：刘朝杰，河北邢台广宗县人，乡村人才库认证作家。在《博览群书》《鸭绿江》《西部散文选刊》《青年文学家》《百花园》等刊物发表作品。

拔河，书写临潭运动的快乐和精神的篇章

路志宽

　　写下临潭的名字，"全国拔河之乡"，是一枚闪亮的名片，抒情和演绎着一座小城不一样的风采和魅力。

　　当你走进临潭大地，你会发现，临潭是美丽的，这里有以冶海冰图、朵山玉笋、石门金锁等为代表的自然风景。翻阅那些厚重的典籍史料，你会读出临潭的仰韶文化、齐家文化之厚重，大美的临潭，总是以自己的方式，演绎出一座西部小城的与众不同。

　　拔河，是一种为双方各执绳一端进行角力的体育活动，属于中国的传统运动项目，早在春秋战国时期，就有拔河这项活动，不过在那时不叫拔河，而称为"钩强"或"牵钩"。在我国许许多多的地方，拔河运动，绝对算得上是一种最接地气最民间的体育运动方式之一，不管是学生时代的运动会，还是大型的国际赛事上，拔河，都是极其常见的项目。

　　但是，在我国许许多多有着拔河运动的地方，能有着这"全国拔河之乡"称谓，和以一次十五万人的拔河比赛，从而创下世界吉尼斯纪录的地域，则除了临潭之外，就再无其他了，以此，一个名不见经传的小城，一下子就再次闯进了人们的视野，从

此，一座城用拔河运动，为自己带来了无尽的快乐和无数的机遇，翻阅史志典籍，你会发现，在这六百多年的历史长河中，每逢正月十四、十五和十六，临潭县境内境外的各民族群众，不论路途远近，不论男男女女老老少少，都要汇聚于县城拔河或看拔河比赛，于是，此刻的临潭小城，是人山人海，是熙熙攘攘，是热闹非凡，是激情澎湃……

当那嘹亮的哨子声一响，拔河的人，都会瞬间用力，他们一个个在那嗨嗨嗨的叫声和那一声声的"加油"声里，为自己心中的梦想而拼尽全力，是啊，此时此刻，胜败并不重要，运动的快乐，才是最最重要的，健康的体魄，才是最最重要的，铸就的精神篇章，才是最最重要的，不是吗？

在临潭当地，这拔河并不叫拔河，大家更习惯把它称为"扯绳"，就说这扯绳的绳子吧，也在发生着变化，它们由最初的麻绳，变成了后来的钢丝绳，这样的变化，主要是因为麻绳更容易被扯断，而换成了钢丝绳之后，这样的现象是少了不少，但是，在大家的齐心协力之下，即使是那碗口粗的钢丝绳，也有被扯断的时候，由此可见，团结的力量是多么巨大。

在临潭，拔河是一场人民群众喜闻乐见的运动方式，更是一种临潭当地独特的文化想象和精神诗章，是啊，能够将一种体育运动，铸就成一种创世的精神，临潭和临潭拔河，也绝对是为数不多的存在，勤劳智慧朴实的临潭人民，从这拔河运动中萃取出这"一根绳，一条心，一股劲"的拔河精神，仿佛是一种别样的基因一样，镶嵌和镌刻在临潭人民的骨子里，也就是在这种精神的激励下，临潭县的各项事业都取得了辉煌的成就，脱贫攻坚全面小康和乡村振兴，以及实现这临潭的打造"五无甘南"、创建"十有家园"，加快建设青藏高原绿色现代化先行示范区目标，实施临潭县委"1335"发展战略，伟大的拔河精神，都是一种强劲的动力和巨大的思想引擎，为这新时代临潭的蝶变与崛起，而恢宏助力。

　　拔河，写下来是一种寻常的体育运动，而在临潭，却有着如此的演绎与抒情，绳子可以被扯断，但是拔河运动的传承，却不会断，那拧成一股绳、上下一条心、劲往一处使的精神不会断，就这样地拔吧，在这临潭的人世间，拔除穷根，拔除痼疾，拔出富美，拔出未来，拔出这临潭人民的精气神……

　　能将这普普通通的拔河运动，演绎成临潭人民快乐和健康的运动或生活方式，同时，在传承创新和发扬中，又萃取出这经典传世的"一根绳，一条心，一股劲"的拔河精神，临潭将拔河之美之魅，给诠释与演绎得淋漓尽致了，在那嗨嗨嗨的喊声里，在那一浪高过一浪的加油声里，在这伟大的拔河精神的激励下，一个为梦想前行为未来奋斗的临潭，正以自己那踔厉奋发勇毅前行的姿态，飞驰在追梦的新征程之上……

　　就是喜欢与痴迷如此临潭的样子，你看追逐梦想的它啊，多像是一只展翅的大鹏，或者一只翱翔的雄鹰……

　　作者简介：路志宽，在《诗刊》《作品》《上海文学》《星星诗刊》《扬子江》《散文诗》《橄榄绿》《读者》《散文》《野草》《星火》《奔流》《骏马》《美文》《火花》《阳光》《小说月刊》《人民日报》等发表作品四千余篇，入选一百五十余种年度选本。

走进拔河之乡

刘志宏

1

稳稳地拉，稳稳地拔，一步步拉，一步步挪……

力拔山的引擎沿着洮水流珠的意境把夕阳染红，气盖世的呐喊让迭山横雪的黎明磨砺信念的筋骨。

脚跟扎进泥土，重心向后倾斜的美，让万众一心的合力，燃爆每个人的宇宙；聚起洪荒之力的肌肉群，沿着那条绷直的千斤巨擘，将长江、黄河拉直。

文化积淀厚了，冶海也就有了深度。

历史意境阔了，临潭也就有了高度。

谁在此横刀立马？谁在此指点江山？一根绳，一条心，一股劲，全国拔河之乡的风采已把世界灌醉。

2

巨龙流动，鼓声撼岳。涌过临潭坚毅的海拔，一把锋利的战刀闪着寒光，让戍边将士凝成的合力，将忠诚的日子点拨得五彩缤纷。

头连、二连、三连、连尾……一重一重的波浪，冲出栅栏的力度负载着胜利与希望，怒吼的涛声张扬着势如破竹的势能，点燃成千上万人的眼眸。

爆竹声、哨子声、呐喊声、喝彩声……一根绳子系着梦想，一条红丝带点燃希望，聚集在一条流向天空的河流，书写一场酣畅淋漓的大爱。

天空在摇晃，大地在摇晃。民俗的魅力独自拥抱临潭的马达，掏出大把的芳香，淬炼成陇原深情的眼睛。

人声鼎沸，号子嘹亮。历史遗留的那根绳索，肌肤嶙峋，骨骼铮铮。历经千折百回的血脉，已嵌入了祖国深深的心房。

3

是雷霆的力量，是子弹的坚强，似雄鹰在飞翔，似骏马在奔驰……

力的方向，让抓牢绳索的双手卷土重来。刹那间，大地倾斜，时光爆裂，一场万人互动连接起无数的希望，胜利的大悲大喜贴着肋骨亲吻热爱了一生的乡情。

万人争胜的拔河场上，那根紧紧绷直的信念在生命的高处不断震响。飞翔的电光一旦出鞘，就用最小的拥抱，握住最辽阔的厚重，打造全国拔河之乡的壮美。

美丽的临潭，绝处逢生的勇气里，注定那片大格局是一种集体智慧的选择。

中国拔河运动，闪射着一种坚不可摧的力量，让翅膀与火焰缓缓地从赞美中流出……

作者简介：刘志宏，中国国土资源作家协会会员，甘肃省
　　　　　作协会员。1985年始发作品，作品散见于
　　　　　《甘肃日报》《中国国土资源报》《散文诗》《青
　　　　　海湖》等全国数十家报纸杂志上。

临潭拔河乾坤大

张君燕

我一度以为拔河是我的家乡特有的一项运动。从小学到大学，每次学校举办运动会，拔河比赛都必不可少，而且是压轴项目。不仅参与人数多，观赏性也很强——拔河比赛现场，气氛往往最为热烈，号子喊得最响，观看比赛的人比参赛者还要多。比赛到胶着阶段，观赛者不由自主地咬紧牙关，跟着使劲儿，恨不得冲过去加把力，好让自己支持的那一方尽快获胜。

读书期间，我没有缺席过任何一场拔河比赛。与同龄人相比，我发育较晚，身高属于中下游，但因为饭量大，体重却属于中上游。这种矮胖型身材可能不太美观，但对于拔河比赛来说，却算是"天选之子"。所以每次拔河比赛前，体育老师挑选参赛选手，一看到我，就会两眼放光。把我放在队尾，基本确保了队伍坚如磐石的重心。

参加工作后，单位组织职工运动会，我当仁不让地报名参加了拔河比赛。当然，此时的我已经长开，不再是矮胖型身材，但基于多年的拔河经验以及对拔河运动的热爱，自然不能错过这个机会。我发现很多事情都是这样，刚开始的时候可能并不是因为喜欢，但慢慢接触多了，会对其产生感情，在这个过程中产生的喜怒哀乐，会将彼此紧紧联系在一起。拔河运动对我来说就是这样，与它长期相伴的过程中，我发现我已经爱上了这项运动。

为了让大家真正地体会到拔河的乐趣，真正地享受这项运动，单位请来了一位老同志给我们作指导。老同志告诉我们，在我国，拔河是一项古老的游戏和运动，起源于春秋时期的楚国，后来流传至民间，迅速成为广大人民群众喜闻乐见的体育项目。

"原来拔河不只是我们豫西北人民的专属啊。"我说道。老同志笑起来："当然不是。拔河这项古老的运动可以说是印在中国人的血脉里了。我年轻的时候去过很多地方，无论在哪里，无论是学生还是成人，但凡有运动会，就少不了拔河项目。"

那天下午，老同志给我们传授了许多拔河技巧，别看我参加过那么多次拔河比赛，但还真没有学过如此系统的知识。老同志教了我们拔河的一些基本动作，包括握绳方法、身体姿势、站位等，还有双手如何使力，双脚怎样站稳等。老同志特别强调："拔河运动重力道，也重技巧，关键是队员之间要善于沟通协调，互相配合，才能赢得胜利。"

见我们听得认真，老同志讲得越发有劲儿："我曾经有幸在拔河之乡观摩过万人拔河比赛。"要不是老同志讲，我们都不知道看似普通的拔河背后竟有如此厚重的历史和文化。位于甘南藏族自治州的临潭古城，拥有六百年的拔河史。2008年，临潭凭借悠久的拔河传统、灿烂的拔河文化、丰富的拔河内涵和广泛的大众参与度，被国家体育总局、中国拔河协会评为首个"全国拔河之乡"。

"那是2001年，我去那边出差，听说有万人扯绳活动后，特意多留了几天。那场面特别壮观，一千多米的绳子，有碗口粗、几千公斤重，要不是人多，怕是都拉不起来。"老同志连说带比画，虽然过去多年，仍激动不已。万人扯绳原本是一项民俗活动，在赛前要进行祭祀，把绳头、楔子、槤头等扯绳用具拉到城隍庙大殿举行焚香、给绳头挂红等仪式，然后做赛前准备工作，把扯绳用具拉到县城西门主街道沿街摆开，最后才是正式的比赛，一连三天，每天三局，共九局以决胜负。赢了比赛的一方欢呼雀跃，失败的一方也是欢声笑语。结果并不重要，重要的是过程本身。

我们当然没能亲临现场，但在老同志的描述中，我们似乎看到了壮观恢宏的场景。看吧，不管是汉族、回族还是藏族，大家都抓起同一根绳子；不管是男子、女子、老人还是孩子，只要愿意，尽可以参与其中，感受激情澎湃、热血沸腾的瞬间。怕自己力量不够的，可以站在一旁围观，替参赛者加油呐喊。观众的欢呼声越高，参赛者的精神越足，一个个铆足了劲儿，用力往后拉。"一、二，一、二……"的号子声如山呼海啸一般，带给人无尽的力量和勇气。

一个十来岁的孩子，长得健康壮实，黝黑的脸蛋因为用力而变得通红，他扎稳脚跟，奋力往后仰着身子，小小的身体里仿佛爆发出了巨大的能量；一位年轻的妈妈也站在拔河的队伍里，额头已经冒出细密的汗珠，旁边一个刚会走的孩子，跳着小脚为妈妈拍手；头上戴着白帽子的大爷已经连续参加了很多次比赛，虽然年纪大了，但力气一点都没有减弱；两边的队伍里，更多的是一些正值壮年的人们，大家心系一条绳，劲儿往一处使，各有各的样貌，各有各的姿态，但都呈现出了同样一种美，那是力量之美、运动之美、团结之美、凝聚之美、和谐之美，撼天动地，震人心魄。

那次单位运动会之后，我对拔河这项运动有了全新的认识，也有了更深的理解和体会，并对"全国拔河之乡"临潭产生了深深的向往。如今，临潭的万人扯绳项目已经成为当地的一张文化名片，并被列入省级非物质文化遗产代表性名录项目。如果有机会，我想亲自到临潭一趟，一睹万人扯绳的盛况，感受独特的民俗文化，欣赏甘南绝美的风光，品尝风味独特的美食，体验民族一家亲的团结和友爱。

临潭拔河，让人叹为观止；临潭拔河，令人魂牵梦绕；临潭拔河，大有乾坤！

作者简介：张君燕，河南省作家协会会员，《读者》《意林》等杂志签约作家。在《人民日报》《光明日报》《新民晚报》《读者》《演讲与口才》等报刊发表文章数百万字。多篇文章入选各类丛书以及中小学语文阅读理解试卷中。已出版《人生没有白费的努力》《浪是海的花，心是灵的魂》《当世界还小的时候》等多部作品。

拔河之乡的美丽密码

郝成林

临潭印象：人间秘境

几年前，因工作原因，我在临潭度过了很长的一段时间。

临潭是一个美丽的宜居小城，也是一座红豆般的相思之城。

在我印象里，临潭小城身上有太多的美丽标签和文化符号，这座充满历史想象的小城文化底蕴深厚，境内遗址众多。从仰韶文化时期就有先民在此繁衍生息。磨沟遗址、牛头城、洮州卫城、万人拔河、新城苏维埃旧址、龙神赛会、洮州花儿等文化资源丰富多彩，绘就了一幅各民族和睦团结、繁荣发展的文化家园画卷。那份精致与品位，那份安逸与随意，那份从容与豁达，无不由里到外散发出来独特的气质。

临潭古称洮州，地处祖国大西北甘肃南部黄土高原和青藏高原交会处，是一个汉、回、藏、蒙等多民族聚居的县。数千年的历史进程中，小城既经历了烽火迭起、兵戎相见、建置多变的纷繁岁月，又创造了民族融合、商贾云集、商贸繁荣、茶马互市的独特历史，更创造了先进的农耕文化、特色地域文化和独特的民俗文化，保留了绝版的江淮遗风和淳朴的民俗风情。

碾着耀眼的积雪，沿着唐蕃古道，我慕名走进这个古称洮州的地方，去体验历史烽烟的悲壮，目睹江淮后裔女人的风韵，倾听江淮吴语的韵味，遐思秦淮歌声的清悠，真可谓处处有风情，时时给人惊喜。

其中，我最难忘的还是临潭的"万人拔河"。

拔河文化的印签

"一根绳，一条心，一股劲"。

记得是在2001年，我有幸亲身参与了闻名遐迩的临潭拔河活动。

临潭"万人拔河"也叫扯绳，从明初延续至今，已有六百多年的历史。传统的扯绳活动在每年正月十四、十五、十六晚上举行，来自周边地区的各族群众，身着艳丽的民族服饰，从四面八方拥向临潭县城参与扯绳，不分男女老少，不分民族。

傍晚时分，县城主街道张灯结彩，灯火辉煌。一排排的大红灯笼挂满了街道两旁，灯柱上悬挂着一面面猎猎的红旗，整个县城洋溢着浓郁的节日气氛。华灯初上，南北走向的主街道万人空巷，人如海，声如潮，花灯耀人。两条早已准备好的绳横铺在街心，绳头犹如游龙似的头碰头静卧十字街中央，正在等待那千钧一发的时刻。

比赛开始了，以县城西门为界，分为上、下两半城，每晚三局，三天共战九局，一决高下。此时，炮声一响，号子声、呐喊声震天动地，只见来自甘南、临夏、定西等地的参赛者一拥而上，分挽绳的两端，双方"连手"将木楔子穿在"龙头"中间，以鸣炮为号，开始角逐。此时，皓月当空，爆竹声、哨子声、呐喊声、音乐声、观众的喝彩声连成一片，山为之震动，河为之沸腾。参赛的各族群众都沉浸在狂欢的氛围中，一根绳，一条心，向各自的方向奋力拼搏。

天上明月高悬，地上人声鼎沸。此时，人们早忘记了往日的劳苦、疲惫、烦恼，大家使出大西北人特有的粗犷、豪放与执着的力气，将那绳扯得如巨龙滚动、蛟龙出水、忽上忽下、或动或静，其相争相持的场面，真是世间少有的壮观与宏大！

记忆中，那是一场壮阔、豪放、火烈、激荡，令世人震颤和永存记忆的巨型舞蹈。每一个参与者都扯得汗流浃背，浑身冒着热气，如进了蒸锅似的，那真叫一个畅快淋漓。

事实上，临潭是一座因屯兵而有的城，屯兵文化作为一种独特的文化样式流传至今，深深影响着当地老百姓的生活。屯兵对临潭最大的影响，就是临潭人所说的"扯绳"。原来，扯绳是从古代沿袭下来的一种军中"教战"游戏。当年，沐英在旧城驻扎期间，以"牵钩"为军中游戏，用以增强将士体力。后来，屯田戍边后，这种军中游戏就传到了民间。清光绪三十三年所修的《洮州厅志》中记载："其俗在西门外，以大麻绳挽作两股，长数百十丈，另将小绳连挂于大绳之中，分上下两股，两钩齐挽。少壮咸牵绳首，极力扯之，老弱旁观，鼓噪声可撼岳，为上古牵钩之遗俗。"那时扯的绳，是各户捐来的麻绳，尚可"鼓噪声可撼岳"，足见当时扯绳场面之壮观。如今的扯绳更是令人震撼。绳捆扎成头连、二连、三连、连尾（俗称"双飞燕"），扯绳总长一千八百零八米，重约八吨。2007年的扯绳参与人数达十五万，是"扯绳"史上绳子最重、直径最大、长度最长、人数最多的一次比赛，堪称世界之最。

2001年7月，"万人扯绳"被载入吉尼斯世界纪录，2007年，"万人扯绳"被列为甘肃省非物质文化遗产名录，2021年被列为国家级非物质文化遗产名录。

如今的临潭，拔河文化品牌越擦越亮。勤劳智慧的临潭人正在用古老的体育活动诉说着一个历史变迁的哲理，正在用自己勤劳的双手书写着这历史名城的崛起和壮大，深厚和典雅！

是的，千年风雨，文脉不绝，拔河文化早已鸢飞鱼跃，融入临潭人的生活中，成为临潭人的性格力量和文化精神，反映了各族群众渴望丰衣足食、国泰民安、民族团结、安居乐业的美好愿望。这让我分明读懂一种来自血脉深处的守望……

乡愁的另一种诗意表达

万人拔河是临潭人对乡愁最生动的诠释。

临潭人聚在一起，只要谁起个扯绳的头儿，这话题就会一直持续下去。

是的，扯绳可谓是临潭人的集体记忆。一群江淮的子民拖着一条粗犷的绳索，走过了六百多年的光阴，让存活六百多年的江南记忆去弥散浓郁的乡愁，复活江淮的记忆。

临潭万人扯绳是一种疯狂的舞蹈，梦幻的激烈释放；是一种生命力的存在、活跃和奔腾；是一种奇伟磅礴、撼天动地的能量。汗水洗却了古洮州人遥远的苦恋，把对江淮故地的乡愁化成了一种团结的力量。由此，在他们沸腾的血液里多了一丝青藏高原的粗犷和豪放，在他们淡定的心气里多了一点江淮温润的人生感悟和思恋。

六百多年前，江南人背井离乡来到这里，他们有过失落，有过彷徨，但他们在这里重燃生命之火，努力生活。如今，一辈辈流传下来的不光是有关江南的记忆，还有对于生命的敬畏，对于故土的眷恋。

或许，正是如此，才造就了临潭人不同寻常的血脉。有人曾生动地说，古洮州人是荒野地里的野燕麦，只要给予土壤和空气，就能生根、发芽和生长。确实如此，在生存环境十分恶劣的青藏高原的广袤大地上，古洮州人像野燕麦一样到处生根发芽，也像青松一样到处开拓扎根。这个小城先后被国家体育总局授予"全国拔河之乡""全国青少年拔河基地""全国体育工作先进单位"等荣誉称号。

是的，"万人扯绳"活动已深深地根植于临潭这块广袤的热土，年年岁岁，世世代代，源远流长，体现了临潭各民族团结奋斗、顽强拼搏的精神风貌，也充分展现了临潭开放、民主、文明、和谐、进步的形象。

于是，我禁不住就想起了别具风格、独树一帜的花儿。

每年农历六月初一到初六，临潭就变成了歌的世界，尽显山美、水美、人更美的古洮州风情。其间，来自甘南、临夏、定西、兰州等地的数万游客到此游山赏景，真是歌手云集，歌声如潮，花儿此起彼伏，昼夜不休。歌声、掌声、笑声、喝彩声，让这片秀丽的土地变成了欢乐的海洋，也珍藏了古洮州的故土记忆。

临潭，就这样用一根绳子，解开尘封百年的乡愁密码。这根绳子，连通了千古和未来，也连通了烟雨江南和洮州大地。

"此心安处是吾乡，我心归处是临潭。"

江南是故土，临潭亦是家乡，在这草原深处，拔河的故事仍在续写……

作者简介：郝成林，大学本科学历，中学语文教师，河南
　　　　　省作协会员。

大美拔河我的爱

李良旭

　　一天，一个名叫"格桑花"的微信号要加我为好友。格桑花，我脑海里顿时浮现出这样一幕情景：格桑花又被人们叫做"五色花"，是甘肃一种特有的花，它细长的茎举起五彩缤纷的花蕊，晶莹剔透，空气中浮动着格桑花的清香，随着四季的变化，格桑花会变换着自己美丽的容颜，令人不禁心生愉悦之感。有一首歌曲叫《格桑花》，唱出了最动人的旋律，歌中唱道：格桑花儿开，浪漫染云彩。花蕾捧着心，花瓣牵着爱。雪域高原一幅五彩的画哟，寻芳的使者情窦开……

　　生活中，一直对格桑花情有独钟，甚是喜欢。这人起了一个格桑花的网名，我感到很有趣。

　　加为好友后，我才对这个名叫格桑花的网友有了进一步的了解。"格桑花"是甘肃临潭县的一名小学老师，同时，她也是一名文学爱好者。她看了我发表在报刊上的一些文章后，感到彼此的文字比较相近，并对她产生一定的影响和启发，于是就找到我的微信，加我为微信好友。

　　"格桑花"常常将她写的文章发给我看。我看到，她有许多文章描写的是一些教育故事。那些教育故事情真意切，演绎出一个个孩子的成长经历，令人回味无穷……

"格桑花"说，作为一名老师，孩子给她提供了源源不断的创作素材和灵感。这真是一个热爱教育的姑娘，让人充满了感慨，心情久久不能平静……

"格桑花"告诉我，生活中，她除了做好本职工作，热爱教育，还有另外一个爱好，就是拔河。

我感到很有趣，把拔河当作一个爱好挺别致的。我也参加过拔河比赛，从小学、中学、大学，一直到工作，参加过无数次拔河比赛，可就是没有把拔河当做一项爱好。这样想来，感觉挺遗憾的。

"格桑花"说，他们临潭县被誉为"拔河之乡"，拔河这项运动，在临潭县家喻户晓，人人参与，成为一道独特的风景线。大人小孩都爱这项运动，就连新人结婚大喜的日子，双方亲家也来一场拔河比赛，趣味盎然。耳濡目染下，她也深深地爱上了这项运动，每当有拔河比赛，她总是毛遂自荐，摩拳擦掌，跃跃欲试。有时还为双方出谋划策，谈技巧谈战术，俨然是个拔河教练。闺蜜们称她为"拔河专家"。我听了，不禁莞尔。其实我倒挺喜欢这个绰号的，能当个"拔河专家"也是一种快乐和幸福。

"格桑花"说，临潭县人人热爱拔河是她们那里的一大特色。动辄就来个拔河比赛，小到家庭，大到邻里、亲戚，如果分不出高低，双方就要来一场拔河比赛。拔河比赛的器械——一根又长又粗的绳子，几乎家家都有。临潭县古称洮州，该活动来源于明代军中强体游戏"牵钩"，后来渐渐地在民间传播开来，经过几百年光阴的洗礼，这项运动已融入了临潭人的筋骨和血肉，一代又一代人传承下来。嘶哑的嗓音，激情的呐喊，精锐的哨声，如湍急的洮河永不停息……

"格桑花"说，临潭人粗犷豪放、热情开朗的性格，与热爱拔河运动分不开。冬天，白雪皑皑，人们在雪地里开展拔河比赛，嘶哑的呐喊声此起彼伏，一团团火热的呼吸在空气中弥散开来，人们穿着单薄的衣裳，满面红光，酣畅淋漓，显得格外精神，就像冬天里的一把火在临潭的上空传播开来；夏天，烈日当空，人们在赤日炎炎的空地上，开启了拔河比赛，把炎热的夏天渲染得格外清澈明亮……

说起临潭的拔河，"格桑花"滔滔不绝，一一道来，听了她的讲述，我仿佛也走进了临潭，撸起了袖子，摩拳擦掌，与临潭人比起了拔河。在呐喊声中，忘记了忧愁、忘记了烦恼，脸上流淌着抑制不住的幸福和快乐……

"格桑花"告诉我，因为喜欢拔河，她结交了许多和她一样的拔河爱好者，因为有了同样的喜好，他们有了共同的语言。"格桑花"还向我透露了一个秘密，因为喜欢拔河，在一次拔河比赛中，她认识了一个男孩子，这个男孩子和她一样喜欢拔河运动，就这样，两人不知不觉"拔"到了一起，现在他们就要踏入婚姻殿堂了，双方约定，双方亲家就在一场拔河比赛中拉开婚礼的序幕……

那一刻，我心里一片暖阳。临潭的拔河运动在这里升华出无比深刻的内涵和韵味。拔河在歌唱、拔河在荡漾、拔河在绽放、拔河在这里得到了升华、得到了图腾化、得到了永恒。于是，拔河有了生命、有了笑容、有了血脉，"拔河之乡"因为有了拔河，形成了独特的历史沉淀和文化传承。

"格桑花"还与我约定，她说，大美拔河我的爱。当格桑花开了，她邀请我到临潭去旅游，她给我当向导，她要带我走遍临潭的山山水水、大街小巷，融入一项又一项别具特色的拔河比赛中，体验那一个个拔河带来的幸福和快乐……她还要带我品尝临潭的美食：临潭凉粉、临潭羊肉筷子、临潭杂碎汤、烫面油香……她要将临潭的各种美食，变成我这个远道而来客人舌尖上的千滋百味……

我已迫不及待了！当格桑花开了，我一定会踏上美丽的临潭，体验拔河比赛的幸福和快乐，品尝那清香扑鼻的各种临潭美食……

临潭，我来了！"格桑花"，我来了！

作者简介：李良旭，现居安徽省马鞍山市，系《读者》《青年文摘》《意林》《格言》《微型小说选刊》等三十多家媒体签约作家。出版《培养孩子勤奋坚强的励志故事》《带着智慧远行》《穿越时光的思念》等三十多部作品集。

冶力关印象

王锦夫

因与拔河结缘，我有幸去了冶力关两次。

第一次是2009年，冶力关举行首届中国拔河公开赛，我作为广东中山永宁拔河队的队员前往。那一次给我的印象特别深刻，我们从广东坐飞机到兰州中川机场，赛事组委会的工作人员在机场接待我们。印象中兰州到冶力关，也不过二百多公里的路程，记得那一次整整走了将近五个小时，为确保安全，一路上还有警车为我们开道，大概凌晨1点到了冶力关，特别令人感动的是临潭县政府的领导一直在那里等候，迎接我们的到来，并为我们献上洁白的哈达，那时那刻，我深切地感受到冶力关人民的热情和赤诚。

翌日清晨，兴奋的我们早早起床，漫步街头，一股新鲜的空气扑面而来，凉爽、清新、舒朗，真叫一个心旷神怡。时值8月酷暑，来时的广东燥热难耐，而此时的冶力关却凉风习习，似有春风拂面之感。冶木河两侧的街道整洁而干净，河水潺潺穿城而下，放眼望去，青山环绕，十里卧佛神态安详，在晨曦霞光的映衬下，更加肃穆庄严。接下来为期两天的活动，热闹非凡：洮州拔河节、西北花儿大奖赛、洮州民族服饰展、洮州风情旅游推介会、精彩的文艺演出等各种活动应接不暇。精彩丰富的活动让我都忘了自己是来参加比赛的，具体取得什么成绩已不记得，但首次冶力关之行让人心潮澎湃，至今记忆犹新。

第二次是2011年，我受中国拔河协会委派，以裁判的身份又一次来到冶力关。因两年前来过，这次倍感亲切，一路上不断地向同行的裁判朋友们介绍冶力关的历史文化、风土人情、山川河流，宛如东道主，特别是来自国际拔联的丹尼尔等几位国际友人，早已对冶力关的美食美景垂涎三尺。

7月的冶力关，山清水秀，风景如画，雨后的冶力关景区广场，人如潮涌，万人携手。2011"冶力关杯"中国拔河公开赛暨第三届甘肃·临潭·洮洲拔河节隆重开幕，来自荷兰、爱尔兰、尼日利亚、塞拉利昂、蒙古、中华台北等多支国际、国内拔河强队同场竞技。"加油！加油！"观众席上，热情似火的临潭人民齐声为来自世界各地的大力士们加油呐喊。比赛场上，队员们时而进攻、时而防守，在教练的指挥下步伐整齐，目光坚定。攻守之间队员们用坚韧不拔、永不放弃的精神向世人展示了竞技拔河运动的力量之美。此时此刻，我眼前仿佛浮现临潭传统习俗"万人拔河"活动的盛大场面，竞技拔河和民俗拔河在这里碰撞、交融，毫无违和感，传递出的是中华民族一脉相承的文化根基。

赛场上是对手，队员们秉承"更高、更快、更强"的奥运精神，奋勇拼搏；赛场下是朋友，活动承办方利用赛后闲余时间，组织全体嘉宾、教练、队员到冶力关名胜冶海湖和冶木峡景区游玩，上山路上，壁立千仞、奇峰林立、古树盘岩、虬枝倒挂，全体队员置身其中，谈笑风生，宛如一家人。

第二次冶力关之行，没有第一次那种激动人心，但因为是做裁判，我有更多的自由去领略冶力关的美景，去品尝甘南的美食，去感受藏族人民的淳朴、热情……

寻梦香巴拉，魅力冶力关。千年临潭，"万人扯绳"让人惊叹；大美洮州，"藏地秘境"令人神往。冶力关，我虽有两次之行，但仍觉是管中窥豹，意犹未尽。九色甘南的大野之境，就像一个充满惊喜的百宝箱，无穷无尽的珍宝藏匿其中，需要一去再去，充分感受，才能体会她的魅力。

下次，我们一起约定。

作者简介：王锦夫，国家级拔河裁判、国家级拔河教练，
广东省中山市小榄镇永宁中心小学体育教师，
广东中山永宁拔河队队员、教练。

角　力

刘　泷

　　那天闲来无事，我在楼上俯瞰。一群孩子在小区外的河边草坪嬉戏。他们先玩丢手绢的游戏，后来，老师挥舞着一面红艳小旗，划分楚河汉界，分出甲乙两组，玩起了拔河比赛的游戏。一边二十人，拥扯着一根绳子。绳子两端，孩子们或俯身或仰头，一味抖擞精神耍着蛮力。这是力量的角逐，不是争勇斗狠。一旁，有人呼喊助威。近百人的场面生龙活虎，喊声震天，甚是壮观。

　　我虽年逾花甲，也不禁手痒心痒，"老夫聊发少年狂"，欲往河边一显身手。

　　然而，待我穿过楼区，走出小区，翻过广场，越过花木扶疏的绿地，来至河边，那些孩子早已风流云散，跟着老师去爬山了。

　　望着山坡上那些远去的背影，我怏怏然。

　　上小学时，每当学校有拔河活动，都没我的份儿。

　　原因很简单，我自小营养不良，瘦小、孱弱，还是难堪的鸡胸。所谓鸡胸，就是胸腔高耸，将支棱八叉的骨头暴露无遗。如今非洲有些食不果腹的孩子也不过于此。

　　我们那个年代，农村孩子读一年级之前，要去学前班性质的"耕读小学"过渡。其实，那时五六岁，懵懂无知，别说"耕"

180

了，除却ɑ、o、e几个拼音字母，1、2、3几个阿拉伯数字，"读"也读不好，仅是玩而已。跳绳、丢手绢、藏猫猫、撞拐、推铁环、跳格儿、扇片子，统统操练过，而且N遍。于是，这些童年熟稔的游戏，沉淀为梦过多少回的记忆。可我也有难过、气馁的时候：偶尔，那位胖胖的女老师要从退伍回乡的丈夫那里拿来一条扁长的草绿色军用背包带，把那些又高又壮的男孩女孩挑选出来，兵分两路，一面十人，老师站在中间，口吹哨子，指挥双方拔河比赛。比赛每一局过后要交换场地，且多是三局两胜，以示公允。这种活动，凝聚力强，影响大，孩子、家长、社会人员，都聚拢来。一时，万人空巷，人声鼎沸。尤其下场参赛者，摩拳擦掌，欢呼雀跃，赳赳如斗架雄鸡，昂昂似千里之驹，且要兴奋好多天。此刻，我却像丑小鸭，躲在一个角落不能上场，黯然神伤。

就因为个子矮，力气小，直到五年级毕业，每当拔河，我都不能参赛。我颇想不通，有时，在篮球场，需要替补队员了，可以叫我上场，一番驰骋、拼杀，但一旦拔河，我就成了看客。

因为跳级，高中毕业的时候，我十六岁。然而，依然没有拔河的体验。

这让我惭愧，很没面子。

回村了，当农民了，胼手胝足了，和泥土、稼穑打交道了！我不禁悲哀，喟叹：这下，彻底与拔河的赛事绝缘啦！

岂料，我并不是一个合格的农夫。在阡陌、垄亩、场院，论耪地、挑粪、扛麻袋，我不是男劳力的对手，甘拜下风；而论薅草、刈麦、掰玉米，我连个女劳力都不如，是那个总被怜悯、援助的人！

生产队长呵斥我，你呀，属狗肉的，上不了席面！

其实，那老汉是菩萨心肠，他让我去放羊，且是三只羊。至于工分，和男劳力一样。

有人羡慕，说我幸运，遇到了好人。我悲愤，说好什么呀，不就是个羊倌吗？

那人说，活计百行，不如放羊，冬天找阳坡，夏天找阴凉，羊儿吃草去，自己闲得慌！

我却一门心思想要早日"跳农门"，走出山外。

我当羊倌那年，是1977年，高考恢复。可我们那茬学生，高中期间赶上学"朝农""开门办学"，荒废了学业，加之我跳级后理科是短板，虽然下场应试了，注定的名落孙山竟将想入非非的梦幻砸为了齑粉；这年底，乡武装部长老常来村征兵。他的到来，无疑给我们这些小青年带来了希望。老常瓷实、矮胖，是个野路子。面对无数青年渴望参军的眼神，他挥舞着树桩般粗硕的胳膊说，谁也甭说情，谁也甭扒门子，我的标准简单，那就是一对一拔河，取前六名。政审合格，再去公社、县里体检！他随手掏出一条背包带，扔过来。好家伙，小青年都瞪着牛眼，使出吃奶的力气，一决雌雄。无疑，我名落孙山。

我牵着三只羊上山，失魂落魄。

此羊非同寻常，是新疆细毛羊，用来改良土羊的。它们威武、壮硕，尤其那只公羊，顶着一双盘曲的大犄角，像戴着王冠，趄趄四顾，风光无限。毕竟领导它们三个多月了，我已经和它们熟络了。它们从美丽、辽阔的新疆，来到这穷乡僻壤，真是委屈了。我同情它们，叫公羊"马鹿"，早晚给它们喂草、喂料，还要每天分别打碎一个鸡蛋拌在草料里盯着它们吃下去。以往，它们对我亲昵，敞开圈门，会主动走过来，围拢我。我一抖手中的绳子，它们也会安详地跟随着，去山坡吃青草，吃苜蓿、沙打旺。但这次我沮丧地牵它们上山，"马鹿"却和我杠上了。走过河套，一上山坡它就不走了：梗着头，四蹄钉在地面，和我对峙。是队长那老汉撅了一枝柔韧的柳条帮我把它们赶去草地的。行前，他说，牲畜也是有灵性的，你要学会驾驭它。不然，它就要起义。

队长离去，岑寂的山梁就我和三只羊。我窝火，决心教训"马鹿"。但我不想粗暴地揍它。索性，我和它拔河，看到底谁能拉动谁！你不是四蹄如钉用力后扯吗？我偏偏拉着你向前。牛那么牛，不也是一牵就走吗？不然，"牵牛"作何解呢？我就不信了，你个羊能拽过我?!

一根半指粗的牛皮绳拴在羊犄角上，两米多长，很结实。我向前拉着它，它屁股后坐，拧着我，较劲。老话云，贪如狼，狠如羊。果然，它一度占了上风，扯倒了我。但我宁可让它拖着走，决不松手。它呼呼喘息，竟转头用犄角顶我。我愠怒，遂眉头一皱，计上心来：挥动柳条抽打它，将其牵至陡坡上。我在下面拽，这下，"马鹿"被我扯下来，丢盔卸甲。

连续三天，它皆败北。

羊不再傲慢，我有了信心。之后，"马鹿"驯顺，依旧对我亲昵，不时嗅我的手，配合我。每天，我偷偷在"马鹿"的草料里多加一个鸡蛋，待羊们吃饱，或坐或卧反刍之时，我便在山坡找块平坦地界儿，引导"马鹿"与我拔河、角力。它躬身，昂头，奋力向后抻着拴住两角的牛绳；我向后扯绳，不遗余力绷着，总是累得一身臭汗。开始，我不敌，被它拽着走，一路踉跄；一个月后，我们可以扯平，势均力敌；渐渐地，三个月后，我能抻着它跑了。它奔跑起来，意气风发，像匹骏马。

我赢了！

从此，我胖了，晒黑了，有力量了，也自信了。

再和羊角力，我很洒脱，有了顺手牵羊的感动。于是，我主动出击，和犟驴角力，和桀骜不驯的牛马牵扯，直至使之臣服。我不敢掉以轻心，仍旧再接再厉，在夜幕下、月光下，去生产队旷大的场院里，两只手捯换着用绳子拉动千余斤的碌碡，一路飞奔，大汗淋漓。

我不动声色，要胜过村里所有的青年。

是的，成功永远留给有准备的人。翌年底，当那位壮实如牛的常部长再次来我们铜台沟村遴选参军对象，我过五关斩六将，水到渠成拔得头筹，惊呆了所有人。

1978年3月，我如愿参军，成为辽宁海城北大营的一名战士。在部队，每逢八一、国庆等节日，一旦有拔河比赛，我们指挥班虽然多是文职人员，但总能名列前茅。战友们激励我，说你个矮胖子，功不可没！1979年，我们战备值班进行夜训。因海滩风大，飞沙走石，汽车油管被石头砸破而无法发动。危急时刻，为在规定时间将坡下指挥车拉进全班挥汗如雨挖好的掩体内掩藏，我们在牵引钩和车前杠拴好钢丝绳，勠力同心拉车，完成了预定任务。那次，我获得嘉奖。

三年后，我复员回村。那是改革开放初期，新疆羊被上面拉走了，生产队解体了，村民分田到户搞单干了。我种了四年农田，因家中没有牲畜，无论是耕种还是收获，都是我一个人拉犁，一个人拉车。然而，我不甘人后，奋力躬耕，田里的庄稼总是欣欣向荣。有一年，我家一块地居然收获十七麻袋谷子，我被村民誉为种粮能手。后来，我去乡政府当干部，去宣传部和报社当记者，一旦有文体活动，我都是骨干，尤其拔河，更是一马当先。记得我在市里上班，一年国庆节，市直组织三十三个科局进行拔河比赛，我们单位选派了一支十人的队伍，一举夺得集体第三。而我自己，则闯关夺隘，斩将擎旗，勇夺单位个人赛第一。

和同事谈起拔河，我津津乐道。说拔河在中国有悠久的历史。早在春秋战国时期，就有拔河这项活动。唐代，唐玄宗不仅经常组织拔河活动，甚至还专门写过一首名为《观拔河俗戏》的诗，诗中写道："壮徒恒贾勇，拔拒抵长河。欲练英雄志，须明胜负多……"

花开花谢，潮起潮落，不经意间，退休多年的我已走向人生的暮年。从呱呱坠地到两鬓染霜，岁月的行囊里装满了酸甜苦辣。当然，有些譬如拔河的经历，则是我在夕阳的路上坚定走下去的动力。

如今，蓦然回首，在曾经的岁月里，自己曾有过光环，但这光环已是"过去式"。当光环退去，谁都是柴米油盐，谁都是一介布衣。"我们曾如此渴望命运的波澜，到最后才发现：人生最曼妙的风景，竟是内心的淡定与从容。我们曾如此期望外界的认可，到最后才知道，世界是自己的，与他人毫无关系。"

追忆拔河，我感悟到：

> 人生逆旅如角力，
> 趱行定然遇虹霓。
> 鱼多鱼少无所谓，
> 只问撒网不问鱼。

作者简介：刘泷，蒙古族，当过兵，笔名边远。中国作家协会会员，鲁院第四届少数民族文研班学员，内蒙古大学首届文学创作高研班学员。曾在《人民日报》《人民日报·海外版》《光明日报》《民族文学》《解放军文艺》《草原》《北京文学》《山东文学》《作品》《朔方》等报纸杂志发表文学作品一百多万字，作品多次被《小小说选刊》《读者》《小说选刊》转载。

本文为"全国拔河之乡·临潭杯"拔河主题征文"十佳作品"。

1986年的一次拔河比赛

郑兴贵

　　那时，我们乡下的小麦碾完了，颗颗粒粒都归了仓。转眼就到了农闲时节，也到了一年一度赶集的时节。在我们祁连山区的乡村，人们叫"过交流会"。忙碌了一年的农民得以放松自己，趁此机会，把一年来家里寄养的小猫、小狗、小鸡，菜园里种的新鲜蔬菜摆到交流会上去卖，借以换点零钱贴补家用。在这个大好节日，乡政府所在地往往要举行一些盛大的活动。晚上请本地的七一剧团唱秦腔，白天的活动就是拔河比赛。

　　要举行拔河比赛，前几天乡上就给各村发了通知。活动的地点就在乡政府所在地的广场上。广场是土场子，光溜溜的，全是经年累月车碾马踏凝固成的泥土。那时不叫广场，叫市场，交易买卖的场所。交流会的活动就集中在这种场地里。拔河活动的人员都是各村临时挑选的，只要是身强力壮的年轻后生都可以参加。也没有像今天那样举行热身赛什么的前奏。村与村之间，谁也不清楚各自力量的悬殊。到了比赛那天，临时抓个纸球儿。全乡六个村，每两个村为一组。抓到一号和二号的就是一个组，依此类推。要进行比赛，每个组决出胜家。胜家和胜家再进行决赛，最后评出一、二、三等奖。所得奖品，无非是床单、被套、茶杯之类的东西。荣誉是村委会的，是集体的。我们每个人的心里都很乐意，都乐此不疲。那种声势浩大紧张而又热闹的场面，那种团结就是力量的拼搏氛围一直留在我的记忆深处。

天麻麻亮，母亲特意做了一顿好吃的——茄辣子饭。我吃饱喝足，在村干部的组织下，就和村里的几个年轻人骑自行车赶到乡上。等各村的人都到齐了，村里随便派一个人去抓纸球儿。结果显示，我们二寨村是1号，三寨村是2号，说明我们两家是第一组。按顺序，第一场比赛理所当然是我们开头。看看三寨村那八个青年汉子，人高马大。再看看我们村的八个队员，体格明显比他们单薄。是输是赢，谁心里也没底。可我们的心里都充满了必胜的信念。

土场子上画了一条深深的印记，是中间分界线。一条粗壮的尼龙绳横放在印记上，形成了一长一短的十字形。长的特长，短的太短。尼龙绳的正中间系着一条红带子，红带子正好和中间分界线吻合。二寨村的八个人和三寨村的八个人手里都攥紧绳子，从高个头到矮个头依次排队做好了准备。在二寨村的八个人当中，我个头最矮，自然排在最末尾，垂着屁股狠劲地拽着绳子。乡政府的特派队长嘴里叼着一只银白色的铁哨子，手里举着一面小旗子。极其认真地注视着那条系在尼龙绳中间的红带子。眼睛的余光瞟向两边。此刻，尼龙绳轻微地摆动，红带子也轻微地左右摆动。左右两边的队员屏息凝神，死死地拽着绳子，都希望把绳子拉向自己的一边，取得胜利。队长丢开挂在脖子上的哨子，用双手狠劲地拉动绳子，直到红带子恰好处在中间分界线的位置。猛地一挥旗子，嘟的一声哨子响起。"一、二，加油！""一、二，加油！"站在两侧的各自的啦啦队高声呐喊起来。队员们就使着浑身的力量拼命拉拽起来。尼龙绳由粗变细，由短变长，痛苦地向两边延展着。咔嚓嚓的清脆的声响淹没在啦啦队声嘶力竭的助威呐喊中。紧张而热闹的场面吸引了许许多多的人前来围观，拔河现场已经围了个水泄不通。所有人的目光都急切地注视着那条蠕动的红带子，带子在拉力下左右摆动。一会儿倾向右边，一会倾向左边，双方僵持不下。

在中间分界线左右两边五十厘米的地方，各有一条浅浅的印记。只要红带子越过哪一方的边界（印记）就算胜利。全场人的注意力都集中在那条带子上。就在人们拼命拉拽，僵持不下时，只感觉轻微的咔嚓一声，尼龙绳从中间突然断裂。红带子猛地弹了起来，两边的队员唰的一下向后倒去，迅疾而猛烈。像被无形的力量猛地推了一把，叠罗汉般挤在了一起。矮个头的我被巨大的人体力量压倒在地，屁股生硬地蹾在地上。我下意识地哎哟了一声。队员们闷头闷脑地翻起了身，才发现绳子断了。摔倒在生硬的地上都有些痛，但谁都没有怨言，甚至还情不自禁地哈哈大笑起来。乡上的领导觉得不好意思了，直说，啥尿绳子嘛。快，找根结实点的绳子来!

一把子力气白白浪费了，人们有点悻悻然。四散在市场里逛来逛去，边消磨时间边等绳子。那时商店少，没有像样的绳子。乡政府的人就到附近的农户家去找，找来找去总算找到了一根海麻绳。小孩子的胳膊那么粗，麻溜溜的。主人说，外地搞副业时从工地上背回来的，结实得很。以防万一，海麻绳在清水里特意泡了一阵子。

等到了正式比赛，已到了午后。还是原班人马。看着眼前粗壮的海麻绳，队员们都群情激昂，跃跃欲试。人们的心里有了底气，这么粗壮的绳子，力气再大也拉不断。系好了中间的红带子，做好了准备工作。等带子到了分界线，只听见嘟的一声，队长猛地挥了一下旗子。两队人马咬紧牙关，攥紧绳子，两脚蹬地，屁股下垂，狠劲地使着蛮力拉拽起来。"一、二，加油!""一、二，加油!"随着双方啦啦队声嘶力竭的助威呐喊。用力过猛，绳子忽而左，忽而右。眼看就到了我们这边，又被对方拉到了那边。僵持了半个钟头，队员们正精疲力竭之时。只听对方的啦啦队长猛地吼了一声："一、二，拉!""一、二，拉!"把"加油"换成了"拉"。就是这一声"拉"，对方队员猛地使狠劲。我们一不留神，红带子倏地朝对方移过去，越过了分界线。嘟——哨子声急促地响起。三寨队赢了!我们故意松开手，三寨队倒向一边。翻起来，欢呼雀跃起来。输就输了呗，胜负乃兵家常事!我们二寨队虽有些丧气，但都面带微笑。只好等下一轮比赛了!

我们二寨队输了，并不气馁。聚在一起认真总结失败的原因。我们大家总结了两点：一是，对方瞅了空子，趁僵持不下之时，我们心里有所松懈，体力有所怠慢，使了猛劲;二是，为了参加交流会，我们都穿了皮底子胶鞋。看上去清洁光鲜，但不实用，滑溜而没有阻力。下一轮输家和输家比赛，决不能输了。否则，我们二寨村连个小奖也拿不到。吃一堑，长一智，有了失败的经验，我们做好了充分的心理准备。趁其他组比赛的时间，蹬着自行车跑回各自的家里，穿上了妈妈纳的条纹布底子鞋。回来后，组长一再强调，整个过程要保持高度协调，千万别马虎大意，要全神贯注地听从我方啦啦队的指挥云云。

这一回，我们都满怀必胜的信心，整个过程铆足了劲。妈妈的布底子鞋上的麻绳疙疙瘩瘩，阻力很大，死死地阻在光溜溜的土地上。每个人都洗耳恭听着啦啦队的助威声。在一阵紧张、激烈的令人激情澎湃的拉锯战中，那条鲜红的带子慢慢地移向我们这边，并渐渐越过了边界。队长的口哨声急促而尖锐地响起。我们赢了!对方成员报复性地手一松，我们也无意识地向后跌倒。翻起身，每个人的脸上都露出开心的微笑。心往一处想，劲往一处使，没有不赢的道理!

乡政府给我们村颁布了"顽强拼搏奖"。在那个年代没有功利心，玩得开心就是硬道理。这个奖还是蛮有分量的，蛮鼓舞人心的！我们六个村都有奖状，除了冠军、季军、亚军三大奖外，还有"团结进步奖""优秀组织奖""顽强拼搏奖"。奖品是床单、被套、枕巾、茶杯、脸盆之类的东西，物质鼓励很少，但给我们的精神鼓励是巨大的！

1986年的拔河比赛一直涤荡在我的记忆深处……

作者简介：郑兴贵，甘肃民乐县人。甘肃省作协会员，张掖市作协会员，民乐县作协理事。著有长篇小说《别样的风景》。曾获《飞天》全国征文奖、民乐文艺奖、《祁连风》文学奖等奖项。

往事沉酣

朱晓梅

操场中央，绳子又粗又长，像蛇，嗖嗖地泛着冷光。绳中间的红布条，像鹰隼的眼，冷静、锐利、兴奋。

两组人摩拳擦掌，屏息凝神，互向对方投去挑衅的目光。

周围人万分激动，推推搡搡，挤来钻去，寻找有利的观察点。啦啦队位置最佳，选择各自的战队摆好架势。

阳光温柔地洒下来，给每个人镀上神圣的光圈。莫名地，米兰额头上冒出汗珠，手心湿黏黏的，全是汗。

米兰花小，似粟如金四季芳。米兰胖且矮，与四季芳挂不上边，肤色偏棕，是班上最有分量的女孩。呃，体重最有分量，横截面积大，坐教室最后一排，单人单桌。她常常接受来自各方打量的目光。那目光，有不屑，有鄙视，偶尔，也有同情。

米兰形单影只，却还是有风言风语飘进来。她知道，自己有一个雅号：月巴波女。她甚至能听到同学们低语时的窃笑声，想象出鄙夷的目光在她身上游走。

米兰没有想到，确定拔河比赛的人选，大家一致选中了她，且是最后的站位。虽然知道，决定位置的关键是质量。质量越大，重心越稳，米兰的心里还是有小小的雀跃。她终于能和同学们并肩而行了。

拔河的每一个要点，米兰都熟记于心。握绳，手心向上；拉绳，绳过腋下；准备时，站如松，脚尖在身前；扎马步，向后倒……

每一个环节都练了无数次，米兰还是紧张，脚尖微颤，麻绳如火苗，灼得手心生疼。

米兰咬牙，弯着脚趾抠住地面，盯着前面人的后脑勺。前面的杨百灵扎着马尾，头发黝黑。杨百灵只比米兰高一点点，瘦一点点，但她肤白、爱笑。她笑得叽叽喳喳，像只麻雀，课间，她的笑声飞满教室。同学们叫她"阳雀"，爱和她嬉戏。

看不见绳中间的标记，手里的绳绷得笔直，米兰把绳攥得紧紧，竖起耳朵。

哨声响起，尖厉又刺耳。

前面的人后仰，使劲拉，狠命拽，身子一点点向后挪移。米兰咬着唇，压低身子，向后倒，向后退，身子渐渐与地平行。手里的绳，勒进了她的手心。

"加油！加油！"啦啦队挥舞着小红旗，双手往米兰身后挥舞，力量似乎通过热闹的空气传递到麻绳上来。

绳子烫乎乎的，手心热辣辣的。米兰嘴里有了铁锈味儿。"加油"的呐喊此起彼伏，震得米兰头昏脑涨。她紧紧拽住绳，像溺水的人抓住一块浮木。

绳子向米兰的方向一点点挪移。

"呀——"米兰扯着喉咙大叫一声，吼出了洪荒之力。

然后，她被杨百灵压倒在地。

人群欢呼起来！

米兰懵懂地被人拉起来，被人抛向空中，被人接住，又被人抛向空中。

米兰离白云很近。她听到白云飞动的窸窣声。

眼泪，就那样毫无征兆地流下来。

重新站在地上，米兰头晕目眩，有失重感。杨百灵搂住米兰，亲昵得似多年好友："米兰，你是我们班的大功臣！"

米兰还有点眩晕，有点发蒙。更多的同学跑过来搂她，对着她笑，向她表示最诚挚的谢意，说她是最棒的运动员。

原来，她是那样重要啊！米兰大口喘着气，心怦怦地跳得厉害。一根绳子，拉近了米兰和同学的距离。

每个人都有自己的角色和使命，站的位置不一样，选择就不一样。无论站在哪里，只要努力，就无愧于心。

米兰笑了，像三月春风吹过水面，于是，冰皮始解，万物复苏。

后来，米兰像柳枝抽条，变得翻天覆地，无论是外貌，还是性格。她有了朋友，也有了目标和追求。

成了窈窕淑女的米兰常常回想那次拔河，设想假若没有那次胜利，她会怎么样。然而没有如果，生命就如那场拔河，只要站稳了脚跟，就可以拔动整个世界。

作者简介：朱晓梅，四川省达州市作协会员，大竹县作协理事。多篇散文发表于《散文百家》《散文选刊》《南都娱乐》《南都周刊》《中国教师报》《中国应急管理报》《四川政协报》《华西都市报》等。

力拔河兮

周旭明

镰把粗的麻绳呈麻花状，但此刻，就像被水憋胀的胶皮管子，直溜溜伸展开来。花纹找不见了，只看见绳皮子上细细的绒毛惊恐地打战。绳子也像由粗变细。千丝万缕交织而成的绳子，绝对能束缚住一溜仰首奋蹄的铁骑劲旅，可此时，被两班穿红挂绿的女人从两头不要命地揪扯着，像是要揪断这根绳子，抽出藏在里头的那根强筋。

绳子的正中间绑扎着一朵盘子大的花。花朵对应的地面上被白灰画了线。一红一绿两个队的人数一样多，谁也不多谁一只手，除非其中有一个队员一出生就是六个指头，但仅仅多一个指头又起不了多大作用。戴长舌帽子的裁判员嘴上叼着哨子，两只眼睛像两盏带光的灯，滴溜溜看一下红队，滴溜溜又看一下绿队，两只手不停地示意，一会儿招呼左边加油，一会儿又提示右边鼓劲。四十个青壮女人平分两派，二十个穿绿衣的女人对抗二十个穿红衫的女人。颜色绝不影响心情，红花绿叶，这时互不相让。是阳光抢阳光，是水分争水分，是机会占机会，就是脚下一步之遥的地盘，也是你争过来，我争过去。

这是一场并不正式的拔河比赛。这样的比赛远比踢足球、打篮球、游泳、跳水简单得多。仅需一根绳子，比赛即能开始。

红队仿佛血脉偾张的斗士，一出手就显得牛气十足。可绿队好像额外多吸了叶绿素，整个队伍显得生机盎然。楚河汉界，车马相士，各为其主，兵卒略地，大炮攻城，不过一盘棋也。可这拔河比赛，虽是一群农村人，虽是一帮女儿身，但组织起来，一声哨子，无疑似冲锋号响，每个人不由自主心往一处想，力往一处使。咯噔噔，各关节各骨头都像打了超量增强剂，兴奋得肌肉颤动，脸膛憋得通红。

僵持严重，双方抗衡到白热程度。那根粗壮的绳子，也像是被几十双白嫩嫩的手搓得火热。火绳一烫，仿佛能迅速耗尽每一双妙手发出的强劲力道。那些如鹰爪铁钩的手指，一指头扣在那里，就像扣动了麻绳的敏感部位，倔强的绳子，这时便像弦一样绷得更紧。

这场比赛已经僵持了十余分钟，由于旗鼓相当，互不相让，一直胜负难决。

平时散漫的十余分钟，那是河水毫不紧张的自如流动，微风不慌不忙地随意飘摆，更像是几个人河堤上穿花拂柳的散步。但处于高度紧张状态下的十余分钟，一切都像凝固在一根粗壮的长绳上，太阳停了脚，时间止了步，风落于弦，绷紧的长绳，每一寸都似乎发出了细微的吱吱啸叫，附于绳上的微尘无枝可依，纷纷跌落。

红队分明将绿队拉过去了一拃。但这一拃仅仅证明了红队略占上风，决不能证明红队已经完全获胜。在一拃之间这样来来去去的徘徊，打一开始就多次出现。至此，这一拃有时偏在绿队，过会儿又偏向红队。一拃长若五寸，两队就在区区一尺之间不停地抗争。

绳虽为丝麻之品，但此绳就像提前掺和了钢丝。绳子直绷欲断的样子，那才是真正的千钧一发。

红队这一次牢牢坚守着那一拃的优势，企图趁此一搏，一举拿下，二十个红衣女人齐心协力，丝毫不敢松气。绿队看着绳子明显被红队夺过去了一拃，更是百倍于心，分秒不得马虎。两个拔河队伍，宛若二龙争珠，双臂发力，双腿像木桩一样杵在地上，而整个身子，一律向后大幅度地倾斜。

绳子微微在响，似乎人身体的各个关节也在跟着响动。有的人双手发麻，有的人两腿打战，有的人，甚至两只眼睛开始充血。平时看上去柔软无力的躯体，这一刻，似乎连屁股也在悄悄发力。那屁股就像一个加码的秤砣，多一斤就有一斤的力量，多一斤就能压制少一斤的对手。

秤不离砣，一砣能打千斤；心不离体，一心不能二用。恨不得吸一口气就能增加一成力道的这些女人们，连屁也不敢放，生怕排污事小，跑气事大，身体一跑气，就像轮胎扎破，刺的一声蔫塌下去。

看看扎在绳子正中间的花朵，移过了画在地面的中线，这说明红队又拔过去了半拃。这是个连眼睛也不敢眨巴一下的环节。谁要是轻微放松一下，对方立即会有隙可乘，二十个人同时一较劲，会把她们拉过来的那一拃重新拉回去的。

还真出现了这样的奇迹。

但这奇迹已经出现了好多次，现在再次出现，反倒显得十分平常。

绿队得到了千载难逢的转机。或许是红队中的部分队员沾沾自喜，以为胜券在握，料想再坚持一两分钟，有气无力的绿队就会溃不成军，举手投降。谁知，就在红队的几个人轻微一笑的瞬间，绿队的全体队员就像同时感到了红队的松懈，奋力一拔，活活把红队扯过去的一拃，完好无损地扯了过来。这一次不只是大拇指和中指叉开的一小拃，而是美美的一大尺。

奇迹终于露了出来。

裁判员做梦也想不到，怎么一愣神的工夫，蛮有把握的红色娘子军忽然输给了很不起眼的绿队？要知道鲜花从来都被绿叶扶着，任何时候，绿叶都是垫底的，只有红得发紫的鲜花才能高高在上。

　　这情理就像一条河水载着一只小船，也许水能载舟亦能覆舟，还真有那么一回子事。

　　满场的观众也像不相信自己的眼睛，以为视物太久，双瞳疲倦，开始出现幻觉。但揉揉眼睛再看，那朵闪动在红队眼前的花朵，真的跑到绿队那里去了。难道是谁忽然做了手脚，把花拽了过去？

　　也有比参赛人员更紧张的观众，鲜花移动的每一个细节他们都历历在目。他们清楚地看见绿队怎么扯过去了红队，便不失时机地大喊："红队加油！"

　　绿队像吸取了红队的教训。觉得红队就是勇夫逞强，得之匆匆，失之匆匆。绿队那是死缠硬扯，死身子拖，也要拖垮对方。

　　柔能克刚，转败为胜。史上这样的多少战事不胜枚举。官渡之战，以少胜多；楚汉之争，弱者居上。最后胜利的，竟是之前时常败给项羽的刘邦。

　　胜负在此一举。绿队牢牢牵制着红队，不给对手任何喘息的机会。相持一分钟，红队好像精力殆尽，再也恢复不到原来的地步。而绿队，哪里能把到嘴的肥肉再吐出来，群情激奋，一鼓作气，力拔山兮，就把穿红挂彩的红队活活拉过了界线！

　　裁判员一声哨子，这场拔河比赛正式宣布结束。

　　红队中不甘心的队员，脸上尽是遗憾，明明胜了，可最后，大意失了荆州。有好多人已经不在乎谁输谁赢了，可还有几个十分认真的人，好像丢失的就是她们赖以生存的土地，两眼噙着不屈的热泪。

　　看到红队中有这样誓死不降的"忠臣"，绿队的人受了感染，有几个多情的姐妹走了过去，紧紧握住对方的手说："我以为这是闹着玩的，一上场，兵对兵将对将，还真把泥爷爷当活菩萨使唤。你输了，虽败犹荣，我赢了，大费周折。看，我这裤子都提不起来了！"

一句话又逗笑了悔恨交加的人，众姐妹一团和气，不分你我，紧紧抱在了一起。

那根丢在地上的粗绳，好像吸尽了几十个人的精力汗水，笨重得如同一条懒蛇，盘在一旁养精蓄锐。

一场拔河比赛彻底结束。项羽悲歌，力拔山兮气盖世。壮士拔山，姑且有地方下手，山乃实体，有头有尾，有胳膊有腿，揪住树木，一如擒住了大山的长发，攥住巨石，就像找到了山的手脚。可一根绳子充当一条长河，"引无数英雄竞折腰"，还真没地方下力。拔河拔河，那赤膊上阵重拳出击、揪住一根绳死活不松手的架势，好像真的拉住了东流到海不回头的万里黄河。而拔河真正的目的，绝非你死我活，非要见一个输赢高低。

首先，寓教于乐；其次，凝聚人心；还有，增强体质；总之，利国利民！

作者简介：周旭明，男，汉族，甘肃天水人，甘肃省作协会员。已发表文学作品十余万字。部分刊发于《四川文学》等刊。散文《背影》荣获《人民文学》杂志社纪念朱自清先生一百一十周年全国背影征文优秀作品奖。出版四十万字长篇小说《苍茫》，荣获中共甘肃省委宣传部2016年度"文艺百粒种子工程"重点文艺创作资助项目。舞台剧《大禹之子》获天水市委宣传部2018年重点文艺项目资助。长篇小说《青山冢》获2021度天水市委宣传部重点文艺资助项目。2017年11月，被甘肃省新闻出版广电局和读者出版集团联合评选为本年度全省"耕读人家"。2018年参加中国作家协会第一期中青年作家专题班培训。

记忆中的家乡拔河往事

马　健

正月里在江苏省扬中市西来桥镇上行走，看到过年拔河场景，脑海中不禁想起了几次在西来桥感受的拔河往事。

我的老家是与扬中西来桥一江之隔的八桥镇，小时候物资贫乏，精神食粮却不少，一些乡村文化活动频繁举行，各种比赛竞技层出不穷，给我的儿时生活增添了不少光彩。其他的一些活动如今基本遗忘，印象最深的还是长辈们经常带着我去长江对岸的西来桥镇看拔河比赛。

那时候出门不管多远，总是靠一双脚，只是在大家的家长里短声中并不感觉到累。等赶到渡口，船儿还没有到，好奇的我问这问那："爷爷，为什么要拔河啊，拔河到底干什么的呀？"于是爷爷又跟我讲起一些关于拔河的传闻逸事。

拔河起源于中国，古代称为的"牵钩"，源于春秋战国时期。最初拔河主要是军队以训练兵卒在作战时钩拉或强拒的能力，后来被水乡渔民仿效，成为一项民间体育娱乐活动。拔河作为一种竞技比赛，简单易行，很容易决出胜负，在全国各地都有，而西来桥镇却只是一个缩影。他们每年都会举办一些规模盛大的拔河比赛活动，特别是到了春节过后的元宵，拔河的活动时间可达五到六天。

　　说起拔河的趣事种种，爷爷真是如数家珍，奶奶还不时地在一旁帮忙补充，我听得津津有味。很快船儿来了，待船坐满，只是一小会儿的工夫，江面留下一道长长的波纹，小船便靠近了江对岸的码头。刚上了岸，一阵紧急的锣鼓声传来，乡野的人们从四面八方拥入那片声响之处。原来西来桥的人们把拔河的场地搬到了乡村地头，把生机盎然的故乡大地变成了喜庆天地。拔河现场人声鼎沸，各路人马聚集一簇，或说笑，或伸胳膊伸腿，做各式准备动作。拔河比赛，暂时让人放下一成不变的工作，聚拢来，较量一下力气。肢体成为资本，情绪是在身体之外的旁观者。体内每一个红细胞开始涌动，仿佛听到心脏搏动的声响，他在躁动，在自我激励，他要战斗，虽然没有谁用言语鼓励他……爷爷告诉我，不管什么样的拔河活动，最终谁胜谁败，通过拔河表达着来年乡村美丽幸福和吉祥。

　　爷爷扛着我，尽量挤在最前面，他说，离拔河比赛的队员越近越能沾点喜气。我看到双方使出浑身的力气，在震天的呐喊声里，每个人都是热血沸腾，所有的能量化成力量，凝聚在绳子上，绳子就那么一点一点地伸缩着，在甲方与乙方之间，胆战心惊地试探着。

　　拔河比赛正式开始的时候，里三层，外三层，到处都是人山人海。一方的小伙子们用瘦弱的手臂紧紧拉住绳子，为了心中的那一份期盼他们浑身都来劲，身体里蕴藏着山呼海啸般的豪情；另一方的小伙子们卷起衣服袖子，在呐喊的激情中回荡着黄河和长江浪涛般的声音，在流淌的汗水里，在拔河绳上洋溢着天地间的"精、气、神"。望着那一个个蜿蜒如飞起状的拔河队，我们的心中常常升腾起无比的温馨和欢乐。

　　过了几年，爷爷不幸生病去世了。之后母亲带我去西来桥看过几场拔河表演，印象最深刻的是一支女子小脚拔河队。

那是有一年过年，拜完年我和母亲赶往西来桥镇。母亲牵着我的手，走在了最前面，我看到两支拔河队伍中，一队身着红色队服，一队身着蓝色队服，两队队员全都是清一色的老年妇女，尽管她们长相瘦弱，但是她们一点不输男人，全身上下散发着年轻的热情与活力。哨声一响，开始随着加油的号子声有节奏地用力。输与赢在模棱两可之间，红队也不知道是不是使出了吃奶的力气，稍微缓了一下，绳子在战栗中僵持着，她们怀疑自己那点力气于事无补，但还是抓紧绳子，做出很用力的姿态。总之，几十秒之后，绳子才厌弃了她们，弃暗投明，到了蓝队那一方。这回蓝队没有摔倒，她们欢呼雀跃，声浪扑面而来。红队几个同伴好安静啊，眼看着人家，愣愣地站在原地，绳子匍匐在地上，根本不顾及她们的感受。等全体红队队员慢慢缓过神来，不得不接受现实的结果，你一言我一语，总结着失利的原因。

　　绳子一伸一缩，在地上拉着，像不情愿回家的孩子。工作人员把它一圈圈盘起来，放回器材室去。失败的结局，并没有影响情绪，或许是因为运动使人快乐吧！换一个场地，大家又开始拔河，绳子在等待着这一刻，哨声响起，小旗子在空中划过一条红色的闪电。加油声突然爆发，划破空气的清与静……

　　大家一齐拍手叫好，我突然发现，两支老年女子拔河队队员们的脚都不大，仿佛缠了足似的。我问母亲："妈妈，妈妈，她们的脚怎么那样的？"母亲呵呵笑了，告诉我："她们和你奶奶的小脚一样啊，都是裹着脚的。这是南阳村的小脚女子拔河队，她们很不简单哪，曾经在省级运动会上表演过，还曾经获得名次呢……"我笑了，也不住地赞叹："这些老奶奶真是厉害啊，了不起……"旁边一位奶奶哈哈大笑起来："我们西来桥是有名的拔河之乡啊，盛名多时，确实了不起啊。"其实那时候的西来桥只是口头上的"拔河之乡"称谓，而那时候没人知道，真正获得这项殊荣的是几十年后，西来桥那拔河活动精彩纷呈，让这个名字实至名归。

母亲2011年生病去世后，我好几年没有再到西来桥看过拔河表演，直至2016年年初。那一年开始，正是西来桥党委政府开始举行雷打不动的"大戏"：或承办市级拔河大赛或镇域主办拔河比赛，西来桥拔河已经拔出了艺术，也拔出了一种成就。优良的传承，多年的积淀，令西来桥拔河队的水平节节攀升，拔河这一传统文化终于厚积薄发，绽放出耀眼光芒。从各地赶来围观的群众摩肩接踵，一饱眼福，为这个"拔河之乡"欢呼喝彩。

那年2月23日下午，首届"福星洲"杯拔河大赛在西来桥镇文化体育中心广场举行。这是在西来桥举办过的规模最大的一次群众性活动，又因为恰逢元宵佳节，慕名前来观看的群众超出了我们的预计，我和几个朋友挤在人群的最前面。下午1点半，拔河比赛正式开始，我们在拍手叫好的同时，才发现有的市民甚至上午11点就早早吃过午饭，等候在场外，见到比赛开场异常激动。

市民广场占地两千多平方米，这里场地宽大，举行规模宏大的拔河比赛正是一个很好的地方。我们和市民一样，怀着激动的心情各就各位，等待着比赛的开始。主场作战的东道主西来桥拔河队员个个都是虎背熊腰、强壮如牛，再看别的参赛队伍，一个比一个瘦，真是悬殊啊！果然不出所料，不到几个回合就把他们打败了。

过了一会儿，到了白热化的阶段。只见参赛人员个个面红耳赤，汗流浃背，手拉得生痛，可他们为了各自队伍的荣誉，心里却只想着怎么赢。观看比赛的市民有的挥手呐喊，有的拼命拍手，嗓子喊哑了，手都拍红了，却还不在意；有的握紧双拳，似乎他们也在拉……东道主西来桥队终于守住了自己的阵地，向敌方不断"进攻"。八厘米、七厘米、六厘米……红线一点一点地向东道主方接近，赢了！只见西来桥的队友全部站了起来，挥着手激动地跳了起来，热烈地祝贺凯旋的"战士"。

比赛结束后，我和朋友夜游西来桥。这里高楼林立，灯光璀璨，在一块场地站了许多人，似乎正在进行一场比赛。我问西来桥当地人："这是在干吗？"他们笑而不答。

很快我就发现，这是左右两侧正在切磋拔河技艺。一支是由男同志组成的，他们身强力壮，威猛逼人；另外一支是清一色的女同志，她们身材小巧，身段灵活，摆出了一股不服输的态势，真是巾帼不让须眉。西来桥队能够取得拔河比赛的胜利，完全取决于他们平时勤学苦练，他们丰富多变的套路、灵巧矫健的风格，增强了队员们的信心。而清一色的"女子拔河队"的表演也很出色，她们动作不比男队差多少，反而柔美的身段多了一份婉约，让人直呼美妙绝伦。

锣鼓声又响起了，这是激情的迸发，又是力量的协调，还是意志的彰显，也是毅力的挑战，更是极限的超越……

作者简介：马健，男，自由撰稿人，文学爱好者，文章散见于《中国作家》《人民日报》《光明日报》等媒体，获得征文奖项十多次。

难以忘却的拔河记忆

蓝　天

  第一次认知和接触"拔河"这个词及体育项目还是在1971年3月到县一中上高中的时候，那年我还不满十五岁，也是第一次离开家人、离开村庄到学校过集体生活。

  第一次在一中大操场上体育课时，体育课陈老师对我们说，5月要举行县直属各单位参加的拔河比赛，咱们一中将在学生中组队参赛。全班同学一听全都"蒙圈"了。一个问题：什么叫做"拔河"？一个问题：为什么是学生参赛而不是老师？

  陈老师指挥着我们集合好队伍，来到已经摆放好的一条既粗又长的麻绳旁，麻绳中间位置用细红绳系着一颗木头手榴弹（那时我们的体育课有手榴弹投掷的内容）。然后让班长和体育委员出列，让他俩站在木头手榴弹两端一米的位置，握紧麻绳。陈老师说，我一吹口哨，你们俩各自用力往后拉，谁将吊着的手榴弹从中线位置拉到自己一侧一米远的地上用石灰画的白线内就算谁赢。这时，大家才恍然大悟，原来就是儿时小朋友之间为争抢一根棍子时互不相让的情境，这就叫"拔河"。至于第二个问题却在后来的两两"拔河"选拔比赛队员的喜悦中给忘了。

  后来我推测，当时学校学生虽然只有我们这届的六个班（恢复全面招生的首届）加上届（仅面向县城及铜山区招生）的一个班，但每班却有十多人，而且由于那时还没有法定入学年龄的限制，所以我们这届学生中年龄跨度很大，从十五岁到十九岁不等，学生是具备组队的基本条件的；而当时全校老师不到三十人，况且还包括一些女老师和年纪大的男老师，根本无法组队。

经过几个星期体育课的选拔，以学校仅有的两位体育老师为领队兼教练的"一中拔河队"正式成立，遗憾的是，我们班却没有一个同学入选。

在我们学校大操场上举行过两场比赛，我们校队一胜一负。由于两场比赛都是在傍晚举行，我们都有机会在上晚自习前来到操场为校队加油助威。

最有印象的是输掉的那一场。开场前，陈老师叮嘱队员，一要集中注意力听裁判的哨声，抢住先机；二是大家要团结一心，不要乱用力，做到心齐力齐，拧成一股绳。

还没等我将陈老师的话琢磨出个所以然来，比赛开始了。

第一局，我们校队真正"抢住了先机"，我们自发组织起来的啦啦队的加油声还没怎么喊起来，第一局比赛就结束了。我们也很快由加油声变成了杂乱无章的欢呼声，响彻整个大操场。

第二局，情势发生逆转，对方教练在局间休息时给队员们说了什么我们这边不知道。对方在开局就占住了先机，我们校队抵抗了一阵，最终还是败下阵来。

第三局开始前，两位老师特别嘱咐队员不要再去想第二局，要把握好要领，要有信心，不要气馁。随着裁判哨声吹响，双方队员都使出了全身力气，一上来，场上就形成了"僵持"，大约半分钟后，却是你来我往的拉锯战。战况正如武侠小说中描写的那样：棋逢对手，将遇良才。最后，功亏一篑，三打二胜，我们输了。

看完这两场比赛，我算懂得了什么才是真正的拔河，似乎也见识到了拔河的特有魅力。虽然高中两年只看过这仅有的两场比赛（校队外出比赛我们都没法看），但那激烈、有趣的比赛画面却已经印在了心上。

后来听说，在总结这场比赛失利原因时，很多队员认为穿的鞋太旧在泥土地上缺乏摩擦力。

那时县城里各单位包括我们学校在内的所有操场、球场都是露天的泥土地。在这样的场地上比赛，防滑的鞋可至关重要。组委会对队员穿鞋没有规定，我们校队大都穿着布鞋和解放鞋。估计两位老师也觉得这鞋是个问题，但学校不可能有那么多经费给队员买新鞋。后来一个队员想到了在农村里农民在天气不是很冷的季节出门或上山砍柴都是穿着用稻草和少量布条编织的草鞋，新草鞋有足够的摩擦力，能够解决泥沙路和山路打滑的问题，而且成本极低，平时集市上都有出售，价廉物美。两位老师采纳了该队员的建议。

我们校队换上草鞋后，就赢得了一场久违的胜利。也正是因为我们"草鞋队"的胜利，一时间，听说就有其他队效仿。

当我们班同学听到这个消息后，个个忍俊不禁，大笑不止。现在回忆起来，心里还是忍不住发出温馨的微笑。也许，这可以记入拔河运动的"吉尼斯世界纪录"了，如果可以的话。

至于最后的比赛结果如何，由于信息不畅，我们都没有得到准确消息。但关于拔河的所有细节却一直在我脑海中回转，有空时还继续琢磨着。

两年紧张而愉快的高中学习很快就结束了。1973年1月，我们这届六个班的同学都顺利毕业，而我们这些来自农村的同学也有了一个新的身份——"回乡知青"（那时还未恢复高考）。

"历史总是惊人相似"，世界上真的不缺"巧合"。

高中毕业后，时隔六年半，我经历了恢复高考后的三次高考，1979年9月，去掉了"回乡知青"名头，来到了省城的一所"袖珍型"经济院校（1978年试招生了四个专科班，我们是恢复本科招生的第一届，招了五个专业七个班），成了一名"高龄"的大一学生。也许是由于自己的"高龄"等原因，经选举，我成了"商经791班"第一任班长。而就在入学后的10月份，体育课陈老师（太巧，与高中体育老师同姓）在给我们班男生上体育课（学院男女生分开上体育课）时说，学院决定在11月的上旬举行以班级为单位的男生拔河比赛，每个班队由十五人组成。

当听到这个消息时，我全身所有细胞都在狂奔，没想到，我琢磨了多年的关于拔河比赛的"理论和技巧"就在来到大学的第一个学期付诸实践！

兴奋之后，接下来的时间里是在班里三十九位男同学中选拔十五名参赛队员。这时我才算明白"巧妇难为无米之炊"的真正意义。因为，我们班共四十四位同学，其中女同学五人，被我们班男生称为"五朵金花"。三十九位男生中，如我一样20世纪50年代末出生的有八位；应届高中毕业生都是1962、1963年这两年出生的，共十九位；余下的均为1960、1961年出生。我从高中开始就琢磨过的拔河队员"硬核"选材标准有两个：一是身高，二是"吨位"。根据这两个标准再来审视我们班三十九位男生，真是"欲哭无泪"。除了三位1.75米、两位1.70米外，余下的身高就可想而知了，甚至还有1.60米以下的。至于"吨位"，更是让我无语，除了1.65米的王同学有点似"黑铁塔"外，其他同学的体重都不值一提。

没办法，"硬件"不硬，我们就只能挖掘"软件"潜力。

我与体育委员商量后决定采用"矮子里面选高子"策略，最终选拔出了十五位同学作为参赛队员，其中就包括了我自己在内的八位"高龄"学生，因为年龄大几岁的我们大都在高中毕业回农村或到工厂，经过劳动锻炼，其力量和耐力非一般应届生可比。

队伍定下后，擅长拉小提琴、脚有残疾的刘同学给我建议，应该将没有参赛的同学组成啦啦队，并且如乐队一样有一个"指挥"。我觉得刘同学的建议很好，想起高中时的拔河比赛，觉得啦啦队在鼓舞队员士气方面应该有独到的作用。同时，有指挥的啦啦队肯定比"一盘散沙"的啦啦队效果更好。正当我还在沉思谁来当啦啦队的指挥时，刘同学却自告奋勇说他有能力当好这个指挥。我说，太好啦，就这么定了。

由于学习紧张，也没有时间和条件进行赛前训练。只能利用课前的时间，将我之前琢磨出的拔河比赛的那些"理论""要领""技巧"非常形象地传达给大家。

概括出来就是综合了高中体育老师说的"团结一心""心齐力齐"。具体来说，十五个人严格按照"高个在前，矮个在后"（便于拔河绳始终是一条由高到低的斜线）；"右手站右边，左手站左边"（即习惯用右手者站在绳子的右边，而"左撇子"则站在绳子的左边，这点非常重要，因为习惯用右手的人比他的左手有劲，同样，左撇子的左手比他的右手有力气，农民握锄头时都是将有力气的手在前，这是几年当"回乡知青"的总结。一摸底，十五人中习惯左手在前的只有四个，只能在使用右手的同学中找了三个与左撇子一同站在绳子左边）；"后面队员的脚顶住前面队员的脚后跟，双脚始终紧贴地面"（作为支撑，增强摩擦力）；"身体尽量往后坐"（重心压低）；"集中精力，听从指挥"。

指挥刘同学随后给队员和啦啦队统一了他的指挥手势和用语。刘同学说，由他根据裁判吹哨前的"面部表情"及手势发出"拉"的指挥口令及向后拉的手势，队员们立即用力往后拉同时"往后坐"（即抢住先机）；随后，他喊出"一二"后，啦啦队及时喊"加油"，而且嘱咐队员一定要在啦啦队喊"加油"时用力（这就是所谓"心齐力齐"）。他会根据场上情况决定口令的快慢和节奏，如果相持时，他会喊"稳住"，这时所有队员将稳住气息，不要乱发力，啦啦队则停止喊"加油"，看准时机，恢复口令。

最后，我再次强调了高中体育老师说的"抢住先机"。我说，所有队员都要专心听刘同学"拉"的口令及"感受"他的手势，因为刘同学会站在我方一侧队员的中间靠前一点、紧贴拔河边线的位置，让所有队员都能在第一时间"看到或感受"到他的手势和最快听到他"拉"的口令，千万不要等裁判员的哨声。

很快，比赛日期到来了。全院十一个班的参赛队伍全部准备就绪。比赛采取"三打二胜"制，分三轮进行。第一、二轮为淘汰赛，十一个队抽签决定对手，其中一个队轮空直接晋级第二轮；五个胜者与第一轮轮空的队一起抽签决定对手进行第二轮的淘汰赛；获胜的三个队进行第三轮的单循环赛，根据成绩决定一二三名。

如同高中拔河比赛时间安排，比赛同样是利用晚饭后到晚自习前的一段时间进行，不同的是，比赛场地不再是泥沙地，而是在水泥球场上进行。所以，组委会规定队员除皮鞋（估计是为了安全）外，其他鞋都可以穿。

当场抽签，财政781班运气最好，轮空，直接进入第二轮。我们班第一轮的对手是计统791班，当我们两队进入比赛场地准备时，我扫了一眼对方的十五名队员，心里凉了半截！从目测来看，对方"高个"队员比我们至少多出三四个，与我们这支以矮个队员为主的队伍相比，身高差已经非常明显。

当我们握住绳子时，所有队员还是免不了有些紧张。因为大家几乎都是第一次握拔河绳子，并且预感到这第一仗肯定是一场硬仗。

两队凝神静气，全场鸦雀无声。随着我们班指挥刘同学一声特别响亮的"拉"声及他的"特别"手势，我队按照我们事先的"约定"迅速抢住了先机，对方虽然激烈抵抗，但无奈"先机"已失，很快败下阵来。第一局，我们胜，队员及啦啦队齐声欢呼，喜悦之情全部写在了脸上。

毫无疑问，第一局的胜利提振了我们队的信心。但我们都非常清楚，这还不是最后的胜利。

接下来的第二局，也许是对方班也有"高人"指点，或许是对方队员已经"觉醒"。两队很快进入"相持"阶段，我们的刘同学虽及时发出了"稳住"口令，我和队员也做了最后的努力，但我们还是输掉了这一局。

决胜局前的短暂时间，我再次轻声嘱咐队员，相信自己，不要想别的，做好、做到位我们的"约定动作"，我们一定会取得最后胜利的。

第三局我们做好了开局，在刘同学的越来越快节奏的"一二"及全班二十八位（包括"五朵金花"）啦啦队员震耳欲聋的"加油"声中，我们获得了最后胜利。

在外人看起来我们获得这场"没有胜算"的胜利极大地鼓舞了我们全班同学的士气，也让其他班同学及裁判、老师对我们班刮目相看。

第二轮比赛如期举行，虽然比赛队伍只剩六支，但如同昨天一样水泥球场上还是早早挤满了几乎全院所有同学和老师。

抽签过后，我们班却抽了"下下签"，对手是昨天轮空的财政781班。尽管在四个师兄班级中，他们班算相对的"弱者"，但他们的年龄（78级的"高龄"学生比79级要多很多）、身高，还有昨天的轮空则是明摆着的优势。

事已至此，我们只有全力以赴。

2∶1，我们赢，我们班再次上演了"以弱胜强"的一幕。幸福地挺进第三轮，至少已经是第三名了！

全班同学无不欢欣鼓舞，奔走相告。而稍后的另一个消息更让我们的兴奋之情及自豪感达到了爆棚的程度：三个队中我们是唯一的"师弟队"。其他两队则是号称全院最强的工会781班和计统781班"师兄队"，意味着我们将代表着七个"79级""师弟队"去挑战最强的两个"师兄队"！撇开胜负，我们已经做到了最好，不高兴都不行。

在第三天的循环赛中，我们还是有机会赢工会781班"师兄队"的，苦战三局，1∶2遗憾告负。而计统781班"师兄队"则是真正的实力超强之队，名副其实的第一。

尽管几乎整个"79级"同学都站在我们一边为我们班队加油助威，但我们已经尽力了。对拔河早有"研究"的我来说也知足了，因为我们这样的"先天不足"的"矮个"拔河队能够取得第三名已经是大大超出了我心中的预期。

当然，我们班能取得第三名绝非"运气"或"偶然"。我后来一直在心里总结：拔河比赛特别讲究"团结"，团结一心，心齐才能力齐；在实力相当或者稍弱情况下，拔河"技巧"就是取胜的不二砝码。可以看出，我们班对这次拔河比赛在思想上是非常重视的，赛前准备也是非常充分的，每一个细节都做到了极致。全班四十四位同学紧紧团结在一起，非常称职的"指挥"刘同学和二十八位啦啦队员的喉咙已经喊破、声音已经嘶哑。

其实，做任何事都如拔河一样。

虽然两次拔河经历已经过去了几十年，但拔河所散发出来的那种团结一心、不服输的精神，以及与一般大众都有机会参与的其他体育运动不一样的魅力，却在我的脑海里深深扎根，挥之不去，成了难以忘却的青春美好记忆。

作者简介：何进日，男，1957年生，湖南宁远人，笔名蓝天。湖南大学退休教师。退休前一直从事财务会计的教学与研究工作。爱好文学，喜欢体育和军事。作品《妈妈酿的酒最香甜》获得红高粱之约"回龙杯"首届中国（高密）红高粱文化散文季第三批优秀作品。

自由诗篇

诗情画意从笔尖流露出拔河运
动之壮美

洮州魂

葛峡峰

古老的西门，你可能遇见盐巴，马匹
和熙熙攘攘的集市
也许一声温婉的乡音
正在阳光里酝酿眷恋江淮的美酒

日子美好，波澜不惊
奶香，麦香，茶香喂养的洮州
在平静的血脉里
孕育一场力与美激情的角逐

一根叫"牵钩"的绳，从江淮出发
一路蜿蜒，扎根，成为元宵节
典籍里永恒的土著
在茶马互市的兴盛里
种植下磅礴力量的源泉

融合的人心是一汪涓涓细流

凝聚成一股股希望的绳索
桦木楔子是一束沉甸甸的麦穗
在西门口，火树银花的节日
成为年年丰收的图腾

六百年，从麻绳到钢丝
扯绳轰轰烈烈
扯不断江南一缕乡愁
扯不尽人们和睦幸望的盼头
扯出古老大地上，凝聚人心的丰碑

作者简介：葛峡峰，1993年开始写作，作品散见《诗刊》《星星》《诗潮》《散文诗》等报刊。获第四届甘肃省黄河文学奖等。出版诗集两部。现居甘肃临潭。

元宵节，陪你一起看拔河

彭世华

元宵节，陪你一起去襄汉
看水军操练忙
吴国钩，楚国拒
战旗急，战鼓忙
江山在竹篾上摇摇晃晃
春风秋风，吹红斜阳

元宵节，陪你一起去长安
看明月照大唐
王侯争，将相牵
番客惊，妃子慌
旌旗翻飞，战鼓铿锵
一曲秦腔，千年回荡

元宵节，陪你一起去临潭
沐高原江淮遗风
声惊雷，旗竞摇

力拔山兮气盖世

拔一绳，风调雨顺，嗨哟嗨哟

拔一绳，国泰民安，嗨哟嗨哟

拔河盛会，与你相约

不见不散

作者简介：彭世华，笔名沧浪之水，甘肃临潭人，系甘肃省作家协会会员，作品散见于《诗刊》《青年作家》《飞天》等报刊。出版诗集《纸上火焰》。

拔河：一根绳子震颤的精神和力量

（组诗）

程东斌

1

临潭，万人在拔河

试图将一条洮河拉直。人在两头，河水

与汗水，分开两岸

潮汛，在万人的身体里匍匐

绷紧的力，从脚心往上，泛起海啸

洮河波纹搓成的绳子，不会断裂

竖起来，可激出闪电

引下甘霖。攥在掌心，就把握了一场场赛事

万众握紧的绳子

把万众从贫困的泥淖中，拉上来

把陷入时光甬道的乡愁和呐喊，拉到

一颗心的最近处

2

将青山蜿蜒的弧线，搓成拔河绳
绳子就有缔结的星辰
手握星辰拔河，每个人的掌心就获得光芒
拔着，拔着，人间落下星空
在临潭，冶力关和莲花山在拔河
拔出了骏马的蹄音与冶海冰图的镜像
一壶山水就有了铿锵的证词
拔出赤壁上的真言与绵延十里的佛语
临潭，就得到永世的庇佑

3

拔河绳，似一根脐带，与我同行
系在腰间，做塑身的法宝
悬在左右心房，一颗心的问与答
就消弭了延缓与迟疑
拔河绳，一头在故土。拴在一棵
为故乡代言的古松上
另一头，在远方。我至今还未将绳头
找到可以托付、系紧的地方
故土和远方，一直在拔河
拔出我的漂泊、诗篇，以及附着于绳子上的
盐粒。离故乡越来越近的人
似乎听到万人拔河的喊声

4

回到临潭，我加入万人拔河的盛况
每一个人，内心都养着一条河
万条河流汇在一起，成了海。万人的手掌
握紧的粗长钢筋
成了定海神针，被各族同胞的掌纹
破译出山呼的雄心、海啸的壮志
一根绳。一条心。一股劲
力量在绳子上滚动，潜入每个人的身体
搅起青春的风暴
心跳在一根绳子上，镀上星光般的准星后
绳子，就是神尺，联手
万人倒曳的身体与大地构成的夹角，量出
冶力关的铁骨、临潭的风范

作者简介：程东斌，安徽六安人。中国诗歌学会会员，安徽省作家协会会员。作品散见于《诗刊》《星星》《绿风》《飞天》等。曾获得"卞之琳诗歌奖""富春江桂冠诗人奖""乐至田园""剑门蜀道""最江南"诗歌大赛一等奖等。

本文为"全国拔河之乡·临潭杯"拔河主题征文"十佳作品"。

绳子的真相（组诗）

王 喜

题记：一根绳子，是长江，揽着她的子民；是黄河，搂着她的民族。

明亮的色彩

阳爻为一。一根绳子的两端
一头为水，一头为火
直至水盈而火熄，直至火盛而水干——
哲学天空下，万物之灵无非天地人，
三才相生亦相克。
在临潭，万人扯绳，扯的不是胜负，正如草木
生长大地，并不是为了征服
赋予大地美好，这是我从未见过的色彩
一群人，两拨人
出《道德经》，三生万物，万物负阴而抱阳
和为贵，和而同

拔河者从身体中取出阳光

扯绳子的人

力要往一处使——
以国之名，身背阳光的人，即使身上
留疤，也要将阳光
送进万家，如果是月光，每一缕
都能够醉人
乡村振兴是一根绳子，扯绳子的人
将光明扯出来，
还要从泥土中扯出粮食、
金子与流水
众人使劲，扯出光阴
输了的贫穷与落后，纷纷退下去
光明顺势生长
草木是一部辞典，粮食是另一部
伸出双臂的耕种者
一根扯绳

血　脉

万人出力，万人呐喊，万人拧成一根绳子
两端自由的灵魂——
一想起灵魂，炊烟就
拧成一根绳子，一头连着祖国，一头连着游子

呐喊声就成了海浪

一截红绸分开一根绳子，像阴爻

左右相对，又包容

乾为天，坤为地，天地相对

又因人相合

一根绳子扯着的，是一条血脉

扯绳者是春夏秋冬

也是风雨雷电，更是粮食与草木，连着的

骨头

绳子的真相

一群人的真相，可能是两派

却是兄弟与姐妹

一根绳子，是长江，揽着她的子民

是黄河，搂着她的民族

我也是这根绳子上的，一根草木，一粒粮食

在春天里，茂盛山野

在秋天里绘制祖国阔大的疆域

一根绳子，一条脐带

一头连着祖国，一头扯着山河，也扯在

众人心上

2023.5.11

作者简介：王喜，笔名弋吾，甘肃会宁人。在《文艺报》
《诗刊》《中国校园文学》《诗选刊》《天涯》

《星星》《星火》等刊报发表大量诗作。入选《新时代诗歌优秀作品选》等多种年度选本，曾获艾青微诗歌奖、卞之琳诗歌奖、第四届世界华语文学奖、第三届沂蒙精神文学奖等。著有长诗《漂萍集》《兽骨传》《列国游》等二十七部，出版诗集《在人间》。

本文为"全国拔河之乡·临潭杯"拔河主题征文"十佳作品"。

临潭扯绳，拔河之乡的成像与手语 （组诗）

徐东颜

1

一根绳一股劲，忘情了疯狂了

不管你承认与否，这里的江淮后裔夯熟了天地

鲜活了洮州的最初，裸露了气势磅礴

这是临潭人的独角戏

爆竹声　哨子声　呼喊声，盘踞在六百年时光之上

比刀枪锋利，比铜墙铁壁还固若金汤

身在上街下街，你会发现

孤独与喧嚣之间，只隔了一个长长的扯绳

自由的尽头则是酣畅淋漓

其实万民齐吼就是凝聚的建造

集聚有力的情绪，多像书法枯笔中的飞白

动力高原大地，敏锐忘我的情感

"当灵魂失去宇宙，雨水就会滴在心上"

临潭扯绳用独自的万人舞蹈，守护磅礴的伟力
这是它的一技之长，也必将能动天下

2

万人用持续的呐喊，膨胀天地
掌控长长扯绳，禁锢正月十五的月光
跨越性别年龄，只顺从决绝的力量
抗争中忘我的反抗，为拼搏的自己代言
扯开固有的角色，派发耀眼的光芒
接种排山倒海，生成月光里的水
江南遗风在洮州忙碌，囚禁延长的记忆
变现六百余年的惊心动魄，释放疯狂的舞步
团结一切力量，亢奋震颤的大地
三石一鼎锅，汉、回、藏拧成一股绳
临潭元宵节，在青藏高原汗流浃背
浮起月色，捞起酣畅淋漓
一根绳，万人心
庞大的感染力绵延奔腾，夜色被连根拔起

3

一拥而上，鸣炮声中角逐自己，审美自己
释放自己的情绪，解决扯的坚定
每一回合的上扯与下扯都是临潭的特色绝技
呐喊声越自由，欢呼声越多彩

在长绳小绳结合与碰撞中成为自己
顺从力，顺从撸起的袖子
先蠲除旌旗上的雪，再加冕大红灯笼
囚禁闹元宵的影子，攥紧山鹰陡峭的清鸣
六百多年的绳子，将春天摁进高原的肺腑
在春天拐角处，给扯绳全部的非遗叙述
集结的韵味，由临潭人改写
力拔山兮加载撼天动地，复活与美关联的事物
给每根绳扣注入临潭的乡音
以枝繁叶茂的姿态繁衍，分娩美的力量
回、汉、藏，让扯绳里的光芒站立起来
将绝技调成屏息静音，把沸腾放大到驰骋
报答四季的循环，感恩高原大地的从容
流淌凝固之美，留白人间的对白
彼此活着，在青筋暴起或手掌经络内
我听到，临潭的关节里有扯绳拔节的声音

作者简介：徐东颜，辽宁省当代文学研究会理事，锦州市
作协理事。诗歌作品散见于《诗潮》《散文
诗》《散文诗世界》《浙江诗人》《阅读时代》
等文学刊物，曾获得百余次全国诗歌大赛奖。

临潭，用一根巨绳拉出了浩大的春天
（组诗）

何艺勇

1

必须点燃一把烈火，用热火朝天
在虚拟的河中间，真实照亮蓬勃的两岸
让花香兴奋地摇旗，让鸟鸣激动地呐喊
必须让重心压后压低，用身体
站如松，蹲如钟。摩拳擦掌，热血沸腾
一声令下，"力拔山兮气盖世"
必须劲往一处使，用团结一致
做好一根绳上的蚂蚱
心"绳"合一，凝"绳"聚力
必须把曲折拉直拉直，忍住火辣辣的痛
把胜利与欢呼拉上岸，用力气
也用技巧，更用意志和信念。必须
不负韶华，用非赢即输的奋力一搏

2

河漾着漾着成了海，人头攒动
汗水淌着淌着成了浪，惊涛拍岸
中国拔河之乡，蛟龙出水
密密麻麻的爪，如桨左右开弓，同舟共济
临潭的元宵月有多圆，拔河情就有多高涨
汉族、回族、藏族、蒙古族、东乡族……
波光粼粼地聚拢了过来
一二！一二！加油！加油！
上下翻滚，左右晃荡。所有烦恼事
都已被一浪高过一浪的涛声带走
春风化息在胸中进出，春雨成汗在身上淋
六百多年的绳子越拧越大，人越聚越多
临潭，用一根巨绳拉出了浩大的春天

3

与时间拔河吧！人间没有穷途末路
坚持！坚持！人间也没有早已注定的输赢
把梦从梦里拔出梦外，兑现
把体内无限可能的自己拔出体外，飞
让诗意拉住我们成为美好的意象
让远方用奔腾的河流拉我们到蔚蓝的大海
就用月光或眼光与月亮拔河吧！

要么魂回故乡，要么月照梦乡

就用高楼大厦或炊烟与天空拔河吧！

誓把满天星拉下，成为万家灯火

与时间拔河，与永恒僵持

至今还未分出胜负，你我都是胜利者

4

二〇二〇年是一条河，贫困在那头

十四亿人在这头。台湾海峡也是一条河

伟大复兴的强国梦在这头

回归的绳子永远等一双双回家的手

巨龙醒来，上下翻腾，左宜右有

静为相持，动是相争。纵深皆恢宏

天、地、人合而为一

我的祖国，正用长江黄河与大海拔河

正用神舟与星辰拔河

正用命运共同体与人类的未来拔河

我们万众一心。加油声与使劲声此起彼伏

那边神龙在摆尾，这边龙抬起了头

作者简介：何艺勇，诗作在《十月》《星星》《福建文学》

　　　　　《厦门文学》等诸多报刊发表；获"自贸港的春

　　　　　天"（《诗刊》与中国诗歌网、海南文联等）、

"爱在七夕情定仙女湖"（《诗刊》）、第六届"恋恋西塘"（《星星诗刊》）、第四届"屈原杯"（中国诗歌学会）、首届"中国玉兰之乡诗歌大赛"（河南作协诗协）、"十佳樱花诗人"等三十多个由文学刊物或各地文联作协组织的全国诗赛奖。

一条绳上的临潭情结

马幸福

临潭被甘青宁扯着

一路欢跃的山川在高原奔跑

回藏汉的文字扭粗一根历史的长绳

山上的神摇着云朵

扯下的闪电敲响山坚硬的悬壁

牛群奋力疾蹄，擂动山鼓

在鼓噪中寻找一张牛皮聚拢的灵魂

一路的炊烟，缠绕出扯绳的张力

大地震动，草木欢呼

拴住临潭的前世今生，在绳的呼吸中

我再次听到了临潭的心跳

临潭被长江和黄河扯着

沿岸的涛声抵达高原的心脏

一致的方向跌宕起伏，勾勒出磅礴的水墨长卷

谁写下雪花、灯影、三月、桃花、一页风流

让一条长绳的行吟反刍出牧草的味道

而羊群咩咩在牵扯的绳痕中
拔高草原的长度和温度，绳在山水间穿针引线
而拥有了呼吸和灵魂的甘南
蓝天以一根绳的诱饵垂钓人间烟火

十万大山，暗藏尺度
每挪一寸，都夯实临潭振兴的步伐
每喊一声，都扯紧唐蕃古道
修辞丝绸之路上的驼铃和经筒
让纵横交流的翅膀在长绳上弹响
而神的隐喻在扯绳上涵养千山万水
撩拨起游牧和农耕文明的涟漪
让乡愁在扯绳上栖息，牵住我放飞的心
一根绳，扯起来，扯远了
才会把黄河长江扯成任脉和督脉
才会将甘南扯成金木水火土
扯，凝聚临潭山水秀丽和气吞山河
绳，贯穿临潭亘古常新的精气神韵
只有扯绳，临潭才觉得一股浩然之气
从涌泉直冲百会

一根绳上的临潭情结
生长出手心的扯痕，把元宵的灯火扯亮
金灿灿的苏鲁花绽放在每张脸上
雪花在长绳上舞出洮州花儿
一些被旧时光洗净的日子晾在山峦
晒出"尕娘娘"手中的洮绣
而木扎河清澈的跫音

在柔软的扯绳上，撩动一只蝴蝶的翅膀
临潭的蓝，高悬在冶木河微翕的嘴唇上
一根绳上的野性握紧一片红桦林
一簇簇火焰点燃我的梦乡

山上，神扯亮厄酒浇红的冶力关和野林关
山中，林木擦掌而入，想扯起一座山的鼎力
山下洮河的呼吸渐舒渐缓
把"八角花谷、十里画廊"扯进怀抱
绷直花梨木油梁，想撬起两千多公斤的记忆
我手持莲花山，在圣湖冶海中浆洗临潭的蓝
或把高原的个性放进洮州卫城
让神祇和羊群前来认领
这样，才能还愿临潭心邃
让丹霞的胭脂心有归属

在临潭，一根绳上的边塞诗衣揽山岚
一条河被扯直，万颗心被扯直
红堡子、牛头城、兀鹫被阿信的诗扯出神意的鞭痕
草原的土司和野林关的阿尼玛卿
用洮河水烫热一壶青稞酒
壮胆扯绳的牧歌，较量高原的气势
一根绳里的桑麻、羊毛和棉布沉静在黄昏
草原、羊群、山坡、寺庙、红衣喇嘛
被拧出宜居、生态、和谐、休闲的临潭境界
万众一心，临潭奔跑在扯绳的诗和远方

作者简介：马幸福，笔名也马。甘肃省作家协会会员，甘肃省摄影家学会会员，酒泉市作家协会理事、签约作家，金塔县作家协会副主席。作品散见《文学报》《散文诗世界》《北方作家》等报刊。

在临潭观拔河比赛

蜀乾尔

临潭，冶力关，这比赛
拔的明明是绳索
为何偏偏叫成了拔河？
是因为绳子两头的人
像极了冶木河的两串鱼
还是因为长长的绳子本身
就像一条长河游到了如今
而绳子不管这些
只要红彩头腰间一系
瞬时就如花蛇一般跃起
捋直的不仅是生活的乱麻
绷紧的还有运动的神经
让红彩头两端的人们
自然成为绳子的一个部分
横下一条心：让自己后退
拧出一股劲：让对方前进
如此凝神聚力，寸步不移

比拼着体力

磨炼着耐性

较量着意志

最后，即使绳子委顿在地

哪怕人们全筋疲力尽

但因为拔出过相同的经历

拔出过汗水和泪水的意义

至此，在临潭

一根绳就是一条心

一条心就是一股劲

由此心之所向，劲之所发

无往而不利，无往而不胜

作者简介：蜀乾尔，本名汪再兴，现居北京。北京市作家协会会员、中国电力作家协会会员、中国诗歌学会会员、中国书画家协会会员等。诗文散见于《人民文学》《北京文学》《诗刊》《扬子江》《诗歌月刊》等各类报刊。著有《日出东方》《太阳神》《太阳的味道》《与太阳握手》等八部诗集。

拔　河

何藕藕

把条条支流拧成大河
搓在一起的河流　沸腾着
源头集合着群山　堆积着千年雪花
河尾是汪洋的群众　是百转千回的入海口

谁轻谁重
力量的天平　将倒向哪一方
时间如此平衡
万物众生都在同一条线上

同一根绳　结了五千年的绳子
记录的是抖动的河流还是交缠融合在一体的龙

所有的弯曲都被拉直了
所有的暗黑都被明了了
没有了情节的曲折与时间皱纹的一条直线
却有了反反复复的悬念

时间将倾斜向哪一边
历史将倒向哪一方

一条绳子，一条河流　超越源头与归宿
成为无限向两边延伸的长虹

来吧，也许你就是最后的那根稻草
来吧，也许你就是决定乾坤的那朵浪花
一条绳像无限的江河等待着你的汇合
我们每一个，都是一条支流
用汗珠滚动历史　拽动上游和下游

从大地里拔起一条河，一条长河巨流
从群山中拔出一条河，也就拔出星宿海
从大洋深处拔出一条河，拔出黄金海岸线

无论你是雄鹰还是大鳄
你是大海还是高峰之巅
你是劲草牛羊还是腐草无瓢
你是神还是魔

你只能居于一端
你有完全平等的对手　对等的另一端

两头集结众生　中间
就像黄河即使断流也仍然会复流
中间　沸腾的虚空保持永恒的中立

谁能扯断中间的部分谁能撕裂天空的裁判

作者简介：何藕藕，"70后"，2005年加入中国作协。著
有长篇小说多部，主要有长篇小说："山川心
史三部曲""时代四季书"等。作品散见《十
月》《花城》《中国作家》《诗刊》《北京文学》
《散文》《美文》等报刊。

万人扯绳：拉起山河的筋骨

西域砍柴

来自山谷的风，也有大绳粗
隔着河岸，那种劲道，让进了临潭城的人
一摇三晃

在临潭，正月里的三晚九局万人扯绳
有两个节点，成就了满城风云——
"鼓噪声可撼岳"和"绳子指挥脑子"

这阵子我正揣想，绳头摆起的时候
西街这条界线上，有多少熟悉的脸孔
会和你击掌同心，会有多少人，从十里外
赶往相搏的阵营

这是一座人山，和凝固的人海

那一刻，你屏住呼吸。就听见这个世界上
心跳，像滚下山的石头，生出了越界的翅膀

它开始以笔直的一条线，让龙头抬起来

农历的日子抬起来。那一声吼
在正月里，远比旱雷惊心

相扯的绳，像日子的一杆秤，像阡陌里的经纬
像一棵三人合抱的大树，在街口
如果你的拔龄过了五十岁，那绳尾巴上缀着的
一定是自家的后生

一条绳，就像一条血脉。在各归其位的规则里
多民族融合，就像庭院里的石榴籽，越抱越紧

作者简介：西域砍柴，原名陈思侠，甘肃玉门人。中国作协会员。出版有诗歌集《雪坂上的白马》《我指给你看酒泉的春天》《凿空》、散文集《漂移在酒泉的历史遗迹》《酒泉百景》等，获第八届敦煌文艺奖、首届刘半农诗歌节一等奖。

临潭拔河（外一首）

姜利晓

写下拔河，映入眼帘的意象
是一根长绳，和两群人
是震耳欲聋的呐喊声，是排山倒海的气势
是轰轰烈烈的热闹场景
是一场规模盛大的赛事运动

在临潭，这个"中国拔河之乡"
以"国家级非遗项目"万人扯绳（拔河）"文化"
　　的名义
以丰富多彩的拔河运动和拔河文化
普及拔河运动知识技巧，阐释拔河运动的意义和精神
悠久的历史，灿烂的文化，民间的运动
拔河，都是这魅力临潭最动人的章节

再次写下这临潭拔河的名字
在这"一根绳，一条心，一股劲"的拔河精神激
　　励下
一座城一个地域新时代的辉煌篇章里

有着这拔河精神最大气磅礴的恢宏演绎

和最最动人心弦的迷人抒情

吉尼斯世界纪录里的临潭"万人拔河"

写下一万人的规模场景

那是怎样的一种人头攒动熙熙攘攘

写下一万人的呐喊声

那是怎样的一种震耳欲聋大气磅礴

写下一万人的拔河比赛

那是怎样的一种临潭之美……

参赛的人数，扯绳的重量、直径与长度

都堪称历史之最和世界之最

记载入吉尼斯世界纪录，是临潭美的

一种别样修辞，用一种运动

诠释与凝聚一种精神，从此

大美临潭风流临潭，在这"一根绳，一条心

和一股劲"的拔河精神激励下

必将会实现自己梦想的星辰大海

作者简介：姜利晓，作品散见《星星诗刊》《中国诗人》
《散文诗世界》《佛山文艺》《羊城晚报》《新安
晚报》等报刊，获全国性征文奖一百余次。

力拔山兮（组诗）

王　杰

丹　霞

赤水丹霞佛光岩景区的两棵桫椤树
是大山伸出的长及亿万年的手，在岩口
紧紧抓住从崖上飞泻下来的水
抓住大地清清亮亮的脉络
生命与时间拔河
红着身子红着脸
红着深扎大地的根……

方圆百里的丹霞山
扭着赤水，集天地灵气
拼尽全力，在意念与时光的对抗中
用桫椤长生手，再次紧紧抓住
抵达时代前沿的"天行健"

一条赤水河，一片丹霞心
喊着号子，"一二三"
一声看天
二声站地
三声出力
拼搏时代精神
目标在前，砥砺进取

征　服

征服一条江河的是大山
征服大山的是一根钢绳

激情的江河带着它的爱恋和热情在山间奔驰
脉搏与心跳同频率的钢绳牵连着两座大山

"吱……"大山用力完成对岸的凝望与守护
转运着历史的拐点和生命的奇迹

征服钢绳的是人民的决心
征服决心的是条蜿蜒绵亘的凿壁公路

大山的双手解下钢绳
齐心协力抬一架横空的桥梁

连接与呈现

对岸喊话的人，和一群黑山羊
要与我以桥为绳，拔这条长河

找一排落叶树做帮手，黑狗卧在树下晒太阳
它的眼睛里闪烁着来来往往的车辆

桥两头排列卖椪柑的人；桥连接两岸
一辆卡车载着山风，低沉驶过

红色油轮刚出现在桥下，两边同时发力
太阳在水中跑动，呼喊声惊艳世界

作者简介：王杰，生于1982年7月，贵州金沙人，教师，
贵州省作家协会会员。在《人民文学》《诗
刊》《中国诗歌》《诗潮》等刊物发表作品。参
加《中国校园文学》杂志社第二届全国教师文
学笔会。

在物质与非物质之间拔河（组诗）

黄树新

有这样的绳子

我们淘汰了一些身外之物
手里仍然放不下
叫时间的绳子

或者乡愁　或者乳名　或者民歌
对着梦的遗址　把洮州从一声一声呐喊中
叫出了临潭

高山丘陵
交换海拔
像一只鸟　用它的鸟鸣丈量在两千二百米至三千九
　百二十六米之间
一米倾斜

一米深谷
一米峰峦

洮河　冶木河　羊沙河
把它的传说开发
中国梦的光芒
在一个县城也可以用万千瓦为单位

总有一些民间的花灯
被点燃
总有一些贫穷的脚印
被帮扶
总有一些牛羊
跟着高速　或自带小康生活的故事
出场

时　间

临潭是祖国一次一次的心跳　十二点七万人
被时间抚摸
他们也抚摸时间
像把亲人与它的传说抚摸一遍

高过云朵　高过天空
对话　交流　问候
我用后备的矿藏
在光芒在路上

提取

在中国梦里的前途与命运

像把亲人与它的传说

再次抚摸一遍

在县志里行走

小时候从它那里逃出来

大了从它那里走回去

像把亲人与它的传说

再次抚摸一遍

再次倾听一遍

再次敲打一遍

一些叫喊的声音

长出了皱纹

一些叫喊的声音

越来越年轻　一浪高过一浪

高过我的读书　打工　经商　以及所有的愿望

看一次

鞭策一次

一带一路

大片的山水　我用自己的脚印

判断你的海拔

一米

两米

像用一条黄河
判断改革开放的流量
一行
两行

像用一面国旗
判断我的敬礼
一次
两次

像用我的瓷器
判断方言
一句
两句

像用我的脐带
判断祖国
一端
一端

像用我的呼吸
判断一带一路
一下
两下

大片的语言　大片的草木　大片的心跳
被美好时代领养

像用光芒进行我对唐诗与宋词的
穿越

我们与镰刀

人一忙碌　我们在使用跟自己有关系的镰刀
像在使用跟自己有关系的水稻
从种子到泥土　愿意用镰刀的名字交换
用一个中国梦拯救亩产

打开理想与抱负
里面的农历
鸟鸣
它们的面积不断扩大
生产
栽培
覆盖
把分行的秋天穿透

我们累　无法累计镰刀的声音
来源于生活或者命运　乡间地头　我们是一个携带
　梦想的稻草人
白云是草帽
什么时候离开头顶
淘气的时间　将它收割而去

爷爷

父亲

辈分很高　讲故事的镰刀　让他们在上面行走

他们的脚印　何止养活了自己

我们与镰刀

使用反季节叙事

就在粮仓与小康之间　磨掉镰刀的锈蚀　就是挂在
　　墙上

也会看到坚硬与柔软的光芒

作者简介：黄树新，笔名丁桦，生于20世纪60年代末，
　　　　　广西作协会员，供职广西桂平市文化馆。有作
　　　　　品在《人民文学》《诗刊》《羊城晚报》《广西
　　　　　文学》《红豆》等报刊发表。

一声呐喊在汗珠里长成参天大树

王德新

一条绳索站了起来

一群人就有了主心骨

铅坠，定义了一个原点

抽去具体形态，提炼基本结构

绳索其实就是一个螺旋

而螺旋，藏着直径与圆周之间的常数啊

一个无限不循环小数，吸足了血汗

螺旋啊，需要实时校对锐利而适度的仰角

无限逼近，绝不可能一劳永逸

一声短哨，鼓点铿锵

哲理对称着，一山一水，一动一静

漫延出层层涟漪

玄武，青龙，白虎，朱雀

围拢而来，将一段白垩纪围在垓心

一声呐喊啊

在汗珠里也能长成参天大树

楚河汉界，风云激荡

力拔山兮，大河汤汤

四周的仙啊，舞动着翅膀

我用几个叹词做探针

略知拔河的四至

人类的梦想，拥有惊人速度

肉体，却始终保持步行

至今仍需血汗的养护

此时，二者相安无事

共同构成充满弹性的振幅

一群人，坚守在一条绳索的两端

以最低姿势

维持了人类最大的张力

作者简介：王德新，现居青岛，职院教师。文学作品载
　　　　《文艺报》《南腔北调》《山东文学》《阳光》
　　　　《牡丹》《野草》等报刊。

在拔河精神激励下铸就临潭辉煌的未来

（组诗）

路志清

一

在临潭，拔河精神始终是一种精神的原动力
走过风风雨雨的岁月
"一根绳，一条心，一股劲"的拔河精神，是一束光
照亮这片临潭大地，更照亮无数的人心
形成一股汹涌澎湃的力量
缓缓输送入这临潭的人心
从此，在这临潭的伟大的筑梦新征程中
为临潭人民源源不断地输入新动力

从此，古老的临潭大地上发生着一次次的蝶变
拔地而起高楼大厦的伟岸风景
郁郁葱葱生长一地葳蕤的梦想
在这拔河精神的激励下，开启新一轮蝶变与辉煌

的新演绎

二

一向敢闯敢干的临潭人民
从未曾停止过自己奋斗与追梦的步伐
在这拔河精神的激励下，承担起继往开来的使命
在一次次的奋斗拼搏与奋勇向前中
书写下新时代的经典传奇

被崭新的梦想呼唤，被这拔河精神激励着
这临潭的一千五百五十七点六八平方公里的土地
　　醒了
这临潭的十几万颗人心醒了
苏醒的临潭人世间，一场新时代城市复兴和乡村振
　　兴的时代大戏
正粉墨登场，看吧，这一个个临潭人
在这拔河精神的激励下，开始怎样大气磅礴的风流
　　演绎

三

一代代临潭儿女
将这拔河精神发扬光大，植根于自己这片梦想的
　　沃土
他们更加懂得如何，用这拔河精神之光

擦亮自己那块宜居宜业宜商宜游的金字招牌
吸引着一个个项目一捆捆资金和一批批人才
向着这临潭大地一次次聚集
刷新成就，领衔演绎，它们都是最珍贵的财富

用这崭新的梦想，和这拔河精神
在这临潭的人世间，引领一场春天般的风浪
继续深化改革，继续扩大开放，继续转型升级
始终把自己的发展，与时俱进
将传统的新兴的特色的产业，和这一二三产业集体
　联袂
在这临潭大地的舞台上，来一场精彩纷呈的演出
我们可以窥见，大戏落幕的那一刻
这临潭的人间，将会是怎样的蝶变

四

始终怀揣着崭新的梦想
我们的未来，就会被辉煌填充
闯出一条适合自己的发展道路
在这拔河精神的激励下，一次次为梦想砥砺前行
用这特色产业新兴产业及旅游业等
作为梦想的支撑，你看
它们一个个和这临潭人民集体的托举
为这临潭托举起一个梦想的天空
浩瀚的梦想天空之下，新一轮的辉煌与崛起
将会大气磅礴地风流演绎

作者简介：路志清，在《佛山文艺》《文苑·经典美文》
　　　　　　《工人日报》《中国文化报》等报刊发表作品，
　　　　　　获全国性征文奖八十余次。

壮哉！中国大地上行进的中国龙

——献给2023"冶力关杯"中国拔河公开赛暨
第七届甘肃·临潭拔河节

杨万宁

一

一座城，因为一项运动
活起来，动起来，沸腾起来
沉寂的青藏高原有了动感
世界为之侧目，中国为之动容

七月，被临潭人拧成了一根绳
——二〇二三"冶力关杯"中国拔河公开赛暨第七
　届甘肃·临潭拔河节来了！
带着光，带着电，带着日月星辰
这一刻，金风浩荡，全城沸腾
到处是血液一样的奔涌

到处是势不可当的力量

美哉！临潭
项羽的《垓下歌》响起来
——力拔山兮气盖世
壮哉！临潭
刘邦的《大风歌》响起来
——安得猛士兮守四方

二

临潭的汉族同胞来了
甘南的藏族同胞来了
临夏的回族同胞来了
定西的东乡族同胞来了
身着艳丽的民族服装，如洪流
从四面八方涌向临潭县城

一根绳，被扯了六百多年
木楔子串在龙头中间
轻轻挽住绳的两端，似双飞燕
头连、二连、三连、连尾
好大的阵仗，多么壮观啊

"以为扯势之胜负，即以占年岁之丰歉焉"
从小小的麻绳到长一千八百零八米、重八吨的钢丝绳
从几十人到十几万人

一根绳，一条心，一个目标
不同的民族，石榴籽紧紧抱在一起
手足相亲，守望相助

鸣炮为号，万人沸腾起来
街道沸腾起来，城市沸腾起来
哨子声、呐喊声、音乐声、喝彩声融为一体
山岳为之震动，大河为之沸腾

无论黄头发，还是蓝眼睛
无国界，无肤色，无种族
不分男女老幼，不分职位高低
不管你是市长、局长、董事长
还是公务员、农民，或者清洁工
这一刻，都有了共同的名字：
——拔河运动员
都有了共同的目标：
——快乐拔河，追逐梦想，放飞未来！

三

一根绳决定的楚河汉界
一万颗心的同频共振
随着"一二三"号子喊起
心在头尾的震颤中，统一
力在一条同心线上，爆发

角逐场上，"一二三"的号子里
蕴含着古人的智慧，哲学的秘密
以及浑然天成的灵气
一是天，看准目标、不要乱拔
二是地，站稳、稍微下蹲
三是人，人为万物之灵
用力，用力——
拔呀，拔呀——

脚跟扎进大地，才有无穷无尽的力量
生命就是微尘，个人的力量微乎其微
心往一处想，劲往一处使
团结，才更有力量

把上万人的心汇聚到一起来
一起来拉，一起用力
力量的叠加，心神的默契
捏成一条河，扭成一条河
汇成一条流淌不息的河
聚成无坚不摧的中国力量
拉动祥和安宁幸福的日子

四

紧握绳子的人们，不是花儿
假如是花儿，也会忘记开放
拔河的人们，顿时忘记了自己

也忘记了别人，更忘记了成败
此时，我是我自己，也不是我自己
此时，一切的信念就是胜利
天地人三齐合一，才能胜利

拔河的姿势最迷人
号子的足音最动听
力涌在一起，信念被赛绳绷紧
人跌倒了，信念没有跌落
即便是输了，期待仍在心里
拔过荆棘，拔过坎坷，拔过过去
拔出一个个崭新而富足的日子

拔河是一种情怀
风儿是我一生的朋友
大地是我永远的舞台
永不放弃是我拔河的动力

不奢求别人的掌声
只在心里为自己喝彩
不计较个人一时得失
团结一心才是制胜法宝

人生的赛场上，贵在坚持
不断超越自己，一样活出精彩
让平凡变得不平凡
此刻，所有的拔河者都是英雄

五

临潭，从来不缺少英雄

也不缺少尚武精神和民族气质

一根绳子的距离

就是从平民到英雄的距离

万人扯绳就是临潭英雄气的延续

凝聚民心、维系团结的初心

隐藏在发黄的典籍史书里

潜伏在黄河洮河的浪花里

新时代的临潭人带着骨子里的英风豪气

怀揣一颗赤子之心

胸装一副侠肝义胆

高擎战旗，披荆斩棘，砥砺前行

团结协作，奋勇拼搏，凝心聚力

高唱着"冒着敌人的炮火，前进！"

把一根绳子扯进吉尼斯世界纪录

扯进国家级非物质文化遗产里

"冶力关杯"中国拔河公开赛，甘肃·临潭拔河节

两张带有英雄气的国际名片

被英雄的临潭人民越擦越亮

让世界对临潭刮目相看

我的临潭啊，风景这边独好

苦难与沧桑的天空下

《垓下歌》响起来

——力拔"绳"兮气盖世

《大风歌》响起来

——安得猛士兮"震"四方

心中有梦，脚下有根，就有力量

把团结一心的精神、可持续的耐力

和坚持不懈的韧劲，都爆发出来

黑头发，黄皮肤，蜿蜒不绝，生生不息

手挨手，肩并肩，脚擦脚

拔呀——拔呀——拔呀

美哉！青藏高原上行进的临潭人

壮哉！中国大地上行进的中国龙

作者简介：杨万宁，河北省作家协会会员，河北衡水市冀
州区文联副主席、区作协常务副主席。作品散
见《人民日报》《诗刊》《星星》《诗选刊》
《诗潮》等报刊。获得韩国文化院首届"诗意
韩国"诗歌比赛"韩中交流特别奖"、第四届
京杭大运河国际诗歌大会年度十佳作品奖等
奖项。

临潭：一根绳汇集的波澜壮阔

方应平

1

一缕清风，一声加油，呼唤风光旖旎，缩影成册
翻开古道悠悠，种满商贾云集，岁月在抵达拔河之音
光阴的耳朵，听出了中国拔河之乡的呼喊
舀一碗汗水，组成灵山秀水，故事如同长绳
甩进人海，垂钓临潭的齐心协力，词汇成叠
一字一字押韵体育盛事，在藏乡福地授权
与初阳一起，一起慢慢升出册页或年轮
一根绳，万人在波澜壮阔，扯出岁月新词

2

落在风里的人流，抱起万人拔河的剪影

一句句擦亮古老的洮州，照耀临潭六百年
吟诵一粒古诗，勾勒历史渊源，一把修辞铺落
一颗饱满的青稞，与扯绳，一起喧哗
象征青稞的五谷丰登，呼吸布满临潭街市
颂词里的丰衣足食，迈开国泰民安的一条无尽之绳
灯火阑珊，积蓄在张灯结彩，拓宽了一面红旗
拔河的阵局，如同万马奔腾或撼天动地

3

欢呼的汉族、回族、藏族群众，在临潭迈步
穿戴各异的各族姑娘，如同火一样激情
满怀的激动，填满一场岁月，一根绳拧成一股劲
踏着积尘，顶着昏日，任凭风吹之彻
欢腾的笑声，在赛场上铺满迅疾的飞翔
风笛，吹响欢愉的乐章，汇集如一根蜿蜒的绳
像一群飞驰的哨鸽，狂舞天空，如同拔河的撩人
点染各色人流，仿佛红红绿绿的生命

4

旧城的月光，供养在华灯初上，传统丰厚
铺盖了吉尼斯纪录，洮州的悦耳，响彻拔河之乡
洮州万人扯绳，一种万民齐仰的象征，坠入吼声
掏出一根绳的磅礴，扯出一场六百年的惊心动魄
也是一种疯狂的舞蹈，梦幻激烈释放

今夜无眠，陶醉在洮州的壮阔、豪放、火烈、激荡
汗水混浊了，抵达洮州记忆的苦恋
波澜壮阔在思恋江淮故地，绳子扯出团结的力量
拔河之美，拾起珍贵的回忆，按下快进键
岁月在一股劲地奔跑，卷入一根绳的脉络，健硕临潭

作者简介：方应平，安徽省望江县人，作品发表于《十
　　　月》《辽河》等，一百次获全国诗歌大赛奖，
　　　并入选多个选本。

临潭，万人拔河之恋

李　璇

在临潭，我看见
万人之手，向着华章的地方聚拢
他们挽住时光的麻绳
天地合一，"以占年岁丰歉"为象征
一根绳、一条心、一个目标
把大写的临潭精神，铺满春天的信息中

很显然，我被临潭万人拔河壮举所震撼
他们带着各自的力量
汇聚成一道色彩斑斓的彩虹
一头连天，一头连地
众人拾柴火焰高；人心齐，泰山移
团结是无穷的
临潭的蓝天，一次次被他们举高

人群中，有人偏左，有人偏右
有人半蹲，有人后仰

有人抱紧莲花山的云烟
有人澎湃洮河的波涛
一声命令，犹如一道闪电
火焰的心
总是朝着一个目标燃烧

壮哉，我临潭万人拔河
他们让阳光生长阳光
他们让幸福簇拥幸福
他们让六百多年的微风吹来洮河的秘密
他们让临潭的草木沐浴出古洮州的美誉

美哉，我临潭万人拔河
那一条巨龙，向着古洮州的山河蜿蜒
或上或下，或动或静，相争相持
时而腾跃，时而旋转，时而匍匐
多像五千年的祖国
在临潭，舞出新时代的旗帜

我多想成为万人中的一员
攥紧手中的绳
让临潭万人拔河的光芒
永恒，永恒——

作者简介：李璇，生于1974年，甘肃礼县人。诗歌散见
　　　　《诗刊》《诗潮》《绿风》《飞天》等刊，曾获
　　　　《诗刊》社"白沙杯""红松杯"征文奖，出版
　　　　诗集两部。

拔河运动，一张临潭的亮丽名片

（外一首）

张军超

用最美的容颜，用最美的姿态，用最美的笑容
为你献出这临潭城的美与魅，用自己崭新的国际范
以拔河运动的名义，欢迎着五湖四海的宾朋
盛世的繁华与名扬的赛事，都是你今天的醉美封面

一个个的赛场，将你如画的风景与耀眼的繁华
一一地串联起来，一步一处风景一目一眼惊艳
新时代的临潭，生态的风光厚重的人文以及盛世的
　　繁华
一起累积起你高耸的高度，岁月的脚步匆匆而过
成就你永恒的经典

今天的拔河运动，用"一根绳，一条心，一股劲"
　　的拔河精神
为一座城市一个地域的发展与蝶变，做着最贴切的
　　解说
你用自己的朝气蓬勃与器宇轩昂

领衔着自己不一样的发展，那一双双幸福的脚步啊
必将在这临潭大地上，踩踏出最美最激荡的音律
那是浩浩汤汤的流水，对这临潭风流的最美吟哦

拔河运动中的临潭啊，就是一首豪放唐诗的诗题
朝气蓬勃与欣欣向荣，都是你最美的意境和韵律
将这拔河精神，融入你奋发图强的脚步里
追梦的路上，在坚持中努力，在努力中坚持
就没有实现不了的梦想，就没有到达不了的远方

拔河运动，一张临潭的亮丽名片
那么多的人来过和离去之后
你的美与魅，却成为他们心中那最刻骨铭心的回想
永不停息的追梦脚步引领，这临潭的未来啊
一定会是更加璀璨更加辉煌

临潭，拔河运动里闪烁着你的精神之光

以拔河运动的名义，缓缓打开自己更加开放的内心
把自己的活力与和谐，把自己的富裕与美丽
展现给每一双遇见你的目光，在这拔河精神之光
　的照耀下
临潭啊，你展现给世人的姿态永远都是
团结进取，坚持不懈，拼搏享受

用无数次的砥砺前行，写下自己奋斗的诗篇
一座城，十几万颗沸腾的人心里

激荡的热血，犹如这奔腾不息的流水
风风雨雨前行路，坎坎坷坷荆棘途
没有心灵的信仰支撑，没有精神之光的照耀
谁敢肯定这追梦的初心，能坚持到底呢

于无畏无惧的砥砺前行中
一次次挥洒追梦的汗水，一次次飞驰追梦的脚步
这一场拔河运动上，闪烁着的是一座城市的精神之光
闪烁着的是一个地域的精神底色
赛事会结束，但是这临潭人民追逐梦想的脚步
却永远不会停歇

作者简介：张军超，在《星星诗刊》《中国诗人》《佛山文艺》《宁夏日报》《湖北日报》《辽沈晚报》等报刊发表作品，获全国性征文奖六十余次。

在临潭，万人扯绳

袁佳运

在临潭，万人扯绳
手中的绳连接着天、地、人
口号是旗帜，凝聚成力的山体
"钩强""牵钩""拔河"
滥觞于先秦，名称流变
来自民间的鼓声、欢呼声、呐喊声
越来越嘹亮，带着"祈农桑"的祝福
脚立地、头顶天，一条绳子的双方
在角力中，雕刻出立体、健康的造物
站立、倾斜，都是古老文化符号的昂扬

在临潭，万人扯绳
六百余年的历史，慢慢地诉说
古老土地上人民的欢悦
不分男女，四面八方
汉族、回族、藏族，各民族
鲜艳的民族服饰预示

一场场盛大的力、团结、运动
文化、传统、收获的诗歌将
在此书写与吟诵

在临潭，万人扯绳
十字街中央，绳已经归位
双方"连手"连接龙头，一根绳宛如一条路
驿站依次出现：头连、二连、三连、连尾
开始的号角响起，"连手"将木楔子串于龙头中央
人之颂、文化之颂、山月历史之颂
在爆竹声、哨子声、呐喊声、音乐声、喝彩声中
在此刻广袤的大西北的沸腾的水土中
豪放、火烈、激荡着上演

在临潭，万人扯绳
意气风发的新时期
拔河节于全国拔河之乡——临潭绽放
竞技拔河、民间大象、西部风情、山水焰火
身体美学在文艺和运动的结合中
与西北的强健山石、坚韧水川、豪迈时光
碰撞出生命、肉体的原始魅力火光
照耀着临潭的过往、此刻、未来
巨龙在奔腾、蛟龙在出水

在临潭，万人扯绳
忘记往日的疲惫、辛劳、忧愁、失落
尽情挥洒汗水、呐喊、瞳孔收获七彩
消除日常化审美的困乏

粗犷、豪放、执着，一根绳，一条心
旗帜飞扬，人心齐、泰山移！
各民族团结的象征，万民齐仰的象征
年年岁岁，世世代代，源远流长
在临潭，万人扯绳！

作者简介：袁佳运，包头市作家协会会员，大连外国语大
　　　　　学文学硕士在读。现为某民刊编辑，作品散见
　　　　　《延河》《散文诗》《青春》《鹿鸣》等刊物。

在冶力关古木参天的悬崖石峰中拔河

李文山

白石山与庙花山之间的一滴水如此洁净
可曾认识率军西征曾在此饮马的常遇春
池东石崖和白石山隔水相望
与山峦树木倒映于清中泛绿的镜子
和浑然一体的山水云天似在等待非同寻常的爱情

西到合作的阿姐要听花儿
北至和政的帅哥要贩骡马
东去洮河的买红妹要运砖茶
南至卓尼的蒲巴甲要攒山神
我们都在冶力关古木参天的悬崖石峰中拔河

梅花鹿跳跃的目光,被黄捻子的早春
绽放成一根霸道的独叶草或一朵镇痉的紫斑牡丹
邂逅洪武期间从江淮一带迁来的戍边明军
我的肩头就燃烧成赤壁幽谷赭红色的沙砾岩体
崆峒醒了!崆峒醒了!在莲花山的另一边

用山石裁成红色屏风，屏住光洁，罩幔百褶
让农历六月初一至初六的歌会遐想不尽

一滴身着保护神铠甲的临潭水，于浩渺烟波穿行
那个咬紧银牙来参赛的女子，腰肢扭成炊烟的倒影
一开口，就把冶海湖读成了常爷池
老虎嘴、一线天、五松石、青枫桥，如数家珍
都是那样鬼斧神工，都是那样豪情奔放
奇异的人文景观与静寂的山林草原交织辉映
把一幅北国的山水画卷悬挂在五彩坡前

太阳出来了，恶泉飞瀑喷珠溅玉
一根绳，一条心，一股劲
把一树洮州的晨曦霞光飘逸在江淮风中
月亮就出来了，绿色宝石流光溢彩
把仰面朝天闭目养神的十里睡佛惊醒

这边是狮虎出山，蹬石怒吼，使劲
那边是蟒蛇腾挪，身姿各异，用力
衣揽山岚的僧人站在两拨万人拔河的阵营中间
破戒环顾左右，忘却了面壁诵经
任凭大明咒一遍遍在冶力关转运经筒
那滴佛道两教交汇的雨就坠入了莲花心

作者简介：李文山，湖北省作协会员。1980年开始诗歌
　　　　创作，一百余次荣获《诗刊》《人民文学》《诗
　　　　歌月刊》《上海文学》《作品》等重要刊物诗赛
　　　　大奖，并有八十多首作品入选多种权威选本及
　　　　年度排行榜。

拔河记

予　衣

1

节奏和力量
在一条长长的绳索上对垒
我们分列在两岸
拉拽同一条河流
河流里有糖果、掌声和鲜花
也有巨浪、暗礁和怪兽

2

站稳，身体就是一座山
一座连一座，拼命向后倾斜的弧线
是世间最美的彩虹
血脉偾张，山里喷涌出万千河流

前赴后继地扑向对岸

3

僵持，是最惊险的悬念
河流不断升温
将绳索煮成一条滚烫通红的钢管
脚板踩着迸射的火花
在凶险的悬崖边来回移动
一次次，将战局拖入高潮
没有胜负。爆棚的笑声
是河流两岸最艳丽的花朵

4

画地为河
一条智慧的绳索跨越两岸
用欢愉的波涛记载力度
在方寸之间
绽放辽阔浩荡的风景

作者简介：予衣，原名全进，男，苗族，贵州务川人，诗歌散见于《十月》《飞天》《诗潮》《延河》《诗选刊》《散文诗》《天津文学》等刊物。

力量在拔河绳上凝聚、传递、释放

祝宝玉

1

惊雷、闪电、劲风
呐喊、鼓掌、慨叹
盘旋、涌动、浩瀚
力量在拔河绳上凝聚、传递、释放
四维之内，产生爆裂的中心
两种方向的角力，使得拔河绳的内里充满紧张气息
而号令的啸鸣，推动风暴外延的颤动
哦，扯拉之间，江水滔滔
每一个队员都变身磐定的石头，神情决绝
试图把握急遽变化的瞬间
看，拔河绳上对垒的是乌云的战语，似乎滂沱将至
滚烫的汗珠砸在地面上
尘埃落定，空中激荡胜利的掌声

2

曦光下的拔河赛场

人群汇聚，讨论，预测

仿佛整个临潭的目光都凝聚于此，燃点提升

而花木的清芬弥漫

营造驰骋与抒情的氛围

等待一声令下，等待山呼海啸

那蓬勃的心跳激活了一座城市的战斗力，迎战之光

坐定在两方队员的身上

他们身披威武的战袍

他们雄霸天下的姿态，微妙地改动今日的气候

大地在升温，辽阔的拔河赛场上

正在预备发出排山倒海的歌唱

3

拔河，身体内的每一根血管都激荡

毛孔闭合，力量如松涛阵阵

沿着经脉和骨头，沿着棱角分明的面庞

将气势定格在曦光照彻的刹那

铁和钙，坚固着战斗力

汹涌的汗水和灼热的目光，燃烧着身体内的盐分

太阳染色肌肤，健康的肌肉爆裂

树木摇晃，拔河绳在空中舞动

那些挺身直立的尘埃

嵌含着跋涉者的影子

哦，赞词破纸而出，在拔河赛场上组构成凌厉的诗句

飞扬的词韵，葆有坚定的信念

拔河之神往，河流在东方的大地上不息地流淌

4

走进临潭，留下我的足迹

以及我的赞美

拔河赛场上我奋笔疾书，写下那热烈的词句

加入呐喊的队伍

加入命运的角力

吹拂的晨风，惬意了我的心扉

我看到激情不老的初心，持续作用着战斗的号角

哦，奋斗与搏斗

推涌着天空中的风云激荡

整个临潭，以及我所有的身心，在那一刻定格

紧张的双脚跺动大地

热烈的欢呼感染朝阳

作者简介：祝宝玉，男，中国诗歌学会会员。有作品发表
　　　　　在《诗刊》《星星》《草堂》《扬子江》《青春》
　　　　　《散文诗》等期刊。

在临潭　万人拔河活动诠释了一种精神和生活里的幸福

胡庆军

让团结、向上、不服输的篇章开放在日子上
远去的历史述说过往，目光中是临潭今天的辉煌
那些在这里繁衍生息的民俗呀，托起一个又一个梦想
智慧和劳动，创造了这里灿烂的文明源远流长
日子那么祥和温暖，万人拔河
让发生在这片土地上的故事构筑生活乐章

拔河，是一场角力活动
也是一场意志和团结的比拼
风从春秋战国时期吹来，吹来掩藏在历史里的岁月
从盛行于军中到流传于民间
如今成为生活里的民俗，在临潭
有了另一种波澜壮阔，诠释更加深厚的人文底蕴
这是一个汉、回、藏、蒙古等多民族聚居的地方
那些民俗活动装点了这里的昨天、今天和明天
抹不去岁月的浮尘，截不断记忆的长河
万人拔河，扩展了六百多年的风风雨雨

绳上的桦木楔子如同一棵饱满的青稞
那是各族群众渴望丰衣足食、国泰民安的美好愿望
在这里，有关拔河的故事传承发展了民族文化
让团结的乐章更加嘹亮，让和谐的旋律更加悠扬
和谐发展的美好篇章，绘就成风情万种
多民族文化交织成经济和人文自然的缩影

看，人们喊着号子、脚步坚定
气势磅礴的风景伴着最美的篇章
谁为临潭捧一束花香。珍藏这片土地上的善良
此刻，我盛情的兄弟姐妹呀
在这片古老的土地让一种运动伴着信念迎风茁壮
那些缤纷的梦想承载着时代的厚望
坎坷与荣光，在临潭发展的扉页上汇成温馨的日子
亮丽与俊秀，让一种大气绘就临潭的虹彩霓裳
就把临潭民族团结的壮丽篇章记在心里吧
所有的时尚都记在了临潭的史书上
所有的沧海桑田都是多民族写的壮丽诗行
岁月交相辉映，活力、魅力、朝气之城
让临潭的万人拔河精彩在多少人的向往里
那些大发展的规划依次闪亮登场
让平静和安谧，让悠久的历史、灿烂的文化
在临潭人的目光里不断校准前进的方向
那些变迁的数字，是对临潭人发展的最佳注解

多少梦想变成了美好的现实
那些深刻的记忆让临潭人荣光
创新的因子，通过拔河比赛

让各个民族的兄弟姐妹积蓄力量

民族间的亲密交往，让临潭如鹰一样展翅翱翔

作者简介：胡庆军，笔名北友。河北黄骅人。中国作家协
会会员。主任记者职称。曾出任多家刊物、网
站编委、副总编、总编。作品散见一百余种文
学选本。著有诗集多部。

临潭拔河，要的就是那股凝聚力

杨文霞

他们加入进来，我辨别不出他们的姓氏
我只知道各民族兄弟的胸牌上
都是临潭的印刷体
时代的身影是一条巨龙，桃花驾驭得了青藏高原
注定在临潭比邻着孤鹜落霞
也无暇顾及临潭的齐发力

一声哨音，尾随在鹰隼的身后
翅膀下面为夜空系上一颗星星
那就是临潭气吞山河的跋涉之力
那就是临潭，以拔河掩饰湍急的心情变成激流
其实我知道临潭借喻在拔河运动上
要的就是那股凝聚力
不信你看，一条龙形的身体缠绕身上
后座的人稳稳脚下的定力
不信你看，齐心协力在一股劲上
汉、回、藏、蒙……体格茁壮

共同走在勃发的大路上
为实现一个共同的目标
像石榴籽一样团结在一起

当身体前倾，像是在探寻
把梦划回山林还是大海
月光如水的时候，风吹草低清点着牛羊
星辰就势升到炊烟上
雨水藏在毛细血管里
一用力，汗流如雨，反刍小康溢出的谷香
以及饕餮的杯盏无尽时代的辽阔
而每每回礼，以蹲坐的姿势杯水流觞
谈笑风生之中指点江山

旧城池换成新城堡
每一个人都像是一棵云杉或冷杉
而手里的绳索就像是洮水流珠
藏得下一幅乡村振兴大美的图册
当哨音荡漾在头顶，汗水是最亲的兄弟
短暂的交锋，以临潭的梦留下观澜
也留下吐纳肺腑的幸福感，向着风展红旗一边倒

拔河，有鹰隼巡视在哨音之上
风在山的棱线上鼓涌它的双翅
临潭以体育运动在神情闪烁中
我看见的是健康的临潭打开大美的图卷
恍然发现，淋漓在一场汗水之下
目睹锦衣的山河留下冶海冰图一样的壮美

信仰攒集成诗，读出一股新时代的阵仗
我所能相望的只剩下意犹未尽
而每时每刻在临潭都会上演一场
在全国拔河之乡，以运动的品质接受四面八方的潮汛

作者简介：杨文霞，中国诗歌学会会员，黑龙江省作家协
　　　　　会会员。已出版诗集《在身体里行走》《午
　　　　　后，落雪》。作品散见《诗刊》《星星》《青年
　　　　　文学》《青年作家》《草堂》《文学港》《扬子
　　　　　江》《上海文学》《青海湖》《诗歌月刊》等。
　　　　　曾获阿来诗歌节奖、第十二届叶红女性诗奖。

临潭，万人在拔河

梁　兴

迭山横雪映蓝天。拔河之乡庇佑了向阳的山坡
冶力关，黄涧子，莲花山，黑岭乔松
在烟云浸染的国画里恣意蔓延
低山深谷，峰峦叠嶂，沟壑纵横的临潭堆满
拔河运动承载的文化和内涵
冶海冰图的神奇，洮水流珠的冰随河漂浮
朵山玉笋，石门金锁，玉兔临凡从传说中绕出
洒下自信的传统，指引了黄土高原的绝版
一根绳，一条心，一股劲
一字一句读懂，乡音，乡韵，乡愁

风很轻，一根绳攀上临潭的故事
鸟儿的叫声，拨开了缤纷的花期
把力量紧紧拧在一起

泼墨成一幅幅万人扯绳的剪影
变幻着游客的心情

涌动着丝丝的乡愁

界与河的底色，都有祖先的影子
握紧五千年的光阴，没有停下
就像蛰伏臂膀的肌肉，脚的力度
指引了拼搏、抗争、团结的绝版
奋力的姿势，"加油"的助力
溅起《诗经》里的光阴
放任所有感悟的词语
把握每一寸进与退的交织
把每一步外延都伸长到青藏的高度
丰富多彩的生活，包罗万象的民俗
浮动在岁月的眉梢，张开焕活的视角
挥写或浓或淡的光芒和力量

界河内的拉锯，已经点亮绳的物语
洒下希望，将拔河精神嵌入厚重的泥土
筑起信心，坚定不移
在人生的拔河中展示绚丽
时光是公平的杆秤
始终站在界河的最前列
文化与生活连接，生活与发展融合
那群人，用呐喊的声音和磅礴的气势
以创新，以扬厉的笔锋
挥洒团结的魅力
步调一致的修辞

作者简介：梁兴，重庆市作家协会会员，四川省诗歌学会
会员，习作散见《青年作家》《长江文艺》《青
年文摘》《名作欣赏》等刊物。

临潭人系日挽河，扯出幸福生活（组诗）

木子桥

一、存活和再现

从明代方整厚实的词典翻出
洮州的扯绳在六百年后继续游戏

元宵节的万家灯火记录了临潭的完整
俯身于低处的街衢，凭着拉力张力
享受人间的天伦，开启一个个新岁

在词与词构成的洞穴里
那么多人已伸出手臂，握紧生活中的一个要件
那么多人打破沉默，结成团队

万人拔河，拔出生活中的钉子
让一个完美的游戏，光芒再现，不可抗拒

冶海神湖簇拥在甘南皮肤的夹层
拔河正如系日挽河，因合理而再生幸福
竞争的天地间，万物抓紧食物链条
抓紧信念缆绳的所有慰藉

二、搏击并凝聚

临潭的拔河绳那么重，那么粗
把团结当作一生的事业

冶木河畔，摩拳擦掌，气拔山河
万人抱紧的绳，像古渡
像抱着人世间的全部喜悦和力量

场外的呐喊和欢笑浇筑着集体的秘密
民族团结和友爱的种子紧攥手心
长成一棵遮风挡雨的参天大树

他们流出的汗水是黑色的，真理之黑
黝黑而沉实。畅快淋漓的扯绳
是一种疯狂的舞蹈，是梦幻的激烈释放
我看到洮州人的尊崇和仰望

一双双手在摇橹，光抵达并治愈
临潭人相信，不用出团结的力量
再大的劲儿，也有空虚

三、声名与流传

流水鞭长，山谷开花
中国大西北的一块绿宝石上
独特的扯绳之戏，百年非遗，匠心造物

风笛鸽哨，吹奏着欢愉的乐章
全国拔河之乡的美誉，万人相互看见

甘南有光，魅力冶力关的声名
犹如伸展向无垠的黄金薄片

冶力关的拔河者，此情可待可忆
在任何时候，他们赶路
将会汇聚一些更长久的事物

一根巨绳，更大的隐喻
扯出被汗渍浸透的信仰
奔腾的临潭，缰绳笔直
正在通向未来的道路

作者简介：木子桥，本名乔桂堂，中国诗歌协会会员，河
        南省作协会员，泌阳县作协副主席，中国小诗

网"十佳诗人",《泌阳文学》编辑。著有《乡下听蝉》《泌水右岸》。诗歌入选《中国网络诗歌年鉴》《致敬海南诗歌选》《中国小诗百人百诗》等多种选本。

在临潭看万人拔河像看一场盛大的风景

金 勇

当春天的唢呐声吹响
当力与力的较量启航
洮州城下
是汉、回、藏、蒙古、满、苗、黎、土、撒拉、东
　乡，十个民族团结的力量

冶力关的春风到了甘南
黄涧子的水就绿了
莲花山的云朵在天上移动
仿佛甘南大地上的羊群

"八龙神"与"万人绳"
"神"与"绳"的结合，这便是人间福祉

一根绳，一股劲，一条心
这是凝聚的力量
是集体的力量

是群众欢呼的角力
是党
是组织的凝聚心
"人心齐，泰山移"

是临潭，是冶海，是群峰之上，洮水流珠

是一个哨声，接着是万人集结
像一架天平
把各自不熟悉的人
聚拢在一根绳上

一根绳索把万人集结
成"头连""二连""三连""连尾""双飞燕"
像一条移动的长龙

一千八百米的长龙，一个重达八吨的长龙，像神的
　牵引
这是华夏民族
龙的精神
这是炎黄子孙
精神的图腾
这是六百多年前历史的回音

像蜜蜂在酿造幸福的花蜜
他们在欢呼，他们在歌唱
他们在笑语，他们在舞蹈

他们拔出了

青春的激扬

他们拔出了力量的角逐

他们拔出了

风调雨顺，人畜兴旺

他们拔出了临潭人的春天

拔出了

高原的洮州

和雪山一样的明亮

作者简介：金勇，本名李金勇，甘肃省作家协会会员，甘
　　肃省康县人。

临潭拔河诗引

温勇智

1

一条绳索一定有着它要的凝聚力
临潭暴满青筋的手，是诗引
这样的万人拔河，用普通的一个句子，写出最恢宏的
　诗篇

2

我其实更愿称呼它为"钩强"
抑或"牵钩"，想到当年的春秋战国
所有的傲骨、力量和智谋，都在阻和钩时体现
比一艘战船沉入河底，有更大的动静

3

时间退回亘古，洮阳西道嘚嘚的马蹄声
踏响了每一棵草木的心。清晰，辽阔
洮河、冶木河、羊沙河泡开了临潭的绳索
力拔山河的人，在三千九百二十六米的山巅独舞
甚而，把天空顶高

4

一条麻绳，楚河汉界。影子的心跳
敲打着每一滴流水。我看见莲花山行走的人
也像游鱼一样捧读着集结的绿意、禅意和诗意
让山温暖山，让影子温暖影子
联袂的章节里，都是往生与重生

5

不必有任何错觉。在冶海湖
悠远的白云依偎着蓝天，奔涌的流水
泛起的清波掠过高山草甸
东峡和西峡各举着自己的平仄，在悬崖石峰间泼墨
丹霞的燃烧，在赤壁幽谷毕剥作响
布满褚红色的灵魂，唤醒一个人沉睡的脑垂体

金锁开启，洮水破门而出，石的刮痕在崖间闪闪发亮
——一切的意境，都被一条绳索捆缚过来
能不能逃脱，就看谁更能手握同心绳，聚力勇向前

6

朵山玉笋，洮水流珠，黑岭乔松，玉兔临凡——
正在一条绳的力学和美学中借临潭辞令还魂
如同那一年茶马互市的第一声吆喝，如同那一年
　苏维埃政府的第一面红旗
如同那一年脱贫攻坚奔小康的第一枚跫音
临潭拔河的力量，已凝聚成绳
正迎着新时代运力。嚯，嚯，嚯
时间。花瓣。誓言。一个民族的合力

作者简介：温勇智，作品散见《星火》《绿风》《星星》
《清明》《上海文学》《诗刊》《文学港》等。近
几年，先后获云南"方块诗歌"、新疆第二届
"塔里木河"杯、陕西"太白杯"、河北首届
"曹操杯"、江苏"第四届徐霞客游记"等五十
余个全国征文一等奖。

拔河辞

王志彦

1

一根绳子
在春风里鼓满勇气
就是一粒种子
对梦想有所敬畏
力量是有声音的
团结是最明亮的镜子
而沉下去的身子
让力量也渐渐有了形体

2

一条心

不是一颗心
他们呈现出的一致性
拉直了生活的弧度
绳子的立场是中立的
它内心的偏移
是对力量本身的肯定
不需要刻意求证

3

家国情怀
是正义力量的唯一源头
旭日中的警醒与晚霞里的沉默
都不会成为单一的死结
典籍里的喧嚣
需要从另一个角度泄出
团结的元音就是初心跳动的声音
动力来自于清澈的灵魂

4

口号是最真实的启蒙
一条大河暂时分为两段
这规则的诞生为世界多了一种去向
像体内的雪喂养着春芽
一根绳子就是一条血脉

我们短暂的使命，是弥补人间的召唤
手拉手是一种元气的递增
是骤雨给了太阳意义

5

绳是道，河也是道
在整幅拔河的画卷中
鸟鸣是另一种鼓掌
为新的引力带来梦幻的潮汐
两股清流在一根绳子上交汇
是大地承受了陡峭与重力
崭新的力量得以呈现
均来自于事物的公正与恒定

作者简介：王志彦，新山水诗践行者，山西屯留人。已在
《十月》《诗刊》《北京文学》《草堂》等报纸杂
志发表诗歌千余首，诗作入选《中国年度诗歌
精选》《中国诗歌排行榜》等多种选本，出版
诗集《像虚词掉进大海》《孤悬》等。

在临潭，把"河"拔向辽阔

陈于晓

1

不知道一根绳，如何与一条河
"扯"在了一起
一根绳或者一根绳的影子
泅开成河。谁的一声令下
左岸和右岸，开始拔河
上游和下游，开始拔河
被压低的河床，波涛涌动

2

在临潭，人们把拔河喊作
"万人扯绳"，我相信

拔河将由此回归拔河的本义
人们将各执绳子的两端
一根绳子相牵的，是较劲与对抗
也是快乐和友谊

3

并肩，抵脚，憋气，铆劲
在哨子声、呐喊声、加油声、
喝彩声中，站稳，稍蹲下身子
一遍遍地默诵信念与意志
相持、相持、相持……
然后，一根绳拧成一股劲
一根绳，凝聚一条心

4

在临潭，在冶力关，万人扯绳
让团结协作、奋勇拼搏、坚持不懈……
这些铿锵的语词，一遍遍地
沸腾在粗犷、豪放和热烈的隐喻中
拔河，拔河，拔河的浩大声势
气壮了冶力关的巍巍山河

5

在冶力关，请允许我这样想象
取冶木峡为绳，唤来莲花山的
飞禽走兽和林木花草一起
拔河，拔那一条叫天池冶海的河
在翻动的浪花中，会飞出
一曲曲洮州花儿么

6

这是在临潭的拔河节，这一刻
在临潭，云朵与峰峦在拔河
山川与河流，在拔河
日与月，在拔河。天与地，在拔河
昨天与今天，在拔河
我们在时间里，与时间拔河

7

在拔河的这一刻，也许一根绳子
不再是绳子，而是一条河流
也许一条河流，不再是河流
而是流淌的时间。拔河声中的冶力关

则是时间的一枚安顿。拔河
拔河，拔河。在烟火的生生不息中
把临潭的流年，拔向辽阔

作者简介：陈于晓，作品散见于《诗刊》《星星》《星火》《诗
　　　　　潮》等，多篇作品入选年度选本，曾参加全国第
　　　　　十四届散文诗笔会，著有《路过》《水云间》《身
　　　　　动心远》《听夜或者听佛》等，曾获第二届杜牧
　　　　　诗歌奖现代诗歌奖、第六届"中国诗河·鹤壁"
　　　　　诗歌大赛一等奖等。

临潭拔河记：命运的拔河，雨后的彩虹

田　勇

1

六百余年的浪涛还未退潮，一根扯绳

还在不断颤抖着诞下火焰，星辰与汪洋

眼眸里的湖水，碧波荡漾，掌心里的石碑

还在呼唤昨夜里的那道闪电与雷霆

一双双臂膀里蹿出的成群野马

还在寻找忠诚的主人

势均力敌的博弈和对垒中总有夕阳与晚霞

从临潭生死隘口上淬炼出乡愁与黄金

2

一根扯绳就是一群人的历史，一个民族的历史

一根扯绳就是一部史册上的序跋与后记
一群众志成城的人形同冶力关目光炯炯
他们伸出双臂的时候就等同于把自己的命运
交付给了勇气毅力与信念。他们大喊一声
体内的火山喷涌，涌动的岩浆沿着他们的肋骨
沿着经脉流动，最终完成一部壮观史诗的歌吟

3

它像极了火山喷发，像极了一次海啸的生成
风起云涌的人浪，跌宕起伏的潮汐
你能听见山呼海啸的声音
你能听见振聋发聩的呐喊声
一根扯绳绷紧自己的钢筋铁骨
一根扯绳在铜墙铁壁的夹击下
面不改色心不跳
但拔河双方却"剑拔弩张"当仁不让
狭路相逢勇者胜，拔河拔出的是雄浑的气魄

4

拔河中的一根扯绳仿佛被灌注了飓风
它疾如闪电，捶打着每一位拔河者
你深陷其中，仿若落入陡峭的旋涡
它像一条鞭子猝不及防抽打在你的软肋
像一道洪流轻易冲垮了人墙的堤坝

在拔河的现场就是在洪峰现场，双方严阵以待
用血肉之躯阻挡肆虐的"猛兽"冲出牢笼

5

这是英雄与英雄的对决，是勇气与勇气的对决
是毅力与毅力的掰手腕。这更是众志成城
是十指握成拳头团队智慧的对决
临潭，被命运眷顾，被神明暗中助力
春风一次次过境，倒春寒在与人间的拔河中
并没有摧枯拉朽，我反而目睹格桑花与杜鹃
一次次决胜后的盛开，人间一次次春光明媚

6

六百余年，扯绳似如椽巨笔抒写着慷慨悲歌
抒写着一曲曲春秋的大戏
人间的悲喜周而复始地拔河
临潭在艰难时世中依然屹立于青藏高原
汉族、藏族、回族的同胞们，"三石一顶"
在与命运的拔河中，始终荡气回肠，
抱紧必胜的信念，这块丰饶的大地上
雨后彩虹就是一条坚韧倔强的扯绳
就是临潭人颠扑不破的真理倔强的魂魄

作者简介：田勇，曾在《十月》《草堂》《星星》《诗潮》
　　　　　等发表作品。获得过第六届"诗探索·中国诗
　　　　　歌发现奖"提名奖、"傅雷杯"文艺评论奖等
　　　　　以及《诗刊》《星星》《飞天》等全国奖项。

临潭，拔河的趣味，或一根绳子的人心

黄清水

1

一根绳子的舞动，攒动着力量的往来
临潭，把六百多年的光阴积蓄到一根绳子上
多少故事在铜铃声中消失，又有多少故事
重新万人齐喊，响彻在街头巷尾，作为
民俗活动的高潮点，雄浑的呼喊声如约进行
他们把拔河唤作扯绳，好像与时间对拉
扯出命运的所有节点和紧要关头
每一个生而平凡的人，手拉绳子紧拽
历史的车轮，喜怒哀乐，生离死别
似乎都在一条绳子的见证下，成为绳子的一部分
一部分人扯住龙头，一部分人拉住龙尾
扯绳的意义就变得和人生的历程一样重要

2

在黄河般宽广的音域里齐声呐喊

给生命以葱茏般的尊严与自豪，一声声

铿锵的语言，迸发出六百多年的波澜

有着洮州花儿般的音律，触动人心，和历史的脉络

一条绳子，就是临潭起伏的动脉，流淌着

鲜活的血液，每一个拼尽全力拉扯的人

不会轻易放手，盛况空前的局面，多民族

的融合，在一条绳子中整齐划一用力

拉着民族振兴、富有的中国梦，在小康之路上

一路生花，每一步的进退，都拥有两个春天

最为美好的风光，人们立住双脚，就是站在

新时代的前沿，所有的勇气沾满了胜利的汗水

所有人也成了历史的见证者

3

运动是敞开的信仰。试图从每个人的体内

抽出洪荒之力，战神般的智慧，每次

双向拉力的后退，胸腔里有了自信的激情

万人的规则奔驰在辽阔的临潭山水里

一条绳子从民间走到国际化的道路

需要虔诚的规则与高质量的标准，立一个

中心点，角逐势均力敌的对手，以三条线

划分着胜负，点到为止的输赢从来都是
人性的另一种体现，当我们在输赢之中找到乐趣
满面春风般露出笑靥时，输即是赢，赢也是
智慧的表现，至少一条绳子的两端，维系着的
是临潭朴素的乡亲，他们是这座城的脊梁
和流动的地标，肺腑里有了临潭的幸福

4

承袭自传统的力量，"天人合一"的思维
一条绳子衔接基因里的天赋，口号
不偏不倚，专注于力量的凝聚，微蹲、站稳
让全身的肌肉收缩到一处，掌握节奏
双方阵营之间，臂力和脚力的对垒
天地人合体，水到渠成完成一次竞技
拔高一座城的姿态，一群人的生活乐趣
如浪花般的喝彩和呼喊声，像是置身在海边
感到一种澄明的境界，落霞是它的背景
万人空巷，就是另一个云淡风轻的世界
一条绳子的能量，把临潭人的自信和欢乐表露
调制着多民族酿成的甜蜜

5

力拔山兮气盖世，一条绳子就是一道人心
比爱高出半截，拔河，拔的是团结

是齐心协作，是追赶力量的维度，是身体里
的精神内涵，一根绳子连接着临潭的人心
热血和激情，传承与创新，是坚守与自强
一条绳子凝练地扯住了人们心上的光
退与进，成与败，无关紧要。拔河，是友谊里的
"天行健，君子以自强不息"，拔起了
国泰民安与安居乐业，一条小小的绳子啊
就是临潭人的生活学，闻其声，看其热，爱其势
壮哉我团结的临潭人，发力的姿势，保持灵魂最
　美的距离

作者简介：黄清水，1990年生，福建省作家协会会员。
　　天马诗社发起人之一。作品散见《福建文学》
　　《星星》《诗刊》《北京文学》《诗选刊》等报
　　刊。曾获宁波"春天送你一首诗"、第一届温
　　州"塘河杯"、《星星》诗刊第六届"恋恋西
　　塘"诗歌大奖赛一等奖等奖项。

拔过一条河

汤云明

一条细长的绳子，跨越无形的河界
你在那头跃跃欲试，我在这头志在必得
回头的路总是很长远，也很艰辛
想大胆地向前，却无路可走

你那边很美，我这边也不错
微笑着握手致意，不是为了言和
绳子已经握紧、绷直，脚步总想着向后
因为前面就是深渊，退一步才能海阔天空

在河与河之间、岸与岸之上
我们都是来来往往的过客
即使一退再退，落得人仰马翻的结局
也要以向后的姿势，拉些新人入伙
而不轻松地向前示好，跪拜认尿

而那些呐喊加油的人，只是在队列之外

做个看客，等着为胜利者欢呼和鼓掌
一根绳，拴系着一群人的命运
一条心，必须拧成一股劲
才是拔河的初衷，也是此岸与彼岸的较量

作者简介：汤云明，当代作家、诗人，云南省作协会员、
　　　　　昆明市作协会员、昆明市晋宁区作协副主席。
　　　　　出版诗歌集《岁月之上》、散文随笔集《随言
　　　　　散语》、长篇历史小说《清臣汤曜》等多部
　　　　　作品。

在临潭，万人拔河的素描或哲思

张　俊

山坡上，开始汇聚的，首先是勇气
岁月和岁月叠加的希望
在一声声呼喊里
渐渐成了人生的光芒
而草木和草木叠加成流水
以绵长的意境进入
生命的描写。那些正在沉入泥土的声音
那些扎稳的脚步
就在顷刻之间具备了
解读沧桑的美

万人拔河的声浪，一次次涌进我的思绪
重叠的号子搭在我的脉搏上
每一个人眼中
都有未来的自己和太阳
每一个人的手上都攥紧着生命
不息的潮水。他们的骨头里

有银河在汇集
他们的脉象是一片片树叶上
由光阴刻录的诗句，在完成民族的
复苏和崛起

勇闯天涯的梦，一张张坚毅的面庞
把文韬武略，融于汗水
把潜心学问的美好
融于几度沉浮的人生
我站在人群里，只是微不足道
万分之一的力量
但只要我和
所有人都汇聚在一起
就会成为真实的，万众一心

我们保持着生命的本色
在灵魂里，驻留着一切清澈的词语
我们气脉相承
哪怕千年的光阴也只是在我们的
血管里，刻下临潭的希冀，擦亮临潭的天空
然后用历史的回声
把拟态的词语复制在一首小令里
把虫鸣，润泽成一根根清瘦的傲骨
我们扬起头，一齐呐喊
一齐把内心的锋芒
呈现在这场拔河比赛的两端

——我们下沉身体，但不弯腰，不低头

我们拉住的，是即将属于

命运的绳子，是生命的一部分

我们把肺腔里全部的守望，都喊了出来

我们活着，只为了这一刻

向天地证明，柔弱的身躯也能拥有

对"浩荡"这个词语

完美的解读。而柔软本身，也是一种

不能改变的韧性，是一把足以挺直江山的利刃

作者简介：张俊，生于20世纪70年代末，现居大连。作品散见《诗刊》《星星》《诗林》《芳草》《解放军文艺》《青春》《红豆》《诗歌月刊》《海燕》《散文诗》《脊梁》等，入选多种选集。

那绳那河那临潭

樊进举

一根绳，在心中聚力
一头系着临潭
一头拴着岁月
手足并用，腰腿躬行
喊声激起梦的涟漪
那是，天地间爱的表情

临潭，山光水色
烟波浩渺，瀑流成渊
潭富有了灵气，灵性
风雨兴起，蛟龙生焉
拔河之乡，悠久历史
一根绳，记录着人类社会
曾经的智慧文明
与先进创造，丈量着
人生的长度和宽度
改变着人类历史的进程

一根绳，一条心
拔河之精神，提升团队
凝聚力决策力战斗力
僵持，前拥，后退
百折不挠，充满正能量
汗珠涨满了临潭的河流
表情镶嵌在黄土高原
"加油"的号子
隔挡住万亩梯田的
水土流失

一根绳，一股劲
以排山倒海之势
雷霆万钧之力，决胜于
湍急的水流之中
托起临潭人
体魄刚毅的脊梁
参赛的健儿，
过险滩，越暗礁
踏着坦荡的河流
完成了一次
特别浪漫的漂流之旅

在临潭，你可以
拉着这根绳，用你
最粗犷的嗓音
对着世界、高原、山谷

肆意地撒欢，他会容纳你这
微不足道的一切
所有的精彩，喜悦，幸福
都融入在，你跳起的那一刻
瞬间，且会变成诗的画卷
那些阳光醉在红布条上
输赢胜负，都是
馈赠临潭人的骨气

作者简介： 樊进举，河南省作家协会会员，市摄影家协会
会员。其随笔、杂谈、诗歌、散文等作品散见
于《人民日报》《光明日报》《中国旅游报》
《中国水利报》《奔流》等报刊。著有《飘逸的
花瓣》。

拔出临潭山水中的力与美（组诗）

黎　落

1

七月下旬，我想象这未来的一天

力士们深蹲，下沉，把身体弯曲折向大地

用蓄势的姿态紧密地把力抟在一根麻缠巨竹

之上，再分朋而挽

为迎接这势均力敌的博弈

我们在千里之外，也预备了盛大的视觉听觉嗅觉

为这跨越地域和文化的传递

我们贡献掌声与海潮

并从先秦的"钩强"战术中搜索经验

从唐朝的农桑和稼穑中得到安慰

我们于空中接过临潭抛出的缰绳

像在高原之上，接受马群的疾驰

古老的驭马术令我们热血沸腾。现在

风暴的中心凝聚了我们的精气神，足够应对
不可预知的苦难。视觉的盛宴中
人的大合作大信仰与一根绳索的信任相互磋磨
并因厚积薄发而通达天下

2

我将提到浩瀚的历史、临潭，和甘南草原
提到马群的驰骋如何超拔
又奋勇又稳健。
而纯粹和心无旁骛又让我们
显现美和力的精准
在鼓点和旗帜的引领下，合着节奏
每个人都是万马齐喑中的一个
一支战队中独一无二又不可或缺的那一个
竭尽全力拉动的过程
和人生多么相像。当我们步入火热生活
务必咬紧牙关，学会信仰
并把这信仰贯彻在行动之间
而这，又等同
临潭以山为一方、水为另一方的相拔

3

而博弈总令人动容。盛大如千万人击壤
尖叫中，一根绳索的两端被两支军队掌握，传力。

势能在

千钧一发之际，爆破而出

总是这样：将全身投掷出去，灌注于无限的热爱和
　坚持

"我以肺腑之力倾覆人生，生命必馈我玫瑰和芳香"

临潭万人的拔河中，

我看见一种精神和文化在人类进步中星火传递

从一山、一树、一水

到临潭到甘南再到中国、世界

仿若长江奔流，源头和大海也这样胶着地互拔

如果把这绳索立起，等同梯子

拔河的双方是不是等同扶住这旷世长梯的人？

而那力量的传导，就会一直向上，抵达九天之上。

总是这样啊——

我们在各自的家园和路上：热爱。生育。传承。
　流汗流血

也在命运的史书留下奇遇和奇迹

作者简介：黎落，湖北人，喜欢诗歌。有诗作发表于《诗
　刊》《诗潮》《解放军文艺》《长江丛刊》等。

拔河十帖（组诗）

墨未浓

1

一根绳子软塌塌地忽然坚硬起来
是一件非常奇怪的事情
重要的是无数只手捋着这根绳子
把力量发挥到了极致

2

临潭而渔
大自然的钓线甩成一个弧线
牵着了注视的眸子

3

一根绳硬起来
一条心聚起来
一股劲拧起来

这说的并非拔河

4

干柴和烈火的对仗无可挑剔
导火索是人心的坚韧

5

浪漫主义与现实主义的区别
在于对一根绳子的态度

6

让一根绳子不再是一根绳子
是一件再单纯不过的事情
付诸行动却是难上加难

7

繁花是一根绳子
落叶也是一根绳子
用途决定绳子的命运

8

风从来不在乎绳子的弯曲还是笔直

9

辽阔是一根绳子的好去处
镰刀的抉择变化了一切

10

在森林里看一根绳子的用武之地
莫过于给生命注入新鲜的血液

作者简介：墨未浓，原名刘勇。济南市历下区作家协会主席。中国作家协会会员、鲁迅文学院第三十一届中青年作家高研班学员。1995年由西南师大出版社推出诗集《绝恋》，2012年由中国文联出版社推出诗集《在水之湄》，曾获《人民文学》评论奖等多种奖项，作品入选多种选本。

多彩临潭，追溯着万人拔河历史的脚步

赵长在

一根传承了六百多年的粗麻绳

在洮州的历史长河里，拔出的是精神，拔出的是气势

拔出的是乡愁，拔出的是昂扬向上的力量，拔出的
　　是民族团结的

干劲，拔出的是风调雨顺、五谷丰登的好年景

这是世界上最长、最粗、最重

参与人数最多的一根绳子，用来呼唤春天，祈盼丰收

在元宵佳节，在旧城西门

在灯火通明的街道上，每一个人，都会融入一根麻
　　绳的力量之美

你说，拔河就像是思乡，深藏起对江淮无尽的怀念

江淮的烟雨，高原的风雪，交汇在临潭悠久的拔河
　　历史

力拔山兮的梦里，有遍地的

青草和阳光，有天池冶海的幽蓝，有水西门的斑驳
　　沧桑

心连心的麻绳，让数万人把力量融合在一起

一场释放力量、预兆丰年的全民运动

像刮起的万顷春风，席卷壮美的洮州大地。万人
　空巷

万人扯绳的赛场上，力争上游、奋勇争先的临潭各族
　儿女

用一根绳子，丈量着春天的长度

此时，江淮的风一定很暖

多彩临潭穿着西湖水之色衣衫的女子，一定很美。
　唱起的洮州花儿

一定很浪漫婉转。讲起的麻娘娘的故事，一定

很感人。水西门的海眼，一定很神奇

如果选择了拔河运动，那么全国

拔河之乡的每一寸热土，都会接纳你。临潭的比赛
　舞台，很大

一场精彩赛事的来临，预示着一场集聚能量、展示力
　量的

体育风暴，即将登陆临潭。和谐盛美的古老洮州

用盛夏凉爽怡人的温度，静候宾朋的到来

不同肤色的面孔，在临潭

都变成了青山与高原。耐力与力量的交锋，把燃烧
　的激情倾洒在

冶力关。古朴的洮州卫城，在绳索上焕发出新姿

想起开垦戍边的将士

想起军民屯田。从江淮远道而来的将士和百姓，把
　边塞洮州开垦成

生息繁衍的热土。比赛的粗麻绳，换成了钢缆绳

成为各族人民的团结绳、奋进绳、同心绳

生生不息的拔河传统与拔河文化

成为国泰民安的有力见证。一根绳，一条心，一股劲

边塞要地六百多年的拔河历史，一代一代的临潭人

把乡愁深埋进内心

用万人扯绳，追溯明代留守将士的强体游戏"牵钩"

用元宵佳节的一轮圆月，朝向内心，遥对江淮的一轮

满月

六百多年的云烟，乡音已改

一根绳子拴牢的是历史的古风烙印。力量之美，团结

之美

民风之美，花儿之美，乡愁之美，在绳索之上延伸

念念不忘的乡情，闪烁着边塞的雪光

元宵节三天的拔河盛宴，为何迟迟不散

是纻丝巷的千里灯火，照亮卫城的西门。高原上的

一首思乡曲

被明晃晃的月光，唱了六百多年。圆月如镜。聚集

着临潭力量源泉的

连心绳，把旅游、文化、商贸，串联成新时代崛起的

征程

寻梦香巴拉的路径，在一根拔河绳上伸展

又一次春潮起。勤劳淳朴的各族儿女，又一次把团

结一心，拧成一股

奋斗绳、小康绳、乡村振兴绳、全域旅游绳

作者简介：赵长在，1971年出生，河北省作家协会会员。

诗文散见《诗刊》《诗歌月刊》《星星》《绿

风》《诗潮》《江南诗》《诗林》《散文诗》《青春》《延河》《星火》等杂志。参加第十五届全国散文诗笔会。

万人扯绳，六百年梦想里的一束光

聂振生

万人扯绳，六百年梦想里的一束光

万人扯绳，浮动着历史的回声

万人扯绳，弥散着幸福的光晕

万人扯绳激荡在时间之河上

精神和信仰点燃"冶力关杯"拔河赛的时光

万人扯绳牵动着春光和激情

万人扯绳，浮动着美好的名声

万人扯绳是日子里的绚丽风景

激情的汗水溅起岁月的风云

群山遮住风雨

山影扶起朝阳

一千八百零八米的扯绳牵动岁月的风云

万人扯绳，生命中绽放的激情部分

万人扯绳，扩充着临潭的乡愁

莲花山。一道道山门打开春光和传说

莲花寺的缕缕香火拨开山里的花期

梵音里浮动着泉声

经书翻动世间悲喜

冶海湖，是碧山的肩头滑下的银色披肩

树影抖落几重烟雨

丹顶鹤掠过，如一抹皎洁的月光

雪山的巨掌，掬起绿波里的星星

常爷庙，摇动的经幡招引着迷失的传说

香火丈量着山间的春色

转经筒转着人生和传说

艳丽的壁画是佛俯瞰世间的眼神

摇曳的花朵是经书里散落的文字

几枚酥油灯，是梵文滑落的笔画

冶力关古镇。明月从历史的酒樽里升起

翘角拨醒心中的春风

飞檐浮动着冷月的孤寂

历史的水位淹没了几多风流

"冶力关杯"拔河赛

裹挟着激情和荣耀

为蓬勃的青春和理想输氧

健美的身影如一抹彩虹

碧水雪山环绕着日子

丹霞闪烁

富硒的麦子打开体内缤纷的阳光

肥硕的牛羊在花香里徘徊

转经筒拂去了心里的迷茫

在风景如画的临潭

万人扯绳生长着无限的美誉

作者简介：聂振生，生于1971年。作品见《诗刊》《作品》《厦门文学》《山东文学》《读者》《意林》《诗潮》等，获晋宁庆祝建国七十周年一等奖、济南红叶谷征文一等奖等全国性奖项。

拔河　你是一束光

——献给2023"冶力关杯"中国·国际拔河公开赛
暨第七届甘肃临潭拔河节

詹　瞻

拔河　你是一束光
一束悠久遥远的历史之光！
你民间流行　中华传统体育的奇葩
你历史悠久　独具魅力的文化遗产
你源于先秦　历史已延续二千四百年
你盛极唐代　曾经声势浩大规模空前
你跻身奥运　连续六届成为比赛项目
你沐浴春风　改革开放和新时代助你焕发容颜
你从牵钩　钩强　施钩之戏　拔河一路走来风雨
　　兼程
你大踏步奔向世界　昂首挺胸　摘金夺银　乘风破
　　浪……

拔河　你是一束光
一束独具魅力的运动之光！

你一年一度元宵节"万人扯绳"活动已举办六百二
　十一届
你有一个西北味十足的名字——扯绳　地方叫临潭
你成功申报为甘肃省和国家级"非遗"名录　被载
　入吉尼斯纪录
你"万人扯绳"绳重直径长度人数堪称世界之最荣耀
　当年
你成功举办全国拔河锦标赛　六届中国拔河公开赛
　暨拔河节活动
你喜获来之不易的荣誉称号——全国拔河之乡!
你不分男女老少　不分汉回藏等各民族　欢聚一堂
啊　临潭　正把这一喜闻乐见的民间传统活动继承
　开发光大发扬……

拔河　你是一束光
一束深厚多彩的文化之光!
你使中华传统文化底蕴融入我们的精神血脉
你让古老的运动获得创造性转化创新性发展
你把悠长的绳索连接古今中外牵引着你我他
你让"非遗"文化活起来动起来亮起来烨烨闪光
你浓缩精气神与企业校园社区乡村文化相结合
你注入诗词歌赋俚语曲艺续写华夏崭新的篇章
你拉动"冶力关杯"集文化体育旅游艺术于一体的
　盛会
你催熟灿烂的历史文化体育价值焕发出新时代的
　光芒……

拔河　你是一束光

一束深刻隽永的精神之光！

团队合作是灵魂　步调一致团结协作凝心聚力

奋力拼搏是动力　全力以赴顽强拼搏意志如钢

不怕困难是保障　挑战自我突破极限攻坚克难

永不言弃是基础　追求卓越不离不弃使命担当

坚持坚韧是承诺　一绳在手穿越时空一脉传扬

开放发展是前景　交流互鉴征战世界号角吹响！

古老的绳索拉动着千军万马千山万水四面八方

不老的精神点燃我们的激情奉献拔河人的智慧与力
　　量⋯⋯

拔河　你是一束光

一束启迪人心的哲理之光！

"道生一，一生二，二生三，三生万物"

"一根绳，一条心，一股劲"演化为万千姿态威武
　　雄壮！

福祸相倚　知难而进　临机应变　否极泰来

祸福成败是可以互相转化的应审时度势顺应自然

千里之行　始于足下　见微知著　脚踏实地

比赛时脚在前人的重心在后用体重来拉不要用手的
　　力量！

拔河（扯绳）体现了中华民族古圣先贤的智慧之果

仔细想想　我们的学习　工作　生活　人生不也
　　是这样⋯⋯

作者简介：詹瞻，1947年生，创作并发表诗歌、散文、随笔、歌词、论文、征文等各类诗文一千余首（篇）。在全国、省、市（区）举办的比赛中多次获奖。

壮美，临潭万人拔河

客　远

正月十五的月光，洮河的河水般
在一千八百零八米的扯绳上汇集，流淌，翻滚，渗透
光与光交错，纵横，融合
柔和的月光手挽着手摇身变成
硬邦邦的扯绳，硬邦邦的光束
从龙头两端打开光明，给明月增色
给夜晚增色，给元宵的热闹和欢腾增色

鞭炮炸响，哨声穿云，人潮撼地
密密麻麻的蜂蝶，密密麻麻的萤火虫
分流成两条河水，在鸣炮声中
分挽着绳的两端，奋力拉扯
呐喊声响彻天空，叫喊的锣鼓声震颤大地

何来忧愁？饮下二两月色
借助微醺的酒劲争上游，豪夺头魁
何来疲惫与烦恼？置身心于天地

受日月光华之沐浴，安居又乐业
新的生活，创造新的幸福欢歌

音乐以长江、黄河之势奔腾
踩实双脚，用力蹬地，全身使力
与扯绳互为一体，成为第三股月光
浩浩荡荡地与绳进退，体验浩浩荡荡的
欢乐，美好，幸福

这不是一个人的楚河汉界
这不是个体的小获得，小荣誉，小感动
鹰一样地坚持，相信自己的臂膀
相信海浪一样鹰的翅膀
相信你、我、他的导火索
点燃盛大的壮美的焰火

这是力与力的展示，美与美的呈现
扯绳结束，人群和人群致意，问候，拥抱
欢腾。小小的你，披着耀眼的光芒
在生活前进的时间轴上
终将成为别人的灯，自己的灯
我们的灯，点亮一个又一个黎明

作者简介：客远，本名张富海，居甘肃兰州，创作长篇小
说、散文和诗歌，作品见诸各类报纸杂志、网
络平台和广播，多次获奖。

拔河之乡，魅力临潭谱写的运动之美

（组诗）

谢松林

1

月光裹紧临潭的魅力，任由高原的风声

在梦境的翅膀里，书写着临潭的拔河文化

光阴恰如一轮新月，在此刻

我听到群山的呓语，一枚诗意的音符

在临潭的温润里，打开浩瀚的苍穹

诗意被一盏风声撕裂

在山水间摇曳的格桑花

在临潭的幽韵里，打开神秘的犁幡

月光高舞着临潭的温暖

月下清风的微拂，在临潭的羽毛里

生长出生锈的肋骨

将拔河运动的文化洒向临潭

洒向无数诗意伸出的手臂

昼夜交替，在不变的运动理念里
诉说着临潭，翱翔抑或竞技的回想
光阴丰腴，将运动的文化折叠成诗
代代传承，是谱写着飞翔的歌调
在浩然的长风里，呼唤着拔河文化的竞技精神

2

将拔河运动传递给临潭，在风声吹动的莲花山
想象着拔河文化带来的健硕
怀揣着无数的理想，是魅力临潭的召唤
在格桑花的摇曳下，舒缓着凝墨的绿色
马莲花细细端详，一缕清晨的露珠
在临潭，在天池冶海
我将运动的分子提炼给高原的卷轴
那泼墨的红尘，挥洒着拔河文化的诗意
洁白的蝴蝶以及长夜里潺湲的流水
在临潭的腰肢间，飞翔出运动的羽翼
一切都是沉醉的象征
一缕朝霞的隐喻，在临潭的拔河文化里
舒缓着因速率而雕刻的诗篇

3

我将在临潭的拔河文化里完成运动的变身
一枚诗意的偈语，在临潭

我将以竞技的精神浇灌旷世的激情

高原上的流云，在栽种着诗意的临潭里

点燃着朝霞吐露的红尘

热情拽出的绳索，在临潭的拔河文化里

象征着热血浇筑的青云之书

格桑花在酿造着传奇，诗意的流水

在一枚镜像的诗语里，凝聚着临潭的流水

将风云作画，在拔河文化的竞技中

悄然描绘起临潭的月色

隐秘而辽阔的歌吟，在群山的音符里

舒缓着拔河文化带动的经幡

魅力临潭，是折叠的诗韵丈量出海拔的高度

在一盏风声的隐喻里，卷起着临潭的曼妙

4

散落成章的诗画，在临潭

我想以拔河文化的精神

带给无数人一场涅槃的璀璨

万千朵光阴，在巳时的冶木河

随着白鹭的飞翔，想象着临潭的历史

鹰击长空，是拔河运动带动的火苗

在漫长的水乡，浸润着诗意的温度

一阕乡愁里的明媚，在一杯青稞酒的温暖里

诉说着拔河文化带动的心事

诗意蜿蜒成河，词语是拔河的争锋

一段历史的插图，在临潭的拔河运动里

身披着经久不衰的气节

5

风声在临潭得以安静

岁月里挑拨的字词，在临潭的拔河运动下

收割着竞技精神的热血

山川盈满，在临潭的飘逸里

书写着拔河精神带动的一部运动经卷

临潭长出的年轮，任由悠久的拔河文化

在格桑花的涟漪里，生长出芬香与热情

一段岁月的波纹，在流水的洮河

以拔河运动的精神作为一幅草木填充的画卷

将临潭的运动精神——装裱

暮夜赞颂的离歌，在临潭的村镇

总有陈旧的故人，剪出时光的羽翼

静谧的文字以及喘息的色彩

在临潭，我将以拔河精神的真谛

换取着山水的自由，万物的纯净

作者简介：谢松林，河南省作家协会会员，广东省《作品》杂志特约评论员，作品散见于《中华诗词》《延河》《诗词月刊》《星星》等刊。

过临潭见万人扯绳

李云霞

号子声，激越万千心的琴弦
喊声盘旋于洮州的上空
人们和岁月化身纤维
汇集千钧之力
拧成一条绳，拧成归乡的符号
拧成步履铿锵　万众一心

激昂的人群，其中的每一点力
都是希望，是奋斗的塑形
呐喊声即为心声，合着时代的鼓点
扯！扯出豪情满怀
扯出洮州的古老历史，扯出
各族群众的艳阳天

江淮人家，终以异域为故乡
一根大绳
穿越了浩荡时空

一头连着过去：

戍边、屯田，根扎于深深的地下

一头通向未来：

耕作、嫁娶，果结于高高的树上

这生生不息的人间烟火

是民族团结和融合发展的生动注脚

心、气、人的交汇

声、势、力的组合

我惊叹于这浩荡的人间

壮阔、豪放、火烈、激荡

这些抽象的词，在一根绳子上

生动地闪耀。分明是大时代的巨笔

在洮州大地上挥毫疾书：

"一根绳、一条心、一个目标！"

作者简介：李云霞，喜欢文学、诗歌、散文创作。偶有
    作品发表。

临潭，一道亮丽的奇观

刘国瑞

何等的气势
何等的磅礴
一万多人的力量
拧成一股股绳
汇成滔滔的江河
那擂响的战鼓
是奋进的号角
那弓起的腰身
是新时代的脊梁
你来我往
在临潭
树起一道万人扯绳的奇观
拔的是力量
拼的是毅力
展现的是精神
一声声号子
一句句加油
排山倒海

在临潭的上空久久回荡

并漂洋过海

走进吉尼斯世界纪录

走进国家非物质文化遗产

融入其中，仿佛

又回到大明

看到沐英将军在军中

指挥牵钩操练。

看到屯田戍边的将士

将这一传统传入民间

看到各族人民渴望丰衣足食

看到民族团结国泰民安

七百多年来

临潭人以一种超常的胆识

从容干练稳重沉着的魄力

紧紧围绕龙的核心

把心牢牢地凝结在一起

厉兵秣马

披荆斩棘

只争朝夕。

作者简介：刘国瑞，山东省作家协会会员，中国寓言研究
学会闪小说协会会员。散文、小说、诗歌见
《微型小说选刊》《工人日报》《天津日报》《广
州日报》《羊城晚报》《中华文学》《今古传
奇》《速读》等报刊。

拔 河（外一首）

胡品选

将河的汹涌提升到绳子的高度
古战场上的楚河汉界被移植到绳头两端
变成喧腾热烈欢愉竞争的赛事
一根绳一条心，集体的力量荣誉和团结
还有意想不到的结局
在河的两边摆开阵势、埋下伏笔

虎视眈眈的威猛，从裁判哨声中紧绷
中间的红丝结左右为难，飘忽不定
观战的人摇旗呐喊；为亲友团助威加油
两边较量正酣，人人卖力、个个拼搏
身体后倾，脚下稳扎，全力以赴
拉扯、僵持、争锋、险现、反攻……

那闪失来得突兀，败下阵脚的一边
铁塔样失去重心倒向前方
像是被洪水冲刷过的扎堆的石块

却没有伤痛的感觉及后果
胜败产生的瞬间
笑声与喝彩化作奔腾的浪花

扳倒一条河的过程
航行着和谐友好的文明之舟
承载着浪漫写实强健爽朗的快慰
牵连着我们的精神文化
简朴的传统运动，从绳子的韧性刚强上
喜闻乐见，魅力无穷

在临潭，感受最强劲的风景

拔河之乡拧成一股绳
一股绳上的对手都是亲人
来吧，父老乡亲。来吧，姐妹弟兄
一起把心里的快乐在绳头上放飞把握
丢下身边的琐碎；暂别紧蹙繁忙
到拔河的激越中敞开心扉。观战还是参与
在火热高涨的烘托下摩拳擦掌
一根绳子上的洪荒之力即兴玄妙
聚焦横向的角逐；饱览纵向的期待
在假设的河流两岸布阵对决
赢者的笑靥坦然；输者的开朗从容
都融入我们精彩生活的卷宗
火爆偏爱的运动生成强劲的风景
在西部高原上沉湎、回旋、疯狂

那豪放野蛮的气场遍布四面八方
看！潜力爆发惊现黑马扬鬃
临潭大地上生龙活虎的比试
此起彼伏。随处可见

作者简介：胡品选，安庆市作协会员，有作品发表在《群
言》杂志，在相关的征文活动中多次获奖，有
作品收入专集。

临潭笔记：用雄阔的胸肌挽起洮州的笔墨

石　莹

1

为了遇见，为了锅庄与冶海
冶力关满腔热情，冶木河用奔腾的流水提纲挈领
把高原的花草树木带入一场属于拔河的盛事
山峦郁郁葱葱，莲花广场把泅渡在心底
的豪情无限放大——
而莲花山用山的伟岸与起伏
挥斥着诗意的方遒
整个万人拔河的盛会在浓郁的画卷里打开
以青山绿水的绿和同心协力的韧
和盘托出七月的诗意与修辞
一根绳索典籍了古老的誓言：
包括一位战士的英勇，一队军士的团结
以及一方山水的磅礴

2

洮州儿女用雄阔的胸肌挽起流淌的笔墨

统筹莲花广场上的号子

远远地，我就看见蜿蜒的巨龙

情感被欢呼声放大，放大成无限的可能：

一只展翅的雄鹰在飞翔

一本方志被打开，一朵格桑花夹进历史的册页

一方土地吐出火热的盛情

3

冶木河交出体内的淙淙

流水是一枚动词，蓝天白云总能掏出惊喜

冶木河用波涛铺垫好奔腾的路程

赤壁幽谷是另一种火热，凝练洮州儿女

团结奋进的精神——

流水迂回翻转，带出山水的问候语

冶海在葱茏里的留白，更像是洮州史册的荣光与
　梦想

用青山碧水的美景和万人拔河的胜境

点染着临潭儿女的力与美

4

为了这力拔山兮的博弈

冶力关俯下身躯掏出身体里另一条奔流的河

对弈的绳索的渊源——

牵钩的勇士把匍匐编织成奋进的经文

把甘南的梦轻轻一提，用一支铁骑

一幅水墨画出崇高的敬仰

一个湿漉漉的灵魂被裸露出来

一曲大笔如椽的礼赞被书写

歌声、喊声、欢呼声在一条滋养的绳索里生生不息

把人类历史文化遗产用奋进姿态展现出来

这一刻我怦然心动，让所有感动和赞叹

汇聚成一首写满彼此心愿的诗歌

作者简介：石莹，四川古蔺人。参加全国第三届青年散文
诗人笔会。作品见《诗刊》《诗选刊》《星星》
《诗潮》《西部》等。诗歌入选《2021 中国年
度散文诗精选》《中国 2022 年度诗歌精选》等
选本。

临潭拔河的壮美抒情

马冬生

我等待着一场壮美的盛典
年轻的朋友展开梦想的羽翼
把欢呼的潮水，拼搏的力量
洒向临潭的每一个角落

我盼望着一场赛事的书简打开
每一页都闪烁着最强音符
撸起袖子，拔地掀天
在生命的浪尖临风而舞

我采撷一缕蓬勃绚丽的阳光
把我和我的临潭照亮
闪亮的汗水飞出新时代的大鼓
好山好水，气势磅礴

我就是要让青春的脚印绽开花朵
激情飞越，映亮天庭

我要盛放属于我的春华秋实
借龙腾虎啸，奏临潭飞歌

我们拔河，总在超越自己
今天与明天拔河，明天会更好
现在，我的内心已是激情飞越
我的临潭已是壮歌漫天

作者简介：马冬生，1969 年出生，网名燃烧的雪，河南
省作协会员，博爱县作协副主席。曾获江阴刘
半农诗歌奖、成都杜甫诗歌奖、马鞍山李白诗
歌奖、阿拉善仓央嘉措诗歌奖、恋恋西塘诗歌
奖等，著有诗集《燃烧的雪》。

格律诗篇

在千秋古韵中用汉字接续传统文化脉络

临潭万人拔河赋

李德全

神州日暖，八纮云蒸。盛世气象，九域龙腾。古雍之地，洮州要冲。民族杂居，多彩风情。草原深处，彪悍于跑马射箭；农商腹地，耕读乎文脉传承。民风淳厚，游牧农耕。集市庙会，层出不穷。年年佳节，岁岁上巳；元宵灯火，彻夜通明。唯其临潭扯绳①，波澜壮阔；声震域外，遐迩闻名。

观乎拔河之戏，肇启隋唐。源于牵钩讲武，行乎南郡襄阳②。唐宫行乐，宫女以此为嬉；武臣争勇，胜者承王宠光③。外以耀武扬威，内而岁稔丰穰④。临潭拔河，原本戍卒之演武；清史有载，传乎民间而赓扬。亲朋好友，结伴搭帮。汉回藏族，齐聚一方。地分东西，人有老幼；争先恐后，群情激昂。远近游人，加油鼓劲；磅礴气势，举世无双。东无边域之界，西无地区之疆。祈愿风调雨顺，俱念五谷盈仓。至于"文革"十年，天道沦丧，岁时蒙艰晦；人心向背，风俗荡然，明月空彷徨。然春秋代序以信仰，同心同德；时代振励而雄起，使命担当。改革开放以百废待兴，经济腾飞而文化弘昌。脱贫致富，农民土地承包；青山绿水，精神文明昭彰。一根绳，连接城乡村寨；一股劲，化作热血满腔。心一条，描绘山河锦绣；

情一片，荣泽故土嘉祥。步调一致，节律铿锵。风骚独领，虎步龙骧。上元佳节，天涯此时共赏月；拔河吉庆，洮州今夜同飞觞。

若其日月恒明，星河灿烂。天地重光，华夏清晏。山川毓秀，古城钟灵；岁月峥嵘，风光无限。万人拔河以浩浩，激情涌流；盛况空前而蒸蒸，初心不变。于是麻绳换钢索，继往开来；南门移西街，赛势拓展。犹记元宵之夜，人如潮涌，绳索脆纤，动辄中断。尔乃人绳合一，若海潮之起伏，似波涛之灏漫。跌宕不惊，临阵不乱。古今盛况，文脉循沿；载史载册，奇观胜览。前段尊曰龙抬头，后梢雅称双飞燕。绲系龙首，左右分朋⑤；绳缀燕尾，众人同挽。长约两千重八吨⑥，万钧之力地震颤。静若苍龙潜水，金鳞腾光而低吟；动似鸾凤凌空，彩羽耀灵而丰满。民间奇观，世界之最，规模空前，声势震撼。待到明月升昊空，人如潮水起沄泫。千钧一发，屏息定喘。气贯长虹，神凝肝胆。合龙口，抢机遇，连手迅敏穿楔⑦；令一声，人攒动，双方摇旗呐喊。龙腾燕舞以一鼓作气，摩肩接踵；相争相持而蓄势待发，千呼万唤。势压城阙，气冲霄汉。甚者勇立绳头以高呼，指挥若定而顾远。全心全意，集万众于一绳；祈福呈祥，占年岁之丰歉。白须老翁奋勇，声嘶力竭；两旁观众助力，心存悬念。明月高悬，华灯璀璨。万人拔河，鳌头独占。哨声令旗以发号，万众一心；鼓点锣声而催人，争相参战。人扯绳，人拉人，明月照，荧光闪。惊天动地以泣神鬼，可炳可铭；气壮山河而昭民心，可歌可赞。瑞年韶景，骏业当书；民族情怀，青史可镂。聚拔山之力以交锋，凭撼地之势而夺冠。三局两胜，月照中天；你争我夺，毫无情面。故而民以果腹为生，国乃富民是愿。精诚贯日，人心所向，万民欢腾以空前；体育竞技，绝无仅有，民俗文化之惊叹。拔河开胜景，伟业秉信念。韶光霞辉，弘猷大业；踔厉奋发，盛世炳焕。

嗟夫！朗朗乾坤，尧天舜日，泱泱中华，昂首屹立。天下太和，日新月异；鼎新革故，筑牢根基。于是煦风春阳，荣葩霑濡；物华萃郁，文脉传奇。绳牵东西南北，德和天下；情系黎民百姓，同舟共济。民族情深，和睦共处；幸福康泰，齐心协力。拔河之乡，传承六百载；国级非遗，载入吉尼斯。乡村振兴，汇聚全民智慧；国运昌盛，高举复兴大旗。众志成城，红日贯顶；江山如画，圆梦可期。

（韵依《中华新韵》）

撰于癸卯仲夏（2023.6）

【注】

① 临潭扯绳：临潭，即临潭县，这里特指旧城。扯绳，即拔河，古洮州民间俗称。

② 〔唐〕封演《封氏闻见记》记载：拔河，古谓之牵钩，襄汉风俗，常以正月望日为之。《隋书地理志》称：故楚地南郡、襄阳一带，有牵钩之戏。

③ 承王宠光：〔唐〕薛胜《拔河赋》：胜者皆曰："予王之爪牙，承王之宠光。"意即承受着皇上宠爱的荣光。

④ 耀武扬威，岁稔丰穰：〔唐〕薛胜《拔河赋》："名拔河于内，实耀武于外。"〔唐〕李隆基《观拔河俗戏》："预期年岁稔，先此乐时和。"

⑤ 緪（gēng）：粗麻绳。分朋：分开对，分开群组。

⑥ 绳总长一千八百零八米，重约八吨。

⑦ 连手：负责双方龙首合龙打楔子的人，双方各有二至三名。楔：楔子，连接两龙口的木楔。

作者简介：李德全，又名清泉，生于1957年，中国诗歌学会、甘肃省作家协会会员，中华辞赋社会员，中国辞赋家协会理事，广东《长青辞赋》编委。诗歌、散文分别收入近百部作品集，并偶尔获奖。出版诗文集《生命如歌》、诗赋集《岁月如诗》、风物传记《话说洮砚》、随笔《洮砚散记》等。

本文为"全国拔河之乡·临潭杯"拔河主题征文"十佳作品"。

临潭拔河赋

任秀峰

莲峰耸秀，洮水钟灵。三千里山川，蕴人文之荟萃；六百年岁月，烁拔河之文明。一年举盛事尤倾此赛，万户闹元宵系于斯绳。一街灯彩，万巷空城。举县泱泱而竞勇，列队浩浩以争雄。边塞逶迤，拱关山一轮之冷月；阵门弘阔，荡西域万众之嚣声。是以龙猛猛，虎生生。地轴动，天阙横。形如巨龙，势若长虹。山岳观之而撼动，大河闻乎而振腾。获拔河乡之誉而列甲榜，载吉尼斯之录而昭殊荣。

若夫拔河之为，流长源远。始为军中之游戏，强其将士体躯；遂变民间之风俗，占乎年岁丰歉。赛不分男女与老幼，人皆可参；绳却是粗壮而大长，世所罕见。至乃运其赛具于城隍，举乎祭祀于大殿。焚香鸣炮乎，气氛浓郁而虔诚；系绳挂红兮，祭文诵吟而祈愿。于是对决烈烈乎九局，鼎沸声声兮三晚。但闻令下，呼之顿出；只见臂挥，即而开战也。

遂鼓声作而喧天，人声齐以呐喊。身挺拔而峬巍，衣从风而飐（zhǎn）闪[1]。若吞敌于腹胸，似夺城于肘腕。左兮莫往，力势均而僵持；右兮莫来，绳作响而欲断。若国之将危，似城之将陷。观者跃跃乎加油，赛者嘘嘘兮淋汗。千人欢咍（hāi），万人雷抃（biàn）②。超拔山兮力不竭，感洮州乎心震撼。及至吾赢尔负兮，最终定决；后仰前翻乎，无不慨叹！不觉疲惫与辛劳，但知豪放而强悍。大西北淳厚之民风，临潭一绳可见矣。

嗟乎，万人扯，一条心。其心无敌，其力断金。可谓拼搏赖于团队之力，意志源自华夏之魂。添百姓生活之色彩，弘民族奋发之精神。斯乃粗绳称奇，拔河无尽，焉不千秋而永存乎！

【注】

① 飐闪：谓飘动闪忽。
② 欢哈：谓欢笑、喜悦；雷抃：谓掌声如雷（抃：鼓掌之意）。

作者简介：任秀峰，中华诗词学会会员、中国楹联学会诗赋委员会委员、中国辞赋家协会理事、哈尔滨市作家协会会员。创作以骈赋见长，代表作《新建赋》《超华赋》《乾陵赋》《肃州赋》等三十余篇作品获全国性征文一、二、三等奖及优秀奖。

临潭拔河赋

曹　杰

洮州古地，山水临潭。茶马互市，商贸乐土；进藏门户，古道唐蕃。忆往昔英雄百战，为北门之锁钥；逢盛世民族融合，绘陇西之江南。洮水毓秀，迭山横雪；石门金锁，玉兔临凡。八方安泰，百业欣然。振奋勇武之气度，扯绳万人同乐；传承文化之遗产，民俗一脉大观。

逢元宵之佳节，各族相聚；牵巨索于名区，盛况空前。黎民同乐，荟萃万人之众；史志有载，而来六百余年。激壮怀于岁首，凝聚心力；宣威武于军阵，可考溯源。凡参入于其列，必忘返而流连。绷鉴绳兮强项，龙首负千钧之力；凭勇力兮拔山，长绳牵两阵之间。张袂成阴，人皆瞩目；挥汗成雨，相持正酣。一根绳，一条心，如锐士之鏖战；一股劲，一种情，似魏武之扬鞭。屹不可推，钟鼓动地；巍乎难摧，烟火参天。

使民德之归厚，传承有序；激气魄之雄武，胜负无关。抒心性，展英姿，愁可顿解；乘壮势，张血脉，颜若渥丹。夺九阵而凭勇，披靡横纵；牵一队而为刚，裕后光前。分向而引，振腾热血；共情以呼，气吞河山。兴文旅而振业，扯长绳以励志；蓄伟力而不竭，谱大国之新篇。

作者简介：曹杰，青年辞赋家，参加中华诗词2020年青春诗会，并获中华诗词雏凤奖。辞赋作品在各类大赛中获奖百余次，并在广东、山东等多地被刻成石碑。

临潭万人拔河赋

郑小英

　　夫临潭者，洮州古城也，素有牵钩之戏。赛前请绳，多有祭祀。人逾万众，派分二队。无男女之分，由各族而汇。其绳重过数吨，长逾千米。楔连绳头，尾分两股，形似双飞之燕子。以西城门为界，居上下片者各执其绳，各就其位。是时老少咸集，华灯流绮①。

　　于是勇士毕登，喧声甚嚣。腿下蹲而身后仰，手力牵而脚不摇。阵阵哨音，催无穷之士力；幢幢人影，发整齐之群号②。倏忽呼声顿起，斗势迅飙③。其绳时动时静，忽低忽高。鼓噪之声可撼岳，竞逐之力已沉腰。臂如瘿木④，颜起红潮。相争相持，气势不凋。汗流珠而可掬，趾抓地而似咬。屹岂可摧，力拔山兮而动地轴；势皆难当，声贯耳兮而彻云霄。

　　是时皓月当空，琼华入户。千户咍⑤，万人伫。老者凝视而忘餐，童子欲牵而学步⑥。烦恼念疲惫念，念念飞天；呐喊声喝彩声，声声入宇。山岳因之而动容，河水为之而欢语。斯景斯情，只此欣遇！

　　昔者牵钩之戏，为明朝将士之训练所用，以聚军心，能消乡愁。而后渐成民间之戏，既可强身健体，又可行乐交游。虽相争以绳，然决胜于谋。欲谋一胜，须以力相迷⑦。合力而不分老少，来者而不论邑州。而今一绳引而得六百年之相承，八方聚而致千万众之牵钩。临潭之名，声达五洲矣。

嗟夫！临潭拔河，人数之众多，其绳之沉重，场面之恢宏，闻名四海矣。既可丰富民众之生活，又可彰显民族之气概。其赛者之体美，聚力之澎湃，令观者激情难罢也。

噫！游戏如此，何况国情乎？正所谓"人心齐，泰山移"，诚然！

(韵依《词林正韵》)

【注】

① 流绮：流动着光彩。
② 群号：拔河时众人发出的号子声。
③ 迅飙：迅速飙升。
④ 瘿木：形容因用力突出的肌肉块。
⑤ 哈：笑。
⑥ 学步：形容小孩学大人拔河。
⑦ 迷：聚合。

作者简介：郑小英，广东省侨作联会员、广东省楹联学会会员。作品散见于《中华辞赋》《当代诗词》《惠州日报》《嘉应文学》、纽约《中文周刊》等海内外报纸杂志。获全国性诗词赋赛事各等级奖若干。有多本诗词赋合集出版。

万人拔河赋

孟国才

　　边塞要冲，洮州①福地。百丈扯绳，万人竞技。又逢佳节元宵，好个壮观阵势。汉藏回蒙②携手，来聚于四方；女男老少登场，锅顶乎三石③。一千余米长龙，六百多年历史④。录于封氏见闻⑤，载以《洮州厅志》⑥。昔日伐吴楚将，教战以军；当年留戍沐英，传承于此。于是凝心之力量，贯将素质提升；尚武之精神，自是遗风蔚起。

　　盖夫熠熠华灯璀璨，溶溶皓月高悬。看一条龙处，十字街前。妻子不甘郎后，儿童骑上爷肩。双方之集体，万众之赛员。队分乎上下，绳挽以两端。闻炮鸣之号令，遂较量于瞬间。继而全身后仰，共拧一劲；重心低压，各倒其边。震沸之呼声，如雷贯耳；加油之哨鼓，动地惊天。任凭它汗水，咬紧以牙关。尽是忘情忘我，已然越战越欢。忽东忽西，高低时见；频来频往，首尾难观。感以同德同心，恰逢迎默契；竭诚竭力，而捆抱成团。磊磊襟怀至上，人人斗志尤坚矣！

　　然则非物遗传承，吉尼斯公认⑦。友爱臻，良辰趁。民族不分，年龄不论。大显以从容，纷呈乎自信。诚动力之源泉，乃国魂之根本。举拔山之力，临分晓于近。是故血脉偾张，群情振奋。但凭赛手英姿，又报临潭⑧喜讯。

嗟夫！大民族，好儿郎。赛来友谊，拔出健康。敢搏敢拼兮，激情释放乎能量，尤谋尤勇矣，喜庆冲融以脸庞。我有长鞭⑨在手，纸糊老虎⑩莫狂。雄心永在，士气高昂也！

【注】

赋依《词林正韵》，全文正文四百二十九字，不含标点。

① 洮州：临潭别称。

② 汉藏回蒙：临潭的少数民族。

③ 锅顶乎三石：是说临潭是汉、回、藏三个民族共同支撑的团结友爱的"大锅"。

④ 六百多年历史：据《明太祖实录》记载："洪武十二年（公元1379年）春正月，洮州十八族番叛，命沐英移兵讨之。"当年，沐英将军驻旧城期间，在当地以"牵钩"（即拔河）为军中游戏，用以增强将士体力。距今六百多年历史。

⑤ 录于封氏见闻：〔唐〕封演《封氏闻见记》云："牵钩襄汉风俗，常以正月望日为之。相传楚将伐吴，以此教战。"

⑥ 载以《洮州厅志》：据《洮州厅志》记载："从征者，诸将所部兵，即重其地。因此，留戍。"许多人落户于洮州，扯绳之俗遂由军中传入民间。

⑦ 非物遗传承，吉尼斯公认：2006年，列入第一批甘肃省非物质文化遗产。2007年该活动被列为甘肃省非物质文化遗产名录。2021年被列入第五批国家级非物质文化遗产代表性项目名录。2001年7月，该活动以其绳之最重、直径最大、长度最长、人数最多载入吉尼斯世界纪录。

⑧ 临潭——县名。

⑨ 长鞭——即拔河之绳，宛若巨鞭。

⑩ 纸糊老虎——指外强中干的霸权主义者。

作者简介：孟国才，重庆人。中华辞赋社、中华诗词学
　　　　　会、重庆市诗词学会会员，《重庆诗词》编
　　　　　辑，垫江县诗词楹联学会副会长。作品见于
　　　　　《中华辞赋》《中华诗词》等。诗词联赋，获全
　　　　　国各地征文大赛奖项百余次。

记临潭县国家级非遗项目 "万人扯绳"

熊 敏

其一

蛟龙出水地天崩，喝彩声声胆气凝。
力拔山兮惊桂魄，穿云破雾也窥绳。

其二

巨龙舞动一根绳，鼓噪千声岳可崩。
力与美之交响乐，地天合奏共传承。

作者简介：熊敏，女，湖南省双峰县人、娄底市骨干教师、湖南省"一十杯"女子楹联家评选一等奖获得者。省级以上刊物发表数万字，诗联大赛获奖百余次，有对联刻挂于国家级风景区及场馆。

本文为"全国拔河之乡·临潭杯"拔河主题征文"十佳作品"。

拔河二首

王林侠

力拔山兮意在先，两军对垒约河边。
人声鼎沸绳移动，后退分明是向前。

拔河对阵乐陶陶，脚下生根挺直腰。
胜负全凭人努力，齐心方可达高标。

作者简介：王林侠，现任吉林大学老年大学、吉林省老年
大学诗词讲师。中华诗词学会、北京诗词学
会、吉林省诗词学会、长春作家协会会员。著
有诗集《走过风雨》《走近岳桦林》《佟水逐
梦》《王林侠诗词选》《摇桦风轻》等。

临潭元宵万人拔河

张俊立

（一）

花灯齐放月轮高，人拥六街喧九霄。
劲鼓长绳万民力，往来起伏竞春潮。

（二）

碧空满月清光溢，长街鼎沸霓虹密；
号令一声人如潮，虎啸龙吟狂飙急；
九霄动摇王母惊，排山倒海鬼神泣；
霸王举鼎奈若何，鲁阳挥戈嗟何及；
十五万人齐努力，星月倒转天回日！

作者简介：张俊立，甘肃临潭人。中华诗词学会、甘肃
省诗词学会会员，曾任《甘肃诗词》副主编，
现任甘南藏族自治州诗词楹联学会会长、临
潭县洮州诗词楹联学会会长。编纂、出版有
《味雪诗存校注》（〔清〕陈钟秀著）《洮州厅
志校注》，参编《黄河之都中华诗词楹联大赛
获奖作品集》等诗词楹联集，著有诗集《迟
庐吟稿》。

临潭万人扯绳（外一首）

马锋刚

岁岁洮人闹上元，喧声擂鼓拔丰年。
人潮倒海排山势，各族同心一梦圆。

鹧鸪天·万人扯绳

一扯长绳六百年，洮人岁岁闹中元。喧雷噪鼓争南北，撼岳兴潮动地天。

拔河索，挽狂澜，喊声惊醒老陈抟。高原儿女崇和睦，各族同心共力牵。

387

作者简介：马锋刚，网（笔）名白贲无咎，甘肃临潭人，临潭县第一中学高级教师，中华诗词学会会员，甘肃省诗词学会理事、甘南藏族自治州诗词楹联学会理事，洮州诗词楹联学会第一任会长。

临潭万人拔河

溪　流

汉回土藏一绳牵，元夕争春盼瑞年。
万众拔河传正气，耕耘团结谱新篇。

作者简介：溪流，本名王林平，笔名（网名）溪流，男，
汉族，临潭县人，公务员，现供职于甘南州夏
河县。中华诗词学会会员，甘肃省诗词学会会
员，甘肃省楹联学会会员，甘南州诗词楹联学
会理事，临潭县洮州诗词楹联学会副会长，爱
好诗词创作，作品散见于报刊和网络。

忆扯绳

魏建强

西门桥上闹元宵，力拔山兮势若潮。
震耳号声无处觅，花灯朗月两清寥。

作者简介：魏建强，男，1978 年 5 月出生，甘肃临潭冶
力关人，临潭县党政机关工作。临潭县洮州诗
词楹联学会会员，甘肃省诗词学会会员，甘肃
省楹联学会会员，中华诗词学会会员。闲暇之
余初尝格律诗和对联创作，以五言绝句、律诗
为主，多描写洮州风物，部分诗作曾被《中华
诗词》《中华辞赋》《甘肃诗词》《甘南日报》
刊载，五十余首诗作入选作家出版社刊印的
《洮水流韵》诗集。

七律·拔河

杨 柳

千夫挽臂贯长缨，楚汉相争列阵营。
昂首龙头声浩大，圆睁虎目势峥嵘。
眉飞色舞喜无限，马仰人翻意不平。
世上万难皆可胜，精诚团结力同倾。

作者简介：杨柳，江苏南京人，笔名既白、石桥客，中华
　　诗词学会会员，三味诗社社员，私企员工。

观洮州万人拔河（外一首）

武 锐

千年洮地闹元宵，万众拔河祝舜尧。
八面人集如汇海，五族声庆似惊涛。
群情踊跃拧一股，巨蟒徘徊斗两条。
但愿此时冬雪瑞，春来到处景妖娆。

临潭万人拔河记（藏头诗）

万众同心八面来，
人头攒动似惊雷。
拔山扛鼎巨龙舞，
河鼓横陈迤逦回。

作者简介：武锐，甘肃临潭人，供职于临潭县第一人民医院。甘肃省楹联学会、甘肃省诗歌创作研究会会员，甘南藏族自治州诗词楹联学会、临潭县洮州诗词楹联学会会员，临潭县洮州花儿协会会长，甘南州民间文艺家协会会员。

题中国拔河之乡

王玉喜

万众拔河几百年，临潭儿女庆新欢。
声威气势连天地，举世无双最可观。

作者简介：王玉喜，笔名胡杨，出生于1985年9月，甘肃
临潭人。系临潭县洮州诗词楹联学会理事、
甘南州诗词楹联学会理事、甘肃诗词学会会
员、中华诗词学会会员。主要作品收录于
《洮州诗词·丁酉集》《洮州诗词·戊戌集》
《诗词临潭》。

七律·临潭拔河节观感

曹　刚

欲拔江山千股劲，万人同扯一条绳。
洮河水畔呼声沸，冶力关前赛事兴。
仰坐蹬挪磨意志，伸收拉合见知能。
齐心奋进争佳绩，体育精神引赞称。

作者简介：曹刚，山东乳山人。中华诗词学会会员、茂
　　名市唐诗宋词研究会理事。有各类文学作品
　　发表于国内外刊物，曾多次在全国诗词大赛
　　中获奖。

临潭万人拔河（新韵）

胡新生

使去全身劲，抓牢粗大绳。
势高如海啸，景象似山崩。
准备一年事，绝伦万众争。
非遗天下咏，个个展雄风。

作者简介：胡新生，甘肃卓尼人。甘肃省诗词学会、甘南藏族自治州诗词楹联学会、卓尼县书法美术协会会员。

洮州万人拔河

丁耀宗

（一）

扯绳成盛事，早就是奇观。
古镇人如海，全民最爱看。

（二）

拔河留记忆，自古到如今。
胜败平常事，开怀在我心。

（三）

临潭故事是为真，百代牵钩最绝伦。

记载非遗成历史，传承民意抖精神。

作者简介：丁耀宗，笔名丁子、丁甲，甘肃临潭人。甘肃
　　　省诗词学会、甘肃省楹联学会、甘南藏族自治
　　　州诗词楹联学会会员。

元宵节万人拔河

牛喜林

万众拔河竞上游，江淮遗韵传洮州。
元宵之夜比胜负，争得新年好兆头。

作者简介：牛喜林，甘肃临潭人。甘南藏族自治州诗词楹
　　联学会、临潭县洮州诗词楹联学会会员。

临潭万人拔河

胡海宏

扯绳竞技古来传，今到临潭别有天。
谁知此举何时起？洪武遗风六百年。

作者简介：胡海宏，甘肃省临潭县人。中华诗词学会、甘
　　　　肃省楹联学会、甘南藏族自治州诗词楹联学
　　　　会、临潭县洮州诗词楹联学会会员。

七律·观拔河有感

陈 骥

楚河汉界两交锋，助阵声涛动九重。
气概高扬情不尽，长绳紧握意从容。
心怀胜利后腾步，力运洪荒前挺胸。
众志成城互扯牵，征程虽短撼山峰。

作者简介：陈骥，祖籍甘肃省庄浪县，教师，甘肃省作协
会员，平凉市作协会员，《平凉日报》签约作
者，庄浪文史研究员。作品多散见于省内外报
刊，获全国各种征文奖二百余次，出版当代文
集《心尘》。

临潭拔河节感题

周其荣

临潭何处乐？最是拔河亲。
塞上风随马，花前舞见人。
长绳连日月，一吼出精神。
文旅从兹异，关山著色新。

作者简介：周其荣，1964年生，江苏省盐城市人。中华诗词学会会员，中国楹联学会会员。

七律·咏临潭拔河（新韵）

周文潇

大绳横跨碧天酣，两队威龙竞笑颜。

赛场清风传哨令，骁雄热战系弓弦。

悠悠进退凡心计，耿耿漂移睦友缘。

向远齐肩追日月，同怀浩气荡临潭。

作者简介：周文潇，陕西兴平人。中华诗词学会会员，陕西省诗词学会会员，陕西省散曲学会会员，兴平市诗词学会荣誉副会长。

咏临潭万人拔河

庞　雷

海啸山鸣涛浪起，
声呼地颤耳双聋。
疾风劲掠长绳跃，
万众欢腾笑靥红。

作者简介：庞雷，笔名寸心，四川省作家协会会员。在《南京日报》《成都日报》《中学生读写》《华西都市报》《微型小说选刊》《散文世界》等发表作品一百余篇。

七律·临潭拔河

易　浩

力拔山兮更拔河，临潭县里起高歌。
上场即要分高下，鼓掌还须震鼓锣。
莫笑龇牙朝后仰，应知同欲往前挪。
足跟立定最关键，汗水浇开幸福多！

作者简介：易浩，湖北武汉人，热爱文学创作，出版散
文、诗歌集两本，创作主张"因时因事因情"。

咏临潭万人拔河

冯成才

力挽狂澜英雄气，
铁马银枪壮士酒。
若非为国戍边关，
何来非遗美名传。

作者简介：冯成才，甘肃临潭人，大学毕业后一直工作在
乡村教学第一线，喜欢乡村生活，喜欢诗歌。
作品入选《华语诗歌年鉴》《洮州温度》《散文
诗》等。

五律·临潭万人拔河

张宏鹏

正月鼓笙喧，花灯不夜天。
一锅三石鼎，万众大绳牵。
呐喊震云岳，踦挈挽逝川。
非遗誉四海，盛况更空前。

作者简介：张宏鹏，男，汉族，甘南州诗词楹联学会理
事、舟曲县楹联诗词学会副会长，作品于
2021年"楹联联结华夏·翰墨飘香舟曲"全
国楹联大赛中荣获三等奖和优秀奖。

记洮州万人拔河

薛　华

烟火如花爆作尘，彩灯炫幻接龙神。
洮州壮汉一声吼，钢索标绳斗挺身。

作者简介：薛华，女，甘肃临潭人，甘南藏族自治州诗词
楹联学会、洮州诗词楹联学会会员。

临潭万人拔河

李国祥

一绳牵动万人心，始起明朝到现今。
世界吉尼斯上榜，临潭翰墨赋诗吟。

作者简介：李国祥，甘肃临潭人。甘南藏族自治州诗词楹
联学会、洮州诗词楹联学会会员。

忆临潭元宵万人拔河

唐佐智

军中游戏助边声，岁卜畴禾歉与丰。
两股巨龙迎面舞，满街华饰对天明。
攒动人头如浪涌，喧嚣声势似河倾。
凝心可立移山志，薪火相传歌大功。

作者简介：唐佐智，甘肃临潭人。甘肃省书法协会、甘肃省诗词学会会员，甘南藏族自治州诗词楹联学会理事，临潭县洮州诗词楹联学会会员。

诗词三首

刘喜成

七律·临潭拔河颂

一根绳系倍精神，击鼓临潭动万人。
脚似泰山情百丈，手如铁掌臂千钧。
时挥大汗须吞苦，力引雄风不怕辛。
聚劲同心歌浪漫，拔河争誉蕴奇珍。

浣溪沙·临潭拔河赞

绳系临潭响大名，拔河出彩力拼争，万人苦斗吐豪情。
一顶桂冠歌老曲，半场红日照新城。千歌伴奏鼓锣声。

沁园春·临潭拔河走笔

走笔思兮，放眼拔河，临潭争光。看聚心如虎，能令民乐，两边人物，谁得疏狂。锣鼓频敲，万人喝彩，千曲高歌彩帜扬。何须问，有一根绳引，誉载诗章。

龙吟虎啸图长。凭群策、凝情助力忙。喜惊天动地，几番逐鹿，夺冠载史，举帜擎强。挥笔填词，快哉舞也，大赛萦怀总不忘。相期后，便一条心在，一股花香。

作者简介：刘喜成，曾任中华诗词论坛多版版主、常管。中华诗词学会会员、上海诗词学会会员，从事诗词楹联创作近三十年。

词三首

王跃东

沁园春·万人拔河

力拔山兮！万人拔河，气势为虹。似黄龙出水，忽停忽动，相争相恃，上下翻腾。勠力同心，泰山移矣，谈笑之间倾古城。月知否？如一颗北斗，闪烁星空。

不禁诗意民风。遥思溯、春秋历历中。阅《洮州厅志》，鼓声撼岳；浓浓一笔，精彩纷呈。六百余年，接踵而至，一脉文明照汗青。从未止，看大江步履，依旧前行。

行香子·长吟洮州

酌月长歌，美好洮州。万人拔河最风流。聚沙成塔，独占鳌头。看黄龙舞，凤凰笑，共乡愁。

非遗文化，珠光璀璨，自古书不尽春秋。天然山水，诗意悠悠。悦花多娇，云如雪，梦长留。

中吕·满庭芳·歌洮州

　　拔河见否？万人一扯，盛况洮州。宛如出水吟龙斗，不尽风流。史诗矣千秋在手，回眸时独魅神州。今依旧，随波泛舟，不待浪停留。

　　作者简介：王跃东，男，祖籍山西榆社县，曾任《榆社报》编辑。出版诗词散文合集《幽轩聆涛》《晓月凤曙》《独钓江雪》《给月儿长上翅膀》。

破阵子·元宵观临潭拔河比赛

李沁雅

十里长街人涌，一轮明月云停。千米长绳如燕舞，四海来宾执缆征，洮州大点兵。

颜若渥丹浴血，体如瘿木挥肱。阵阵号声腾九宇，个个齐心取一赢。无惭此盛名。

作者简介：李沁雅，在校大学生。广东省惠州市作家协会会员。时有作品发表在《当代诗词》《惠州日报》等报纸杂志。曾获得地级市诗词大赛奖项。

鹧鸪天·临潭万人拔河

俞文海

上吨钢丝做扯绳，市街两面亮明灯。一声号令惊雷起，数里欢呼万马腾。

人奋力，势同盟，拔河竞赛各争荣。吉尼纪录文传载，古老非遗百岁承。

作者简介：俞文海，甘肃临潭人，爱好古典诗词，系洮州诗词楹联学会会员。作品见《洮州诗词》《蚓虹文圃》等刊。

满江红·临潭拔河

谢　静

大雨倾盆，山欲静、拔河用劲。
中国里、明清相望，旌旗翻刃。
秋月高悬人世祸，尽听天下归尧舜。
念过往、曾锦绣前程，平生困。

江山好，葳寸寸。烟波渺，英雄悯。
看黄河纵横，鹰翔羊滚。
临潭古来无小事，万云堆雪蓝空阵。
又如何、饮玉酒低吟，胸襟峻。

作者简介：谢静，甘肃临潭人，甘南州诗词楹联学会会
员、洮州诗词楹联学会会员。

暗香·临潭拔河精神

王富春

春风无色。什么人可渡，只言清寂。
画下临潭，可遇江山与红日。
不废黄河万古，怎知道、雷声新疾。
天下错、奈若飞花，恰似拔河客。

伫立。水碧碧。看向北斗星，月夜堆白。
雨方设席。东对无言越余忆。
向北曾携大漠，黄沙慢、惊鸿云壁。
义绵绵、存酒里，今时可得。

作者简介：王富春，甘肃临潭人，甘南州诗词楹联学会会
员、洮州诗词楹联学会会员。

水调歌头·拔河

安　杰

　　黄河犹可拽，何止倒不周！少年联臂登场，气欲吞全牛。只待一声号令，且把百骸翕住，秋光凝双眸。忽然鼓声起，猎猎大风遒。

　　足陷地，发飞扬，臂如钩，蓄势不动是动，稳坐岳阳楼。似闻骨节抽笋，又听筋纽爆豆，脸上蒸红油。胜负一朝解，欢笑自为酬。

作者简介：安杰，男，河北邢台人。人民教师，业余作家，出版诗文集《安杰诗文集》，曾在《百家讲坛》等处发表散文数百万字。

鹧鸪天·拔河比赛

敏彦萍

一索横搁摆阵容，两边欣跃誓争雄。神凝气聚人倾后，哨响声威震耳聋。

齐发力，拽长龙。亦前亦后制衡中。势均力敌难高下，险胜欢呼庆战功。

作者简介：敏彦萍，女，回族，甘肃临潭人，中华诗词学
会会员，甘肃省诗词学会会员，甘南州作家协
会会员，甘南藏族自治州诗词楹联学会理事。
曾获甘南州"第四届格桑花文学奖"优秀奖，
编辑出版《碌曲县志（1996—2010）》《中国
共产党碌曲简史》，出版个人诗词作品集《碌
曲行吟》。

附录 唐代名篇《拔河赋》读赏

拔河赋

〔唐〕薛胜

　　皇帝大夸胡人，以八方平泰，百戏繁会。令壮士千人，分为二队，名拔河于内，实耀武于外。伊有司兮，昼尔于麻，宵尔于绹。成巨索兮高轮囷，大合拱兮长千尺。尔其东西之首也，派别脉分，以挂人胸腋；各引而向，以牵乎强敌。载立长旗，居中作程。苟过差于所志，知胜负之攸平。

　　于是勇士毕登，嚣声振腾。大魁离立，麾之以肱。初拗怒而强项，卒畏威而伏膺。皆陈力而就列，同拔茅之相仍。瞋目赑屃，壮心凭陵。执金吾袒紫衣以亲鼓，伏柱史持白简以鉴绳。败无隐恶，强无蔽能。咸若吞敌于胸中，慴莫蒂芥；又似拔山于肘后，匪劳凌兢。然后一鼓作气，再鼓作力，三鼓分其绳则直。小不东兮大不东，允执厥中。鼍鼓逢逢，士力未穷。身挺拔而不动，衣帘襜以从风。斗甚城危，急逾国蹙。履陷地而灭趾，汗流珠而可掬。阴血作而颜若渥丹，胀脉偾而体如瘿木。可以挥落日而横天阙，触不周而动地轴，孰云遇敌迁延，相持蓄缩而已！左兮莫往，右兮莫来。秦王鞭石而东向，屹不可推；巨灵蹻山而西峙，嶷乎难摧。绳暴拽而将断，犹匍匐而不回。大夫以上，停眙而忘食；将军以下，虢阚而成雷。千人抃，万人呀，呀奔走，坌尘埃。超拔山兮力不竭，信大国之壮观哉！

嗟夫！虚声奚为？决胜在场。实勇奚为？交争乃伤。彼壮士之始至，信其锋之莫当。洎标纷以校力，突绳度而就强。懦绝倒而臆仰，壮乘势而头抢。纷纵横以披靡，齐拔刺而陆梁。天子启玉齿以璀璨，散金钱而莹煌。胜者皆曰："予王之爪牙，承王之宠光。"将曰："拔百城以贾勇，岂乃牵一队而为刚！"

于是匈奴失箸，再拜称觞曰："君雄若此，臣国其亡。"

解析：

这篇赋是河东进士薛胜向唐明皇进呈的。这篇赋诗以宏伟的场面、磅礴的气势，生动鲜明地描绘出唐玄宗时，因天下太平，国富民足而举行大规模体育比赛的盛况。

唐明皇因为天下安定，举行各种文娱体育盛会，借以向胡人的使者大力炫耀国力强盛。皇帝亲率文武百官前来观看这场比赛。一千名壮士分为两队，表面上说是进行拔河比赛，实际上是借此向各国使者显示武力。为此还设立了负责的官员，白天把麻剥成丝，晚上又把丝拧成单股的细绳，再把细绳拧成粗绳盘绕起来，最后结成千尺长的巨绳。大绳的两端又分出几百根小绳子，套在各人的胸前。各人拉着各人的绳子，都朝着一个方向用力，来牵拉对方。在两队中间以大旗为界，假如超过了这个标志，就可以分出胜负。壮士们都走上赛场，这时喊声震天，领队站到队伍前面，举起手臂，奋力挥扬。千名壮士以拔山的气势开始了比赛，他们遇见敌人会退却，与敌相持会懈怠！他们既不左摇，又不右摆。就像秦始皇想渡海寻找仙山那样坚定不移，又像河神踏开西岳华峰那样巍然屹立，他们的意志是那样难以摧折。突然间听见绳索发出撕裂的响声，好像就要崩断似的，可是壮士们仍然弯着腰尽力地拉，一点也不怕危险。这时，紧张的场面使文官吃惊地忘记嘴里吃的东西，武将们雷鸣怒吼地督战。成千上万的观众欢呼雀跃，来回奔走，呐喊助威，全场尘土弥漫，随风飘扬。那力量和气魄胜过了能够力拔山兮的楚霸王，雄伟壮观的场面使外国使者无不信服唐朝的强大。那场外的虚张声势，为什么要鼓励决一胜负？那场上的实力勇猛，为什么要互相进行抗争？原来双方都是为了从一开始就挫伤对方的士气，让对手相信自己的力量锐不可当。到了竖起旌旗展示力量、握住绳索比试高低时，弱的一方有人倾倒，从心里敬佩对方，强的一方更乘着优势，奋力拼搏。弱的一方纷纷东跌西倒彻底失败，胜的一方欢呼跳跃，士气是那样高昂。

皇帝开怀大笑，洁白的牙齿是那样光彩鲜明，他赏赐的金银是那样明亮发光。获胜的壮士都说："愿为皇上效力，很荣幸接受皇帝赐予的恩宠荣光。"将军们都说："经常进行拔河比赛是为了锻炼勇武的精神，怎能胜了一场就算是刚强。"坐在宴席上的匈奴首领看了这场威武的拔河比赛，听了将士们的豪言壮语，吃惊地失落了手中的筷子，他再一次举起酒杯，向唐明皇致敬说："贵国这样强盛，我们国家真是要灭亡了。"（摘自王增明、石友权《漫卷唐诗话体育》）

后记 以文学之力为传承拔河文化助推临潭发展注入新动力

崔沁峰

中国作家协会自 1998 年开始定点帮扶甘肃省甘南藏族自治州临潭县,发挥部门优势并结合临潭实际,从文化入题,围绕"文化育人、文学润心、扶志扶智"帮扶理念,多年来持续发力,先后组织六批共一百余位作家记者深入临潭采风创作,为临潭出版文学图书三十部,培养当地作家三百多名,极大推动了临潭文学事业发展,2020 年临潭被中华文学基金会授予"中国文学之乡",2023 年被中华诗词学会授予"中华诗词之乡"。特别是 2019 年开始,双方在作家出版社启动"中国作协定点帮扶临潭文学"书丛,每年五本,以文学的方式助力临潭文化建设,打赢脱贫攻坚战,全面推进乡村振兴,在当地形成较好反响。今年是中国作协定点帮扶临潭二十五周年,已累计出版图书三十部,包括这部名为《走,扯绳走!》的拔河主题文学作品集。

2022 年夏,临潭县党政领导到中国作协对接定点帮扶工作,重点围绕文化帮扶临潭发展进行谋划探讨,提出希望发挥中国作协优势,帮助弘扬拔河文化、挖掘拔河精神,为临潭新时代发展和乡村振兴再注入一些文化动力。县里介绍了"万人拔河"(即

"万人扯绳"）在临潭有六百多年的历史，2008年被国家体育总局、中国拔河协会评为"全国拔河之乡"，2021年被文旅部评为国家级非物质文化遗产，同时成功承办了多次"冶力关杯"中国国际拔河公开赛的有关情况，以及当前开展拔河活动对传承弘扬传统文化、全民健身、民族团结、催人奋进的现实意义。由临潭牵头弘扬万人拔河文化，进一步为全国拔河文化建设助力的时机成熟。会上双方肯定了这一提议，由双方定点帮扶工作机制具体推进落实。

随后县里安排在一定范围内开展调研，得到了相关部门、本土文化人士的积极建言。有人建议修个拔河文化博物馆，有人建议开发拔河文创产品，有人建议拍拔河视频纪录片，有人建议写一部拔河主题小说……可以感觉到，大家对拔河这个话题很感兴趣，或者说很踊跃，可见拔河在临潭干部群众心目中的地位。当然，不少人都想到了开展征文，这是中国作协的强项，在双方多年的文化帮扶中，已形成共识，只是担心能不能办好，也就是能不能征到好稿子。

文字是中华文明传承的主要载体。我们通过文字，知道了《诗经》、楚辞、汉赋、唐诗、宋词、元曲、明清小说等文学形式。拔河在中国，单以《墨子·鲁问》文字记载为例，就有两千多年的历史，是中华民族优秀传统文化的一项代表。拔河的文学记载方面，从唐代文学作品《拔河赋》可以明确得知，彼时拔河已经成为一项和今天形式差不多的群体性活动。从其文学语言的书写中得知，拔河从强身健体的体育活动，已经升华到了有振奋人心、体现国威的社会、文化功效。相信文学对拔河的反复书写记载，助力了拔河活动的延续，直至传承到今天。那么我们文学工作者的"当代之笔"依然不能停辍，以担负我们中华传统文化传承连续性、创新性的新使命。文学是薪火相传的事业，一个时代有一个时代的文学，临潭又是"中国文学之乡"，当代拔河文化的文学书写也应该有所作为，继续倡导和助推临潭文学发展。同时临潭是全国首个也是目前唯一一个"全国拔河之乡"，是有关拔河的国家级非遗项目传承单位，近年来中国拔河协会非常重视拔河文化宣传，所以临潭理应为拔河做点什么。于是开始集中精力谋划组织征文。

在谋划征文过程中，恰逢临潭县要举办第七届"冶力关杯"中国国际拔河公开赛。为了配合赛事宣传，同时利用这一全国拔河界瞩目临潭的当口时机，我们同期启动了"全国拔河之乡·临潭杯"拔河主题征文活动，作为拔河公开赛的一大文化亮点，引起了一些社会关注。文学单位的支持自不必说，同仁们得知是临潭的活动，都积极响应中国作协的定点帮扶工作。同时我们专程和中国拔河协会领导当面探讨用文学的方式宣传拔河文化的事，马上得到了认可，认为这种结合是文学对体育的书写宣传，同时也是体育为文学拓展书写对象的创新。拔河作为一项众所周知的运动，其蕴含的"一根绳一条心""团结奋进"等精神非常值得弘扬，协会近些年也通过举办首届拔河文化论坛、拍摄首部拔河影片、发行拔河电子藏品等等推广拔河文化，拔河征文也必将丰富协会倡导的拔河文化建设成果。与中国拔河文化推广总体步调一致了，征文对全国拔河文化推广将成为一个新成果，这无疑对我们是很大鼓励。最后，中国拔河协会、中国作家出版集团、甘肃省作家协会、中国作家网、《中国校园文学》杂志等单位担任了支持单位，并派出数位知名作家编辑担任评审，获得六百余位作者投稿，最终完成了征文活动，选出三十篇佳作进行了奖励，在此对以上机构个人表示诚挚感谢。

临潭是"中国文学之乡"，文学写作者多，拔河素来就是大家重要的写作主题。在了解拔河文化的过程中，已经看到不少好文章，其中浸透着拔河对临潭、临潭人的影响。也看出临潭万人拔河文化的博大，尤其是在世界拔河文化格局中，临潭独树一帜，获得国家级非遗，其实是一件影响很大的事情。与此同时，不少国家也很重视，都在发展着自己的拔河文化，有的已经获评为世界级非遗项目，这令"拔河之乡"的我们五味杂陈。我们渐渐感受到，应该把中国传统文化自信增强，软实力加强，把我国的拔河风貌宣传出去。此外，拔河精神与我们强调的时代精神相符，时代精神也需要更多的阐释途径和民间实际表达，值得书写。所以我们在组织拔河文化宣传中就非常坚定，要做得深入。于是在准备拔河征文活动过程中，我们又升级，准备集结优秀文章出一本国内首部以拔河为主题的文学作品集，以正式纸质出版物的形式，把这个拔河文化当代文学成果保存得更扎实，对外宣传得更广泛。

在征集到的文学作品中，大部分作者写临潭的"万人扯绳"，也有的写其他省份关于拔河的记忆。评审专家们认为作品各有角度，各有特点，讲明了拔河基本形态，阐释了拔河可能达到的精神境界，明晰了拔河的精神特质，为千年的拔河文化阐述又添砖加瓦了，体现了活动的文化功效。也是少有的一次集中围绕拔河开展的当代文学书写，在拔河文化千年传承中体现了历史功效。这种主题性的同题书写，拓展了新时代文学的新空间，增进了文学和现实生活的联系，为文学提供了新的实践场域。更重要的是，这种文学实践方式是一个探索，其效果如何可以很快得到验证，从而有助于我们的文学工作创新发展。我们相信这些拔河主题的作品会让读者喜欢，会直击临潭干部群众和全国拔河人的心灵，从而体现文学为人民的宗旨。

在7月下旬，临潭冶力关最美的时节，也就是拔河公开赛举办期间，我们顺利举办了征文颁奖活动，并且把三十篇优秀作品通过中国作家协会官方网站中国作家网专栏公开发布，丰富了拔河赛期间的文化氛围，也获得了读者们，尤其是竞技拔河运动界的好评，纷纷点赞转发。中国拔河协会领导、运动员教练员代表等等也到了征文颁奖现场，体现了体育界对文学的关注支持，是一次文学与体育双向赋能的尝试。

当要编书的消息出来，很多获奖者、作家，毫无保留地授权、赐稿，中国拔河协会会长何珍文先生欣然作序。最终我们选定了百篇左右的获奖稿，还有个别专门新创作的稿子，配上相关主题照片。当然，照片本身也是我们图书的一部分，不是配角。另外，采纳本土作家提议，我们把书名的主标题定为《走，扯绳走！》，这是一句临潭方言，意为呼喊伙伴去拔河的动员令，也具备了一种鼓劲儿的意味，是临潭人都能读懂的，蕴藏了可亲可敬的乡土情愫，以此献给这片受拔河多年滋养而又孕育拔河新传奇的土地和人民。在此对本书所有的共同创作者表示感谢。

通过此书，我们力求：一是宣传展示临潭"万人拔河"非遗文化，助力临潭进一步打响"拔河之乡"品牌。二是推动创造当代文学对古老拔河的新阐述、新表达，继续用文学形式把拔河文化传承下去。三是共同探讨文学如何切入更多的现实主题和空间，更好服务于受众。四是延续多年来中国作协定点帮扶系列图书对满足帮扶县读者、干部群众阅读临潭故事、洮州文化精神文化需求的作用，深化拓展文学润心帮扶理念，以助力文化精神动力撬动乡村全面振兴。在本书策划编辑过程中，得到了临潭县文体领域有关领导，县文联、县文化馆、县图书馆，县里非遗传承人、作家、文史专家、摄影家等积极支持，在此表示感谢。同时还要对继续支持临潭文学丛书出版的中国作协定点帮扶机构、作家出版社领导老师表示感谢。

作为本书编者，准确来说也是本书第一批读者，饱览完文章，发觉拔河形象立起来了，拔河的精神特质明确了。有的写拔河，与历史、人物、山川进行宏大结合。也有的把拔河简化为一根绳子，从而围绕一根绳子，写到了万千气象。拔河有了筋骨，有了血肉，有了情感，这就是文学的力量。拔河有了文学意义上的专属形象，有了艺术美感，这是之前没想到的意外收获，希望读者也能获得同样的感受。

由于时间仓促，我们编辑水平不高，本书一定有不足之处，敬请批评指正。譬如缺憾的是，征集的文章少有深入到拔河运动内部，对这项民俗、体育活动策划筹备实施中的故事叙述，尤其是典型人物的刻画，留待后续。

本次文学助力拔河行动还有一个任务，是通过提炼临潭百姓喜爱六百余年的拔河精神，助力临潭打造新时代县域发展精神。当然，这应该由更多的人去提议，由县委县政府最终决定。在此我们编者也冒昧地抛砖引玉。拔河精神一是"团结、协作"的团队精神，讲究合作，配合，拧成一股绳；二是"拼搏、奋斗"的进取精神，讲究上进，有追求，有奔头；三是"顽强、乐观"的不服输精神，讲究一种迎难而上、坚毅、耐力，尤其是在自然资源本就不足的情况下，依然要谋定后动，抢机遇先发展；四是"和谐、友好"的为民情怀主张，拔河活动根本是为了群众强健体魄，增加精神乐趣，促进和谐友爱。几方面共同构成临潭自古以来能成为"洮州文化"高地、"茶马互市"集散地和"乡村振兴"示范地的精神特质和发展的根本动力。其实拔河精神与我们党的系列精神本质相同，对拔河精神的阐释就是对我们党系列精神的继承发展宣传弘扬。所以临潭党政班子提出的拔河精神文化宣传工作是恰逢其时的，对中央定点帮扶工作特征的把握是准确的。

文学中有一种同题书写模式，尤其是体现在古体诗里，如中秋时节同写明月，春天到来时同写万物生长……往往有一种阅读阵势和整体影响。希望读者通过本书一篇又一篇同写拔河的文章，了解到中华民族拔河活动脉络，中国拔河运动力量刚健之美，以及高原小城临潭的"万人拔河"文化，独特的陇上江淮洮州文化，中央文化帮扶的模式和成效。同时，更能品味到拔河精神特质，能与我们一同携手弘扬拔河文化，在实现新的文化使命中发挥拔河文化独特的精神力量！

2023 年夏于临潭冶力关

图书在版编目（CIP）数据

走，扯绳走！——"全国拔河之乡·临潭"拔河主题文学作品集 / 崔沁峰主编 . -- 北京：作家出版社，2024.1

ISBN 978-7-5212-2721-5

Ⅰ. ①走… Ⅱ. ①崔… Ⅲ. ①散文集 – 中国 – 当代 ②诗集 – 中国 – 当代 Ⅳ. ①I217.1

中国国家版本馆 CIP 数据核字（2024）第 020118 号

走，扯绳走！——"全国拔河之乡·临潭"拔河主题文学作品集

主　　编：崔沁峰
执行主编：敏奇才
责任编辑：秦　悦
装帧设计：薛　怡
出版发行：作家出版社有限公司
社　　址：北京农展馆南里10号　　邮　　编：100125
电话传真：86-10-65067186（发行中心及邮购部）
　　　　　86-10-65004079（总编室）
E-mail:zuojia@zuojia.net.cn
http://www.zuojiachubanshe.com
印　　刷：唐山嘉德印刷有限公司
成品尺寸：152×230
字　　数：352千
印　　张：28.25
版　　次：2024年1月第1版
印　　次：2024年1月第1次印刷
ISBN　978-7-5212-2721-5
定　　价：88.00元